HORST BOSETZKY

Eingebunkert

MORDSGIER Im Südosten Berlins soll bei Schmöckwitz und auf einem Waldstück am Langen See eine größere Wohnanlage entstehen. Investor ist die SustainInvest Europe Germany (SIEG). Die einmalige Lage soll viele solvente Mieter und vor allem Käufer von Wohnungen anlocken. Als man den Segen der Politiker in Berlin hat, muss die nächste Hürde genommen werden: Die Beseitigung der Bunkerreste, die mitten auf dem Waldstück gefunden werden. Dort aber siedeln Hunderte von Fledermäusen. Wenn das publik wird, ist die Wahrscheinlichkeit groß, dass der Bau wegen Artenschutz nicht verwirklicht werden darf. Doch bis jetzt weiß von den Fledermäusen nur der Biologe Dr. Florian Hasenfier. Er informiert Björn Jembke, den leitenden Projektentwickler der SIEG.

Als Hasenfier plötzlich tot auf der Toilette eines ICE gefunden wird, glaubt die Kripo nach kurzer Zeit, den Täter gefunden zu haben. Aber es tauchen immer mehr Leute auf, die ein Motiv gehabt hätten, Hasenfier zu töten. Erst Mannhardt und sein Enkel finden die Wahrheit heraus.

Horst Bosetzky wurde 1938 in Berlin geboren. Der emeritierte Professor für Soziologie veröffentlichte neben wissenschaftlichen Arbeiten zahlreiche, zum Teil verfilmte und preisgekrönte Kriminalromane. 1992 erhielt er den Ehren-Glauser des SYNDIKATS für das Gesamtwerk und die Verdienste um den deutschsprachigen Kriminalroman. Zehn Jahre lang war Horst Bosetzky Sprecher des SYNDIKATS und Gründungsmitglied von QUO VADIS. Besuchen Sie: www.horstbosetzky.de

Bisherige Veröffentlichungen im Gmeiner-Verlag:
Witwenverbrennung (2015)
Fahnenflucht (2013)
Der Fall des Dichters (2012)
Nichts ist so fein gesponnen (2011)
Promijagd (2010)
Unterm Kirschbaum (2009)

*Personen und Handlung sind frei erfunden.
Ähnlichkeiten mit lebenden oder toten Personen
sind rein zufällig und nicht beabsichtigt.*

1.

Jörg Schköna lief Gefahr, keine zwei Stunden mehr zu leben, aber das wusste er noch nicht, als er an diesem Abend in Hannover den letzten ICE nach Berlin bestieg. Er kam von einer Tagung in der Evangelischen Akademie Loccum, bei der es um die Prädestinationslehre gegangen war. Diesem theologischen Konzept zufolge hatte Gott von Anfang an das Schicksal des Universums und aller Menschen vorherbestimmt. Das Drehbuch seines Lebens, so sah es Schköna, war also schon lange vor seiner Geburt geschrieben worden, und er hatte nur die ihm vorgegebene Rolle zu spielen. Auch das, was als sogenannter freier Wille definiert wurde, war von Gott vorher festgelegt worden. Dennoch war er kein gewöhnlicher Schauspieler, denn der konnte jedes Drehbuch, das man ihm vorlegte, vom Anfang bis zum Ende lesen, wusste also, wie es mit ihm ausging, er aber nicht. Und das war gut so, denn dann hätte er diesen Zug niemals bestiegen.

Beim Einsteigen entdeckte er Goldie Broiler, den Comedy-Helden mehrerer Fernsehserien, und ein paar Sitze weiter saß eine Schwarze, die ihm als Wiedergängerin von Miriam Makeba erschien. Sofort hatte er es wieder im Kopf: *›Pata Pata‹ is the name of a dance we do down Johannesburg way. And everybody starts to move as soon as ›Pata Pata‹ starts to play – whoo …*

Er rang mit sich, beide anzusprechen. Ein Autogramm von Goldie Broiler wäre im Büro der Brüller gewesen, und warum die Schwarze nach Berlin fuhr, hätte für ihn beruflich interessant werden können. Aber nein, wer in der 1. Klasse fuhr, wollte seine Ruhe haben. Seriosität war angesagt.

Dabei aber ging es am Anfang überaus lustig zu, denn in der Bucht mit dem Tisch saß ihm gegenüber ein Pärchen, das sich in der Bahnhofsbuchhandlung ein Taschenbuch gekauft hatte, in dem es um kuriose Erlebnisse bei Fahrten mit der Bundesbahn ging. Der Mann hielt es so, dass Schköna den Titel lesen konnte: *Sorry, wir haben uns verfahren*. Auch wer die Autoren waren, konnte er herausfinden: Stephan Orth und Antje Blinda. Der Name Orth sagte ihm etwas, ein Orth hatte Ende des 18. Jahrhunderts den Görlitzer Bahnhof erbaut. Aber der war längst abgerissen worden, und da, wo er gestanden hatte, dehnte sich ein Park, der zum Berliner Drogenumschlagplatz Nummer eins geworden war. Dieser Orth konnte also das heitere Buch nicht geschrieben haben, abgesehen davon, dass ihn die Eltern August genannt hatten.

Schkönas Gegenüber kam langsam in Fahrt. »Eine Durchsage: ›Meine Damen und Herren, beachten Sie bitte: Wagen Nummer 1 bis 6 fahren weiter nach Hamburg. Wagen Nummer 7 bis 11 verbleiben in Göttingen.‹ Dann das Ganze auf Englisch. »›Ladies an gentleman, coaches number 1 to 6 go to Hamburg, coaches number 7 to 11 believe in Göttingen.‹«

Einen Lachanfall löste das bei Schköna keinesfalls aus, zumal ihm erst nach einigen Sekunden einfiel, dass *believe* mit *glauben* zu übersetzen war, aber ein wenig schmunzeln musste er doch. Gleich nach Abfahrt des Zuges öffnete er seinen Laptop, um ein wenig zu arbeiten. Er war Amtsrat bei der Senatsverwaltung für Arbeit, Integration und Frauen. Besser war schon der nächste *take* seines Gegenübers.

»›Liebe Reisende, soeben ist unser Snackverkäufer zugestiegen. Er bietet ihnen nun Sex und heiße Getränke. Unsere Gäste in der ersten Klasse werden auch direkt am Platz bedient.‹«

»Sven, geh doch bitte schnell auf die Toilette!«, kicherte die junge Dame Schköna gegenüber.

»Nadja, du kannst aber auch nie genug kriegen!«, brach es aus Sven heraus, und er wandte sich an Schköna. »Aber wenn Sie Bedarf haben …?«

Schköna hatte Mühe, einen Schweißausbruch zu verhindern. Woher wusste der Mann, dass er schwul war? Musste man seine Bemerkung schon als Beleidigung auffassen? »Nein, danke!«, presste er hervor.

Sven wandte sich nun wieder seiner Lektüre zu und teilte Nadja das mit, was er von den vielen komischen Ansagen der Zugbegleiter besonders witzig fand: »›Wir verabschieden uns jetzt schon von den Reisenden, die in Wolfsburg von uns gehen werden, und entschuldigen uns für Ihre Reise mit der Deutschen Bahn!‹«

»… die von uns gehen werden!«, lachte Nadja.

In diesem Augenblick gab es eine echte Durchsage. »Leider haben wir eine Toilettenstörung. Wir bitten um Ihr Verständnis.«

»Nein, dafür habe ich kein Verständnis!«, schrie Goldie Broiler.

Er sprang auf und eilte zur Toilette, um es trotzdem zu probieren. Doch die Tür war schon abgeschlossen worden und ließ sich nicht mehr öffnen, so sehr er auch an der Klinke riss. Er wurde immer wütender, zumal sein Harndrang ein immenser war. Er trug eine helle Hose, und wenn die vorn Flecken zeigte, war das ein gefundenes Fressen für die BILD-Zeitung und die ganzen Klatsch-

und Tratschblätter. Da gab es nur einen Ausweg. Das Dienstabteil war leer, schnell entschlossen schlüpfte er hinein und begann zu pinkeln. Das konnte sich der Zugbegleiter nicht gefallen lassen. Wegen seines Schichtdienstes kam er nie dazu, fernzusehen, kannte also Goldie Broiler nicht als solchen und stürzte sich arglos auf den Star, um ihn aus dem Abteil zu zerren und beim nächsten Halt zur Anzeige zu bringen. Nun hatte Goldie Broiler doch noch große Flecken vorn auf der Hose, und das ließ ihn ausrasten. Er fuhr herum und ging dem Zugbegleiter an die Kehle. Es hätte ungut ausgehen können, wenn nicht in dieser Sekunde eine ältere Lehrerin erschienen wäre und fürchterlich gekreischt hätte.

»Neben mir sitzt ein arabischer Terrorist mit einem Sprengstoffgürtel um den Bauch. Er betet die ganze Zeit zu Allah. Gleich jagt er uns alle in die Luft! Lassen Sie halten, holen Sie die Polizei!«

»Beruhigen Sie sich doch, meine Dame!«

»Nein, sonst ...! Ich will hier raus!«

Und ehe sie der Zugbegleiter daran hindern konnte, hatte sie die Notbremse gezogen. Alles flog durcheinander. Der Zug kam zu großen Teilen im Bahnhof von Lehrte zu stehen, und nachdem man die durchgeknallte Lehrerin der Bundespolizei übergeben hatte, konnte es weitergehen.

»Die hat das für den Lehrter Bahnhof in Berlin gehalten«, sagte Schköna. »Und dachte, sie ist schon zu Hause.«

Sven und Nadja verstanden das nicht, und er musste ihnen erklären, dass der alte Lehrter Fernbahnhof wegen seiner prunkvollen Architektur als das Schloss unter den Bahnhöfen gegolten hatte, im Krieg aber zerstört und danach abgerissen worden war. »Jetzt steht der neue Hauptbahnhof an seiner Stelle.«

Damit wandte er sich wieder seiner Arbeit zu, während sich die beiden frisch Verliebten ihm gegenüber wieder den Anekdoten übers Bahnreisen zuwandten.

»Der Zug hält plötzlich. Durchsage: ›Sehr verehrte Fahrgäste, wir befinden uns hier in einem eingleisigen Streckenabschnitt und müssen den entgegenkommenden ICE vorbeilassen.‹«

Draußen gab es inzwischen ein Unwetter, wie es die norddeutsche Tiefebene seit Jahrzehnten nicht erlebt hatte. Es war im Nu so dunkel geworden, dass sich die Blitze am Himmel in allen Verästelungen erkennen ließen.

Der Zugbegleiter schrie um Hilfe, und Schköna wollte ihm zur Hilfe eilen, da brach die Schwarze, die ihm beim Einsteigen wegen ihrer Ähnlichkeit mit Miriam Makeba aufgefallen war, plötzlich zusammen, stürzte auf den Gang und versperrte ihm den Weg.

»Sie kommt aus Liberia und hat hohes Fieber«, rief jemand. »Ebola!«

»Wir kommen alle auf die Quarantänestation der Charité!«

Sekunden später gab es eine weitere Notbremsung, viel heftiger als die erste, und alle, die standen, fanden sich auf dem Boden des Ganges wieder. Einige hatten sich die Handgelenke, andere die Rippen gebrochen. Schköna war auf den recht voluminösen Körper der Schwarzen gestürzt und unverletzt geblieben. Aber er spürte ihren Schweiß und ihr Sputum auf seinen Lippen. Was hatte er gestern gelesen und im Kopfe abgespeichert: *Eine Mensch-zu-Mensch-Übertragung der Ebolaviren erfolgt durch direkten Körperkontakt und bei Kontakt mit dem Blut, Organen oder anderen Körperflüssigkeiten infizierter Personen.* Er hetzte zu seinem Platz zurück. Der Laptop! Auf dessen Festplatte gab es Daten, die nicht zu ersetzen waren.

Gerade war er wieder auf seinen Sitz gefallen und hatte angesetzt, dem Pärchen gegenüber, Sven und Nadja, vom Erlebten zu berichten, da ging das Licht aus, und da das Notstromaggregat versagte, war es stockfinster im Zug. Nicht lange, denn draußen flammten Scheinwerfer auf und erhellten auch die Abteile. Maskierte Männer tauchten auf.

»Banden aus dem Osten!«, schrie jemand.

»Nein, das sind Gotteskrieger von den IS-Leuten.«

Wie auch immer, die Gangster hatten Hacken dabei, mit denen sie Fenster und Türen zertrümmerten. Minuten später hatten sie den ICE gestürmt.

Alles griff zum Handy und zum iPhone und wollte der Außenwelt mitteilen, dass hier die Hölle los sei und die NATO eingreifen sollte, doch es gab keine Funkverbindung zur Außenwelt.

Der Zugbegleiter stellte sich dem Anführer der Maskierten in den Weg und wurde mit einer Machete geköpft.

»All your money! Alles Geld her!«, wurde geschrien und in Sprachen wiederholt, die Schköna noch nie gehört hatte. Er hielt dem Banditen, der vor ihm auftauchte, seine 250 Euro hin, doch der interessierte sich nicht für das Geld, sondern stürzte sich auf Nadja. Nicht umsonst hatte man ihn auf Vergewaltigungen programmiert.

Sven wollte sie beschützen. Kopfschuss.

Schköna sprang davon und entdeckte am Ende eines Waggons eine eingeschlagene Tür. Wenn er die erreichte und ins Dunkle sprang, hatte er eine Chance, zu überleben. Er rannte los und prallte gegen den Körper eines Mannes, der wie ein Sandsack von der Decke baumelte. Es war Goldie Broiler, er hatte sich erhängt.

Plötzlich … Es war wie eine Explosion. Hatten die Maskierten einen Sprengsatz gezündet? Nein, ein anderer Zug war auf ihren ICE aufgefahren. Mehrere der hinteren Wagen wurden zusammengedrückt wie Blechschachteln. Die Schreie der Sterbenden und der Schwerverletzten hallten durch die Gänge.

Apokalypse now, dachte Schköna.

Es kam noch schlimmer. In die entgleisten Wagen ihres ICE fuhr ein Güterzug mit Kesselwagen, einer stürzte um und explodierte. Es gab einen so gewaltigen Feuerball und eine derartige Druckwelle, als wäre in der Nähe ein Riesenmeteorit niedergegangen. Schköna hastete weiter und verlor das Bewusstsein.

Als er wieder zu sich kam, lag er am Fuße des Bahndamms. Schnell realisierte er, dass er, abgesehen von ein paar Schürfwunden an den Armen und im Gesicht, völlig intakt war. Er raffte sich auf, um im nahe gelegenen Wald unterzutauchen. Nur weg von hier! Er lief und lief, so schnell und so lange wie vorher nie im Leben. Nach einer Ewigkeit kam er an den Rand eines abgeernteten Kornfeldes. Gerettet!

Er fiel zu Boden und kroch nur noch.

Da drückte der Jäger, der die halbe Nacht lang auf dem Hochsitz nahebei gehockt hatte, schnell entschlossen ab. Er hatte Schköna für ein Wildschwein gehalten.

2.

Florian Hasenfier war den Umgang mit den Medien gewohnt, und so war er nicht sonderlich aufgeregt, als er mit einem Fernsehteam des rbb (radio berlin-brandenburg) am Ende der Woltersdorfer Landstraße aus dem Transporter stieg. Sie parkten am rechten Fahrbahnrand, und Hasenfier scherzte mit der schon etwas ergrauten Journalistin, die ihn interviewen sollte.

»Mit dem linken Bein stehe ich auf Berliner Boden, mit dem rechten bin ich schon in Brandenburg, vielleicht noch in Erkner, vielleicht auch schon auf in Woltersdorf. Vor uns haben wir auf alle Fälle den Flakensee.«

»Die Flaken – waren das ein germanischer Stamm, der hier gesiedelt hat, oder ist das nur ein Druckfehler, und die Flaken sind die Falken? Sie als Biologe …?«

»Das ist wohl eher etwas für die Ethnologen oder die Archäologen, denn Flaken sind Schutzwände aus Flechtwerk.«

»Klar, wo es vom See her immer kräftig weht, da braucht man seine Flaken.«

Die Mitarbeiter luden das Equipment aus, die Kamera, das Mikrofon und einiges anderes, und man überquerte die Straße, um in den Berliner Stadtforst einzudringen. Im Bereich des Wilhelmshagen-Woltersdorfer Dünenzuges lag die Stelle, an der sie drehen wollten.

»Die höchste Erhebung hier in den Dünen sind die Püttberge«, erklärte Hasenfier der Gruppe. »Stolze 68 Meter.«

Der Kameramann, der aus Bad Tölz nach Berlin gekommen war, lachte schallend. »Berliner Größenwahn! Alles, was hier höher als zehn Meter ist, heißt Berg. Von den 68 Metern muss man auch noch die rund 37 Meter abziehen, die Berlin über Normalnull liegt. Bleiben also für die sogenannten Püttberge noch ganze 31 Meter. Toll!«

Hasenfier blieb gelassen. »Hochstapler sind wir Berliner aber nicht, denn der Name *pütt* heißt ja auf Niederdeutsch *klein*.«

»Und unter Dünen verstehe ich auch etwas anderes«, sagte der Tontechniker, der auf der Insel Baltrum aufgewachsen war.

»Unsere hier sind aber auch echt«, beharrte Hasenfier. »Nach dem Ende der letzten Eiszeit wurden sie im Berliner Urstromtal vom Wind aufgeweht. Auf dem Podsol hier wachsen Kiefern und Gräser ganz prächtig.«

Ein junger Mann, der Verschiedenes schleppte, wollte auch mal wahrgenommen werden. »Was für 'ne Pottsau?«

»Podsol – geschrieben wie *Podest* und *sol* gleich Sonne – ist ein an Nährstoffen armer saurer Boden, auch Bleich- oder Grauerde genannt, auf dem nur wenig wächst.«

»Sprach der Biologe«, fügte die Journalistin hinzu und fixierte Hasenfier. »Sind Sie nun mehr auf die Flora oder mehr auf die Fauna spezialisiert?«

»Ich weiß nie so richtig, was was ist«, bekannte der Kameramann.

Hasenfier lächelte. »Dann sollten Sie sich zwei Eselsbrücken merken: *Flora* sind die Pflanzen, Ihre Blumenfrau ist die Floristin, und *Fau*na, da stellen Sie sich einen *fau*chenden Löwen vor.«

»Danke, danke!«

Damit waren sie dort angekommen, wo gedreht werden sollte, an einem verborgenen Bunkereingang. Der erinnerte an einen Tiefbrunnen, wie man ihm am Havelufer öfter begegnete, nur war die stählerne Abdeckplatte nicht rund, sondern eckig und wies eine besondere Textur auf.

Die Journalistin brauchte keinen Drehplan, sie hatte den Ablauf im Kopf und gab ihre Anweisungen so routiniert und so voller natürlicher Autorität, dass niemand an Einwände dachte.

»Da klettern Sie jetzt rein, Herr Hasenfier, und: Klappe zu. Ich klopfe dann, Sie kommen wieder heraus – und wir beginnen unser kleines Gespräch …«

Da der Biologe fast zwei Meter groß war, dauerte es eine Weile, bis er im Untergrund verschwunden war. Man beeilte sich, und so dauerte es nicht lange, bis Licht und Ton stimmten. Nach dem verabredeten Klopfzeichen tauchte er dennoch halb erfroren wieder auf.

»Und da unten in dieser Kälte wohnen sie nun, Herr Dr. Hasenfier?«, lautete die erste Frage, die ihm gestellt wurde.

Hasenfier blieb cool. »Ja natürlich, ich hänge mich auch zum Schlafen an den Füßen auf, um es meinen geliebten Fledermäusen gleich zu tun.«

Nun war die Journalistin, so erfahren sie auch war, doch ein wenig perplex und hatte ihre nächste Frage vergessen.

»Äh … schneiden bitte. Was wollte ich Sie noch mal fragen?«

»Warum ich mich so intensiv um diese Tierchen kümmere.«

»Und warum, Herr Dr. Hasenfier, liegen Ihnen die Fledermäuse so sehr am Herzen?«

»Weil es meine Lieblingstiere sind, aber auch, weil ich indirekt durch sie meinen Lebensunterhalt verdiene.«

»Das müssen Sie uns einmal näher erklären …«

»Gern. Seit sechs Jahren haben wir die Flora-und-Fauna-Habitat-Richtlinie der EU zum Artenschutz, zu der die meisten Bundesländer noch Ergänzungen erarbeitet haben, sodass wir eine Reihe geschützter Arten haben, also nicht nur Fledermäuse, sondern auch Gelbbauchunken, Würfelnattern, bestimmte Schneckenarten, Feldhamster, Molche und die Zauneidechse. Wo die zu Hause sind, da darf nicht oder nur unter ganz bestimmten Bedingungen gebaut werden.«

»Wer denkt da nicht an die Waldschlösschenbrücke in Dresden …«

»Ja, da konnte man anfangs nicht bauen, weil es um den Schutz der Kleinen Hufeisennase – *Rhinolophus hipposideros* – gegangen ist, einer Fledermausart.«

»Solche Verzögerungen bedeuteten doch immer auch große Kostensteigerungen für den Bauherrn?«

»Genau, und darum suche ich im Auftrag interessierter Firmen auch alle alten Fabrikgebäude, Bunker und Ruinen, die sich auf ihrem künftigen Bauland befinden, nach geschützten Tierarten ab, insbesondere aber nach Fledermäusen, damit sie hinterher keinen Ärger mit den Behörden und den Umweltschützern bekommen.«

»Hier an der Stadtgrenze bei Erkner könnte also nicht mit den Bauarbeiten begonnen werden, wenn Sie Fledermäuse entdecken?«

»Ja, in diesem kalten August könnten sich die Tiere schon zum Winterschlaf eingefunden haben, und wenn die Bagger hier anrücken, könnten sie verletzt oder getötet werden. Also müsste man warten, bis es Frühling wird und wir sie gefahrlos in ein Ersatzquartier bringen können.«

»Nun, da sind wir einmal gespannt, was wir in den Bunkergängen alles entdecken können.«

Der Kameramann und Hasenfier stiegen hinunter, konnten aber keine geschützten Tiere entdecken.

»Filme ich also moderndes Laub, Plastikflaschen und Bierdosen.«

Hasenfier musste noch ein enttäuschtes Gesicht machen und mit dem Fuß in ein paar Glasscherben scharren, dann ging es wieder nach oben.

»Sind Sie nun enttäuscht, Herr Dr. Hasenfier?«

»Ja, weil hier nun eine große Wohnsiedlung entstehen wird und wieder ein Stück Natur verschwindet. Aber das senden Sie bitte nicht.«

»Wozu auch neue Wohnungen?«, brummte der Kameramann. »Wir haben ja eine, und wer noch keine hat, der kann im Park übernachten.«

Hasenfier warf ihm einen bösen Blick zu. »Sie werden lachen, ich kann nicht heiraten, weil wir keine größere Wohnung finden. Ich hause noch in Neukölln in einer billigen Miniwohnung im 19. Stockwerk.« Dass sie auch wegen ihrer begrenzten finanziellen Möglichkeiten auf dem eng gewordenen Wohnungsmarkt keine Chancen hatten, ließ er lieber ungesagt. Wenn er erst die Professorenstelle in Dahlem hatte, dann … Vielleicht nutzte es ihm, im Fernsehen gewesen zu sein … Aber: jetzt auch noch, wo es Dutzende von Sendern gab …? Und ob die, die in seiner Berufungskommission saßen, auch die Abendschau des rbb sahen? Kaum, außer sie hatten dort selber ihren Auftritt.

»Ab in den Sender! Können wir Sie irgendwohin mitnehmen?«

»Wie fahren Sie denn?«

»Immer die Autobahn lang, A10, A113, A100.«

Hasenfier dachte kurz nach. »Es wäre lieb von Ihnen, wenn Sie am Bahnhof Neukölln mal schnell von der Autobahn runter könnten, dann kann ich da in die U7 umsteigen.«

»Okay.«

Es wurmte Hasenfier schon ein wenig, dass er zu unbedeutend war, um direkt vor seiner Haustür abgesetzt zu werden.

Florian Hasenfier war in Neukölln zur Welt gekommen, aufgewachsen und zur Schule gegangen. Jetzt wohnte er in der Gropiusstadt, die von 1962 bis 1975 auf den Feldern von Britz, Buckow und Rudow hochgezogen worden war, um dem Proletarierbezirk Neukölln auf der grünen Wiese eine lebenswerte Großsiedlung zu bescheren. Vom Bahnhof Neukölln, wo ihn die Fernsehleute abgesetzt hatten, nahm er die U7 Richtung Rudow und stieg Lipschitzallee wieder ans Tageslicht empor. Beim Warten an der Ampel konnte er schon aus einiger Ferne sein Wohnhaus entdecken, Fritz-Erler-Allee 120, denn es war das höchste in ganz Berlin. »Immer hoch hinaus, typisch für dich!«, hatte sein Freund Martin Nehmer gespottet. Nachdem er die breite Lipschitzallee überquert hatte, kam er durch eine kleine Grünanlage auf den Ulrich-von-Hassel-Weg, wer immer das gewesen sein mochte, seine Freundin meinte, es würde sich um einen Widerstandskämpfer vom 20. Juli handeln, und über einen weiteren Grünstreifen zu seinem Hochhaus. Vier Fahrstühle nach oben gab es, er musste aber noch einen Augenblick warten, denn der ältere Herr, der zwei Etagen tiefer wohnte, Karlheinz Evers, hatte Mühe, mit seinem neuen elektrischen Rollstuhl in die Tür zu kommen, und steckte erst einmal fest an der gelb gekachelten Wand daneben.

Hasenfier half ihm, wieder in die richtige Spur zu kommen und sagte dabei im Plauderton: »*Gegen die Wand* ist ein sehenswerter Film von Fatih Akin.«

»Was ist mit Vati?«, rief die Gattin des Rollstuhlfahrers, die inzwischen mit mehreren im Eingang abgestellten Plastiktüten herbeigeeilt kam.

»Der kommt mit dem Stick an seinem Rollstuhl nicht klar.«

»Er sollte auch auf mich warten. Ich hätte ihn doch geschoben. Der hört einfach nicht, wie ein Kind.«

Es ging aufwärts mit allen, und als Hasenfier eingetreten war in seine kleine Wohnung, ging er erst einmal auf den Balkon, um den herrlichen Ausblick zu genießen. Ganz Berlin lag ihm zu Füßen, und nicht nur das, sein Blick ging hin bis zu den Höhen des Flämings, die den Horizont in Richtung Süd-Südost begrenzten, und lehnte er sich ein wenig über die Brüstung, dann konnte er links die Starts und Landungen auf dem Flughafen Schönefeld beobachten. Weit mehr aber erfreuten ihn die Wiesen, Felder und Wälder zum Spreewald hin. Das Dach von ›Tropical Islands‹ funkelte in der Sonne. Sicherlich war er hier in seinem Hochhaus als Akademiker ein Exot, aber dieses herrliche Panorama machte das wieder wett und ließ ihn auch den Spott seiner Freunde und Kollegen aus den angesagten Wohnquartieren ertragen. Bekam er die Professorenstelle in Dahlem, heiratete er ja eh und zog mit Ann-Kathrin zusammen nach Schmargendorf.

Den restlichen Tag wollte er damit verbringen, sich auf das *casting*, wie er es nannte, für den neu geschaffenen Lehrstuhl für Wildtierforschung und Artenschutz vorzubereiten. Okay, das sah aus, wie speziell auf ihn zugeschnitten, doch er konnte sich auch darauf gefasst machen, dass sie ihn nicht nur nach Fledermäusen und Flughunden fragten, sondern auch wissen wollten, ob er sich in den anderen Spezialgebieten auskannte, als da waren Mikrobiologie, Molekular- und Zellbiologie, Neurobiologie und Verhalten, Biodiversität, Evolution und Ökologie sowie Pflanzenwissenschaften. Es galt also, altes Wissen wieder aufzufrischen.

Er wollte sich gerade ans Werk machen, da klingelte sein Telefon. Auch das noch! Das konnte nur sein Vater sein, der kein iPhone hatte und auch ungern E-Mails verschickte. Ein wenig ungehalten nahm er ab und meldete sich mit: »Hier bei Hasenfier.«

»Wie, biste det nich selba?«

»Doch, aber das klingt vornehmer, und wärst du's nicht, hätte ich gesagt, dass ich nur die studentische Hilfskraft bin und der Herr Professor gerade aushäusig ist.«

Die Erwähnung der akademischen Welt sorgte dafür, dass sein Vater viel weniger berlinerte.»Du nimmst vorweg, was ja wohl durchaus nicht so sicher ist.«

»Schon, aber im Sinne einer *self-fulfilling prophecy*. Aber damit sie sich wirklich erfüllt, müsste ich mich jetzt ein wenig vorbereiten. Ist es denn so dringend, dass du …?«

»Ja, es geht um Leben und Tod.«

Hasenfier erschrak. »Wieder ein Schlaganfall?«

»Nein, das nicht, aber bei mir liegt eine kleine Fledermaus auf dem Dachboden, die mächtig was abgekriegt haben muss, 'ne Menge Verletzungen jedenfalls.«

»O, na dann …! Nicht mit bloßen Händen anfassen!«

»Kannste nich mal schnell vorbeikommen?«, bat ihn sein Vater.

Hasenfier sah sich in der Pflicht und zögerte nicht lange. »Okay, dann hol mich bitte mit dem Auto ab, ich warte unten Ecke Wildmeisterdamm.«

Sein Vater hatte sich in Großziethen, also in Sichtweite der Gropiusstadt, ein altes Bauernhaus gekauft und konnte in einer Viertelstunde bei ihm sein. Sie hätten sich auch ohne Weiteres mit indianischen Rauchzeichen verständigen können. Saß er mit seinem Vater auf dem Balkon, so schaute der ständig in Richtung seines Dorfes, ob es nicht etwa brannte. Hasenfier trank noch einen Schluck Cola, dann trat er wieder ins Treppenhaus und drückte sich einen Fahrstuhl herbei. Neulich war in Spandau ein Rentner bei Reparaturarbeiten in den offenen Schacht gestürzt und dabei zu Tode gekommen. Also gab er Acht, dass die Kabine auch wirklich im 19. Stockwerk angekommen war. Die Tochter seiner Nachbarin hatte eine derart große Fahrstuhlangst, dass sie sich in keine der Kabinen hier wagte, sondern jedes Mal, wenn sie ihre Mutter besuchte, zu Fuß nach oben lief – und das bei einer ausgeprägten Adipositas. Sie war immer halb tot, wenn sie bei ihrer Mutter ankam, lehnte aber jede Bekundung des Mitleids ab und lachte nur.

»Das ist mein Training für den Tower-Run.«

Der fand jedes Jahr in diesem Hochhaus statt. Nach einer Einführungsrunde von 400 Metern auf ebener Erde galt es, 465 Stufen bzw. 29 Etagen zu bewältigen.

Hasenfier war es schon treppab zu viel an Lauferei.

Sein Vater war pünktlich zur Stelle. Man begrüßte sich herzlich. Volker Hasenfier war gelernter Gärtner, hatte an der Späthstraße einen eigenen Betrieb besessen und sich als Rentner in Großziethen niedergelassen. Dass der Sohn die Gärtnerei nicht übernommen hatte, konnte er ihm nur schwer verzeihen, denn ein Biologe war auch nicht so sehr viel mehr als ein Gärtner, wenn auch bei dem noch die Tiere hinzukamen. Aber im Sportverein oder im Freundeskreis vielleicht einmal zu sagen: »Mein Sohn als Professor, der …«, war auch nicht schlecht.

Bald waren sie an Ort und Stelle angekommen und auf den Dachboden hinauf geklettert. Dort lag die Fledermaus, die aus mehreren kleinen Wunden blutete und sich womöglich einen Knochen gebrochen hatte. Hasenfier beugte sich hinunter und sah sofort, dass er ein Exemplar der Gattung Braunes Langohr – *Plecotus auritus* – vor sich hatte. Als er das Tierchen anfasste, erschrak er fast, so kalt fühlte es sich an.

»Die berühmte Kältestarre«, sagte er zu seinem Vater. »Die Tiere wollen Energie sparen.« Er betastete den lädierten Flügel. »Flugfähig ist Nepomuk in der nächsten Zeit bestimmt nicht.«

»Steht bei jeder Fledermaus denn dran, wie sie heißt?«

»Nein, das ist mit spontan eingefallen. Hol mal schnell einen Schuhkarton, wo ich sie reinlegen und mitnehmen kann. Ohne Notfallkiste geht das nicht. Und mit ein paar Blättern von deiner Küchenrolle – als Polsterung.«

Der Vater stieg wieder vom Dachboden herunter und kam wenig später mit dem Gewünschten zurück. Hasenfier stach ein paar Lüftungslöcher in den Karton, dann legte er Nepomuk vorsichtig hinein und trug ihn hinunter in die Küche.

»Jetzt braucht er was zum Trinken.«

»Ich habe Whisky, Rum und Gin im Schrank.«

»Witzbold! Ein paar Tropfen lauwarmes Leitungswasser reichen. Aber hast du eine Pipette da?«

Der Vater fasste sich an den Kopf. »Was soll ich mit einer Pipette?«

»Na, um dir zum Beispiel Tropfen in die Augen zu träufeln.«

»Ich habe keine trockenen Augen – die hatte deine Mutter. Aber bei der war so vieles trocken …«

»Vater, bitte!«

»Was ist denn, ich meine den Humor und nicht die … Nein, ich habe keine Pipette!«

»Dann gib mit wenigstens einen sauberen Tuschpinsel.«

Mit dem träufelte Hasenfier der Fledermaus dann von der Seite Wasser in die Maulspalte. »So, jetzt bräuchte ich noch ein paar Mehlwürmer. Frisch und gerade eben zerdrückt.«

»Ich habe weder Würmer im Mehl noch im Stuhl!«, rief der Vater, den das Gehabe um Nepomuk langsam nervte.

»Okay, dann fahre mich bitte schnell zur nächsten Tierhandlung und anschließend nach Hause.«

So geschah es dann; Hasenfier kaufte sich in der nächstgelegenen Apotheke noch eine Pipette und brachte dann Nepomuk bei sich im Badezimmer unter, wo er ihn schnell noch mit den frischen Mehlwürmern fütterte. Er hielt sie ihm mit einer Pinzette hin, und die Fledermaus nahm sie zu seiner großen Freude sofort an. Er schätzte, dass er bei Nepomuk bald den ersten Abflugversuch in die Freiheit wagen konnte.

Wieder versuchte er, sich nun auf das zu konzentrieren, was man ihn bei der Anhörung wahrscheinlich fragte, doch weit kam er auch im zweiten Anlauf nicht, denn nach gut einer halben Stunde klingelte es an seiner Wohnungstür. Es war seine Verlobte, die noch in Schöneberg bei ihrer Mutter wohnte.

Ann-Kathrin begann sofort zu jammern. »Ich hab's zu Hause nicht mehr ausgehalten, meine Mutter nervt wieder fürchterlich.«

Hasenfier schloss sie in die Arme und erzählte ihr, um sie aufzuheitern, den Witz, der ihm beim Verb *nerven* spontan eingefallen war. »Jesus kommt dazu, wie eine Frau, die beim außerehelichen Geschlechtsverkehr erwischt worden war, gesteinigt werden soll – und schreitet sofort ein. ›Wer von euch *ohne Sünde* ist, werfe als Erster einen *Stein* auf sie.‹ Da kommt schon, hinter seinem Rücken geworfen, der erste Stein angeflogen, und ohne sich umzudrehen, seufzt Jesus: ›Mutter, du nervst!‹«

Die Verlobte fand das »very sophisticated« und quälte sich ein Lächeln ab.

Hasenfier hatte die Umarmung auf einen naheliegenden Gedanken gebracht. »Vorehelicher Geschlechtsverkehr wäre auch nicht schlecht.«

Doch sie machte sich los von ihm. »Ich muss mit meiner Magisterarbeit weiterkommen. Meine Mutter macht mir die Hölle heiß, weil ich nicht recht vorankomme.«

»Mutterbindung!«, höhnte Hasenfier, denn das war ihr Thema: *Zu enge Mutterbindung als Ursache psychischer Störungen bei Heranwachsenden.*

»Sie mag ja eng sein, aber zu eng ist sie nicht. Bei dir und deiner Mutter, da ...« Sie brach ab, weil sie wusste, dass er zu seiner Mutter nie eine rechte Bindung gehabt hatte und froh war, dass sie jetzt mit ihrem Ehemann Nummer 3 in Guben lebte. »Was dich betrifft, da wäre ja eher über eine zu enge Vaterbindung zu reden. Hast du ihn heute auch schon wieder besucht?«

»Ja, aber nur, um Nepomuk zu retten.«

»Einer seiner Enkel?«

»Nein, 'ne Fledermaus.« Hasenfier erzählte ihr von dem, was vorgefallen war, und schloss damit, dass Nepomuk nun bei ihm im Badezimmer wohnte.

Ann-Kathrin schrie auf. »O Gott, der hat sicher die Tollwut!«

Hasenfier blieb gelassen und übte sich schon in seiner Rolle als Dozent. »Die Fledermaustollwut wird in Europa durch zwei Virusvarianten verursacht, die European Bat Lyssaviren (EBL) 1 und 2, die aber mit dem Erreger der Fuchstollwut nicht identisch sind. Die ersten Symptome treten ein bis drei Monate nach der Ansteckung auf: Kopfschmerzen, Erbrechen, Fieber, Brennen an der Verletzungsstelle. Die Viren befallen dann das Zentralnervensystem und lösen Muskelzuckungen und Krämpfe aus, Ekel vor Wasser tritt ein, die Hydrophobie, schließlich Tod durch Atemlähmung bei vollem Bewusstsein.«

»Hör auf!«, schrie die Verlobte. »Wo steckt denn das Vieh?«

»Nepomuk ist kein Vieh, sondern mein Ziehkind. Und wo er steckt? Im Badezimmer.«

»Da geh ich nicht mehr rein.«

Hasenfier fand ihre Hysterie ziemlich nervig und wurde drastisch. »Dann hocke dich auf die Balkonbrüstung, wenn du musst. Die Leute unten werden nur denken, dass ich die Blumen gieße.«

Sie tippte sich an die Stirn. »Du hast sie wohl nicht mehr alle!«

»Sicher, sonst wäre ich ja auch nicht mir dir zusammen. Und wenn du mal Psychotherapeutin bist – ich wüsste da schon die erste Patientin für dich …«

Sie fiel über ihn her, und alles endete im Bett, sodass sie erst nach gut einer Stunde ans Arbeiten denken konnten: Er bereitete sich auf seine Anhörung vor, sie versuchte Ordnung in das Material zu bringen, das sie schon über die Mutterbindung gesammelt hatte.

»Hör mal«, bat sie ihn nach einiger Zeit, »was ich schon habe: *Die Mutter sieht im Kind den Sinn ihres Lebens und bindet es übermäßig an sich. Die Angstbindung entsteht, das Kind bekommt Bronchitis und schließlich Asthma.*«

»Na, dann huste mal schön«, murmelte Hasenfier.

Sie ließ sich nicht beirren. »Eine Abnabelung findet nicht richtig statt.«

»Die ist bei mir gelungen. Ich glaube kaum noch, dass ich jemals eine Mutter hatte.«

»Gar keine Mutterbindung ist nun auch nicht gut«, fand sie und wandte sich dem nächsten Kapitel zu. »*Die Borderline-Symptomatik als Folge übermäßiger Bindung an einen Elternteil.* Infantile Verhaltensweisen ... Man will zurück zu den Eltern, weil man Angst hat vor dem Leben, vor Selbstverwirklichung, vor Sex ...«

»Da kann ich dich in deinem Fall beruhigen.«

»Danke. Phobien entstehen ... Aggressive und angsterregende Fantasien, die man gegenüber der verschlingenden und übermäßig bindenden Mutter entwickelt, werden verdrängt und auf ein anderes Objekt gerichtet ...«

»Eine Fledermaus zum Beispiel ...«, warf Hasenfier selbstironisch ein. »Aber vielleicht besser als auf dich ...«

»Bleiben wir sachlich!« Sie riss sich zusammen und las ihr nächstes Stichwort vor. »*Das Kind mit übermäßiger Mutterbindung entwickelt eine Sucht nach der Vergangenheit, nach einem narzisstischen Primärzustand – wie damals im Uterus mit dem warmen Fruchtwasser. Das Leben später wird als einzige Enttäuschung verstanden, und das erzeugt eine gewaltige Aggressivität.*«

»Ich sehe dich schon als Gutachterin im Prozess gegen einen Serienmörder.«

»Warum nicht? Die forensische Psychologie reizt mich schon.«

»Mich reizt eher deine schöne Gestalt …«

Und wieder landeten sie im Bett und hatten hinterher keine Kraft und Lust mehr zum Weiterarbeiten.

»Komm, fahren wir nach Dahlem«, sagte Hasenfier. »Ich möchte mir einmal das Gebäude ansehen, in dem ich morgen auf den Prüfstand muss, und außerdem können wir da gleich essen gehen.«

Ann-Kathrin war einverstanden, und sie machten sich in ihrer alten Schrottkiste auf den Weg.

Hasenfier hatte aus ideologischen Gründen weder Führerschein noch Auto. Das Institut für Biologie lag an der Schwendenerstraße. Hasenfier schätzte, dass sie eine knappe halbe Stunde bis dahin brauchen würden. Sie hatte kein Navi im Wagen, und er meinte, sie würde keines brauchen, denn sein Kopf sei besser als jedes GPS.

»Also: auf der Gutschmidtstraße und dem Buckower Damm zur Moriner Allee, am Britzer Garten vorbei, durch Mariendorf durch zur Attilastraße, von da auf dem Steglitzer Damm und der Albrechtstraße zum Bahnhof Steglitz und Unter den Eichen nach Dahlem.«

»Da ist ja fast anzunehmen, du hast dir das Ortungssystem einer deiner Fledermäuse in den Kopf eingepflanzt.«

»Du merkst aber auch alles!«

Sie waren nach genau 28 Minuten am Ziel, ohne dass sie sich einmal verfahren hätten.

Hasenfier betrachtete den Backsteinbau, der das Zentrum der Biologie an der FU Berlin darstellte, mit leuchtenden Augen.

»Ob das wirklich mal mein Domizil werden wird? Schön wär's!«

Ann-Kathrin war da ein wenig skeptisch. »Freu' dich nicht zu früh, umso größer ist nachher die Enttäuschung, wenn's nichts werden sollte.«

Hasenfier nickte, denn seine beiden schärfsten Konkurrenten, das hatte er schon herausgefunden, waren zwar keine ausgesprochenen Hochkaräter wie etwa alternative Nobelpreisträger, konnten aber auf einen gewissen Ruf verweisen.

Curt Callenberg war erfolgreicher Dozent hier in Berlin und zudem ausgewiesener Wildtierforscher; und Marvin Schocksdorf aus Bremen hatte sich schon als Meeresbiologe hervorgetan und außerdem eine Stelle als Juniorprofessor innegehabt. Beide waren sie habilitiert.

»Hoffentlich kommst du wenigstens auf die Dreierliste«, sagte Ann-Kathrin.

»Ich will auf Platz 1!« Er warf einen Blick zu ihr hinüber. »Aber Pech für dich, denn dann werden wir heiraten, und du musst von deiner Mutter wegziehen. Und wohin dann mit der Bindung? Das ist ja nicht wie bei alten Skiern, wo man die Bindung so ohne Weiteres entsorgen kann.«

»Du bist gemein!«

Hasenfier glaubte nicht an Psi-Phänomene, und auch sie war keine Anhängerin jedweder Parapsychologie, doch beiden gab es zu denken, dass gerade in diesem Augenblick ihr iPhone Laut zu geben begann und ihre Mutter aus der Schöneberger Ebersstraße anrief.

»Du, Schatz, ich fühle mich so einsam und lade euch zum Essen beim Vietnamesen am Bahnhof Friedrichstraße ein. Ich fahre schon mal mit der Taxe hin.«

Hasenfier hatte nicht jedes Wort verstanden, reimte sich aber alles zusammen und machte mit beiden Armen heftige Bewegungen der Abwehr, zog eine schreckliche Grimasse und deutete ein zehnfaches Nein an. Er konnte ihre Mutter auf den Tod nicht ausstehen und hatte zu seinem Freund Martin Nehmer schon öfter gesagt, dass er einmal als SMM enden werde, als Schwiegermuttermörder. Doch Ann-Kathrin hatte nichts Besseres zu tun, als entzückt auszurufen: »Mutti, natürlich, wir kommen gerne.«

Hasenfier blieb nichts weiter übrig, als alles klaglos hinzunehmen, denn immerhin gehörte die Nummer 103 auf der Speisekarte, der gebratene Rotbarsch in Mangosoße, zu seinen Lieblingsgerichten, was halbwegs tröstlich war.

»Schaltest du mal bitte dein Kopf-Navi ein«, bat Ann-Kathrin.

»Ja: immer die B1, also Unter den Eichen und so weiter, dann Potsdamer, Ebert-, Behren-, Glinka- und Niederstädtische Kirchstraße.«

Er hoffte, dass es viele Staus geben würden, doch alles ging ziemlich glatt, und sie standen Gudrun Grapitz schon nach gut 40 Minuten gegenüber. Sie hatte die Figur einer Diskuswerferin und war Grundschullehrerin. »Sehr klug von ihr«, sagte Hasenfier immer, »da hat sie ihre schwere Krankheit, die maligne Logorrhoe, wenigstens zum Beruf machen können.« Und so begann ihm seine Schwiegermutter in spe mit ihrem Sprechdurchfall bald wieder gewaltig auf die Nerven zu gehen. Normale Menschen hätten gesagt: »Ich war beim Arzt, war zum Glück nichts Ernsts«, sie aber machte daraus eine Story von der Länge, die einzelne Folgen einer Fernsehserie hatten.

Hasenfiers iPhone vibrierte in der Hosentasche. Es war Nele aus Jever. Er überflog mit einem schnellen Blick zur Seite, was sie ihm geschrieben hatte.

»Habe Sehnsucht nach dir. Treffen wir uns, wenn du zum Vortrag in Hannover bist?«

3.

Callenberg stand im Badezimmer und starrte in den Spiegel. Was war das für ein komischer Mensch, der ihn da ansah? Hatte sich da erneut jemand in seine Wohnung geschlichen, um ihn zu beobachten und dafür zu sorgen, dass er wieder in die Karl-Bonhoeffer-Nervenklinik kam, die KboN, im Volke: Bonnies Ranch. Wer war er? Er wanderte in seiner kleinen Wohnung umher, um irgendwo einen Hinweis zu finden. Der Blick fiel auf sein Bücherregal. Ein schmales Bändchen war nicht richtig eingeordnet. Er zog es vollends heraus und las: Curt Callenberg, *Neozone in Brandenburg*. Auf der Rückseite war der Autor abgebildet. Gott, das war er selber! Er ging in die Küche, um sich ein Glas Wasser einzuschenken und seine Tabletten zu nehmen. Langsam hatte er das Gefühl, in seinen eigenen Körper zurückzukehren. Alles normalisierte sich wieder.

Dr. rer. nat. Curt Callenberg kam aus einer alten Soldatenfamilie und war in Strausberg bei Berlin aufgewachsen, wo sein Vater einst als Oberst bei der NVA gedient hatte. 1981 zur Welt gekommen, war er noch ein genuines Kind der DDR, hatte aber nach dem Abitur seinen Wehrdienst beim *Bund* abgeleistet. Die Familientradition gebot es, und da seine Leistungen an der Waffe und im Feld nichts zu wünschen übrig ließen, war eigentlich allen klar, dass er Berufssoldat werden und die Offizierslaufbahn einschlagen würde. So waren seine Freunde und Verwandten aus allen Wolken gefallen, als er verkündet hatte, Biologie zu studieren. »Warum denn das?«, fragten diejenigen, die ihre Contenance zu wahren verstanden, die anderen riefen nur aus: »Sowat beklopptet!« Es war auch nicht die Liebe zur Natur, die ihn zu diesem Entschluss gebracht hatte, sondern die zu Amélie, die Chemie, Physik und Biologie ›auf Lehramt‹ studieren wollte (und längst passé war). Nun, wie auch immer, er war ein hervorragender Biologe geworden, hatte aber das Soldatische in seinen Genen, wie er immer sagte, doch nicht so ganz überwunden und sich dem Modernen Fünfkampf verschrieben, einer olympischen Sportart der ersten Stunde, die aus den Disziplinen Pistolenschießen, Degenfechten, Schwimmen, Springreiten und Querfeldeinlaufen bestand.

So verbrachte er auch diesen Morgen wieder auf dem Schießstand. Moderne Laserpistolen, wie sie seit einigen Jahren bei großen Wettkämpfen benutzt wurden, gab es in seinem Verein noch nicht, man übte weiterhin mit vorsintflutlichen Schnellfeuerpistolen vom Kaliber 22. Vier Schüsse, vier Treffer. Er war mit sich und der Welt zufrieden und eilte zu seinem uralten Volvo, um zur HU zu fahren. Vieles, was an der Humboldt-Universität mit Biologie zu tun hatte, war in der Nähe der Philippstraße angesiedelt, einer Nebenstraße jener Hannoverschen Straße, die zu Zeiten der DDR wegen der hier ansässigen *Ständigen Vertretung der BRD* weltweit bekannt geworden war.

Callenbergs heutiges Thema ›*Neozoen* (*invaders*)‹ hatte, obwohl das Semester langsam zu Ende ging, erstaunlich viele Studierende in seinen Hörsaal gelockt. Das mochte daran liegen, dass es bei der studierenden Jugend derzeit höchst angesagt war, vegetarisch oder vegan zu essen, am Montag zur Friedensdemo zu gehen, den Flüchtlingen auf dem Oranienplatz beizustehen und zu verhindern, dass sie vom Dach der ihnen anschließend zugewiesenen Quartiere in den Tod sprangen, und auch sonst alles zu tun und zu denken, was zu einem Gutmenschen gehörte, also auch jedes Tier zu lieben und zu schützen. Neulich hätte man ihn in einem Gartenlokal fast verprügelt, als er eine Wespe, die auf seinem gebratenen Zander gelandet war, mit seiner Gabel zerquetscht hatte. »Wer Tiere tötet, tötet auch Menschen, du Arsch!«

Nun, Callenberg hatte seine Lektion gelernt und hielt sich in Zukunft mit Worten und Taten etwas zurück, ohne seinen Hang zur Ironie ganz unterdrücken zu können.

»Halten wir anfangs fest, dass wir Neozoen sagen und nicht Neozön – von neo gleich neu und zōia griechisch gleich Tiere – englisch auch: *invaders*, *intruders* oder *exotic species*. Was meinen wir mit Neozoen? Alle in ein Biotop eingewanderten, eingeführten oder eingeschleppten Tierarten. Zum Beispiel?« Er sah sich fragend um.

»Der Homo sapiens!«, rief ein Brillenträger aus der letzten Reihe.

»Noch ein Comedian-Talent! Die Waldbühne wartet auf dich oder Oliver Welke in der ›heute-show‹. Wird bei einer Straßenumfrage einem biederen Bürger das Mikrofon hingehalten: ›Haben Sie in Ihrem langen Leben schon einmal einen Homo sapiens gesehen?‹ – ›Nein!‹« Gelächter.

»Die Spinne in der Yucca-Palme!«, kam es von anderer Seite.

Callenberg hatte Mühe, gelassen zu bleiben. »Rolf Wilhelm Brednich, ich weiß.«

»Stimmt doch aber, was eingeschleppte Tiere betrifft.«

»Gott, das fällt unter moderne Sagen. Könnte mal jemand ernsthaft sein!«

»Der Waschbär!«, kam es von der Seite bemühter Mädchen.

»Wunderbar! Die ersten Exemplare des *Procyon lotor* wurden von Nordamerika in den Kaukasus und nach Japan verbracht, weil man sich von ihren Pelzen Gewinne versprach, und einige sind dort aus ihren Gehegen entwichen. Zuerst waren sie bei uns in gewässerreichen Laub- und Mischwäldern zu finden, jetzt treffen wir sie zunehmend auch in unseren Städten an.« Er ließ sich noch eine Weile über die Waschbären aus, ehe er zu anderen Neozoen wie der Wanderratte (*Rattus norvegicus*), der Schwanengans (*Anser cygnoides*), dem Amerikanischen Ochsenfrosch (*Rana catesbeiana*) und dem Kartoffelkäfer (*Leptinotarsa decemlineata*) kam.

»Müssen wir die lateinischen Begriffe auch alle lernen?«

»Nein, die Studienabbrecher brauchen das nicht.«

Callenberg genoss es, hier der Herr im Ring zu sein. Seine 45 Minuten gingen ihm viel zu schnell zu Ende. »Proxima septimana, amici!«, rief er seinen Studierenden zu, dann lief er zu seinem Volvo, um zum IZW zu fahren, dem Leibnizinstitut für Zoo- und Wildtierforschung, das an der Alfred-Kowalke-Straße im tiefen Osten Berlins gelegen war. Alfred Kowalke war nun kein Biologe, wie man hätte erwarten können, zumal das Institut an den Tierpark Friedrichsfelde grenzte und der Vorname sofort an Alfred Brehm denken ließ, sondern ein Kommunist und Widerstandskämpfer gegen die Nazis. Callenberg, der einige Zeit im IZW beschäftigt gewesen war, hatte das seinen Freunden und Verwandten oft genug erklären müssen. Auch ohne Navi wusste er, dass er, fuhr er über die Frankfurter Allee, etwa eine halbe Stunde brauchen würde. Gab es wieder einmal eine Demo, entsprechend länger, und wann gab es in Berlin einmal keine Demo? Doch er hatte Glück, diesmal geriet er weder in einen Demonstrationszug noch in einen Stau.

Völlig überraschend kam dann die nächste Panikattacke. Auslöser war der Gedanke, dass die Tunneldecke der U5, über die er hinter dem Alexanderplatz fuhr, plötzlich einstürzen würde und er auf den Gleisen landete, von einem Zug erfasst und zermalmt wurde. Er hustete und hatte das Gefühl, zu ersticken. Sein Herz raste, der Schweiß brach ihm aus allen Poren. Schwindel packte ihn, er konnte gerade eben noch den Wagen an den Straßenrand lenken, die Tür aufstoßen und sich erbrechen. War das schon der ständig erwartete Herzinfarkt!? Gott, warum war er nicht zu Hause geblieben?

Passanten blieben stehen und fragten, ob sie ihm helfen könnten.

»Nein danke, mir ist schon wieder besser.«

Er trank aus seiner Wasserflasche und schluckte ein Beruhigungsmittel, dann ging es wieder, musste es gehen. Langsam fuhr er weiter und konnte die alten Kollegen kurz vor der Mittagspause umarmen. Gemeinsam mit Philipp Feyenstein ging er in die Mensa der nahegelegenen Hochschule für Recht und Wirtschaft (HWR).

»Du hast dich um den neuen Biologie-Lehrstuhl an der FU beworben?« Der Ex-Kollege sah ihn fragend an.

Callenberg nickte. »Ja. Du auch?«

»Nein, aber es ist schon durchgesickert, dass auch Hasenfier mit von der Partie ist.«

Callenberg zuckte so zusammen, als wäre ihm eine Kugel in den Körper gefahren. »Ja, ich weiß, dieses Arschloch auch!«

»Ihr könnt euch nicht ausstehen? Aber ihr wart doch mal eng befreundet?«

»Waren wir auch.« Callenberg wollte seine Emotionen unbedingt kontrollieren, das hatte er seiner Therapeutin versprechen müssen, aber nun brach es doch aus ihm heraus. »Solange jedenfalls, bis er mir meine neue Freundin ausgespannt hat.«

»Die Ann-Kathrin, deine große Liebe.« Feyenstein rückte unwillkürlich ein wenig zur Seite, weil er fürchtete, Callenberg würde mit dem Messer auf ihn losgehen. Das mit der großen Liebe hätte er nicht sagen dürfen.

Aber Callenberg beherrschte sich diesmal und blieb vergleichsweise sachlich. »Diesmal habe ich die besseren Karten, denn während er in den Bunkern herumkriecht und nach Fledermäusen sucht, stehe ich im Hörsaal und sammle Erfahrungen.«

Ihm war klar, dass das nur das berühmte Pfeifen im Walde war, um sich Mut zu machen, denn Hasenfiers Habilitationsschrift über das Echoortungssystem der Fledermäuse galt inzwischen als Klassiker. Immer wieder hörte er seine innere Stimme: *Du musst unbedingt herausfinden, dass seine Dissertation ein Plagiat ist.* Deswegen war er ja auch ins IZW gefahren, um nach vergleichbaren Arbeiten zu suchen, von denen Hasenfier abgeschrieben haben konnte. Wenn es gelungen war, Karl-Theodor zu Guttenberg, Silvana Koch und Annette Schavan zu überführen, warum sollte das nicht auch bei Florian Hasenfier möglich sein. Natürlich war der im Falle eines Falles bestimmt nicht so dumm gewesen, eine Arbeit abzukupfern, die man jederzeit im Internet finden konnte, aber wenn es sich um Monografien oder Dissertationen handelte, die man vor den Zeiten der Digitalisierung und noch dazu in fernen Ländern geschrieben hatte, dann war einem Plagiator noch immer schwer auf die Schliche zu kommen. Und Hasenfier war so ein klein bisschen *corriger la fortune* durchaus zuzutrauen. Tiere in freier Wildbahn zu beobachten, das war sein Ding gewesen, aber nie das Sitzen am Schreibtisch und Computer. Seine Dissertation hatte Hasenfier über die Kalong-Flughunde (*Pteropus vampyrus*) geschrieben, also machte sich Callenberg in der Bibliothek des IZW auf die Suche nach längst vergilbten Arbeiten zu diesem Thema. Die erste Veröffentlichung, die er durchsah, ließ ihn hoffen, denn er wusste, dass Hasenfier einige Male in Australien gewesen war: Bernhard Braddon, *Australian flying foxes, erschienen 1985*. Das konnte was werden, zumal Braddons Name in Hasenfiers Literaturverzeichnis nicht auftauchte. Hasenfiers Dissertation hatte er auf dem Bildschirm seines Laptops, und so machte er sich daran, nach Passagen zu suchen, die der Konkurrent wortwörtlich übernommen hatte. Noch hatte er nichts Verdächtiges gefunden, da mahnte ihn sein elektronisches Notizbuch, einen wichtigen Termin nicht zu vergessen: die nächste Sitzung bei seiner Therapeutin. Die Werenzhain, Gott! Callenberg packte alles zusammen, um zu ihr nach Friedenau in die Sarrazinstraße zu fahren. Ein Blick auf den Stadtplan ließ ihn fluchen, denn von Friedrichsfelde bis dorthin schien es ewig weit zu sein. Er prägte sich die Route ein und verfuhr sich dann nur einmal ein wenig. Zuerst ging es die Straße Am Tierpark entlang, dann die Treskowallee hinunter. Am Bahnhof Karlshorst ging es unter der S-Bahn-Brücke hindurch. Dort bauten sie auch schon jahrelang. Er kam nach Oberschöneweide, bei älteren Berlinern ›Oberschweineöde‹. Hier beherrschten die alten ockergelben Klinkerbauten der AEG die Szene. Lange vorbei. Es ging über die Spree hinweg. Er sah nicht aufs Wasser hinunter, das hätte eine neue Panikattacke auslösen können. In Baumschulenweg kam er auf die Autobahn. Neukölln flog vorüber, dann Tempelhof. Auf dem riesigen Flughafengelände waren unzählige Jogger, Radfahrer und Fußgänger zu erkennen. Andere hatten sich zum Picknick niedergelassen oder ließen Drachen steigen. Das Volk hatte im Begehren eine Bebauung verhindert. Callenberg freute sich über die Niederlage des Senats. Wer den großen neuen Flughafen BER in Schönefeld in den Sand setzte, der hätte seiner Meinung nach Harakiri begehen oder sich mit der seidenen Schnur erhängen müssen. Armleuchter alle! Am Innsbrucker Platz verließ er die Stadtautobahn und hatte wenig später sein Ziel erreicht. Nicht einmal 40 Minuten hatte es gedauert, bis er in der Sarrazinstraße bei Zoë Werenzhain auf den Klingelknopf drücken konnte. Die Straße war nicht etwa nach diesem unsäglichen Theo Sarrazin benannt worden, sondern nach dem Bauingenieur und Kommunalpolitiker Otto Sarrazin, der schon 1921 gestorben war. Das von Theo Sarrazin in der Zeitung zu lesen, hätte ihm einige Freude bereitet.

Zoë Werenzhain war derart adipös, wie es heutzutage nicht einmal Kugelstoßerinnen und Diskuswerferin waren. Außerdem – wie konnte ein Mensch mit Vornamen Zoë heißen? Ob sie selbst zu einer Psychotherapeutin ging? Wahrscheinlich. Haus- und Wohnungstür öffneten sich, ohne dass sie oder jemand anderes zu sehen war. Callenberg wusste, dass Psychotherapeuten alles taten, um die Begegnung zweier Klienten zu vermeiden. Es sollte nicht herumerzählt werden, dass man diesen und jenen beim ›Seelenklempner‹ getroffen hatte. »Wat hatten der für ’ne Macke, detta zu der hin muss?« Callenberg wartete also eine Weile, blätterte gelangweilt in ausliegenden esoterischen Zeitschriften und verfluchte sich und sein Dasein.

»Herr Callenberg bitte …« Endlich stand die Psychotherapeutin in der Tür und ließ ihn in den Raum eintreten, in dem ihre Gespräche stattfanden. Überall lag Spielzeug herum. Offensichtlich kamen auch viele Kinder zu ihr. Beide nahmen auf durchgesessenen Sesseln Platz, und er wurde aufgefordert, von seinen Panikattacken und seinen Aggressionsschüben zu berichten. Sie hörte sich kommentarlos alles an und machte sich Notizen.

»Und da haben Sie sich sozusagen in der Hauptsache auf Florian Hasenfier eingeschossen?«, fragte sie schließlich.

»Ja, wir haben zusammen studiert und waren die besten Freunde, aber dann … Jetzt könnte ich ihn … Er hat mit schließlich meine Freundin weggenommen.«

»Sie hatten da, wie Sie mir bei der letzten Sitzung gesagt haben, ziemliche Ängste vor zu großer Nähe?« Worauf sie hinauswollte, war die sogenannte *Fremdüberwältigung*.

»Ja, zugegeben …«

»Und jetzt macht Ihnen Ihr Alleinsein zu schaffen?«

»Ja schon … Mehr aber noch, dass Hasenfier und ich jetzt um einen Lehrstuhl an der FU kämpfen.«

Die Werenzhain fixierte ihn. »Und da schießen ganz bestimmte Aggressionen in Ihnen hoch, da beginnt es zu kochen?«

»Geradezu vulkanisch, ja.«

»Hm …« *Angst vor sich selbst nimmt zu*, schrieb sie auf ihren Zettel. »Und diese Aggressionen sind immer auch mit Schuldgefühlen verbunden?«

»Ja, ich will Ann-Kathrin umbringen, gleichzeitig aber hänge ich noch immer ungemein an ihr. Ach Gott, manchmal ist das alles so schlimm, dass ich mich am liebsten vor die S-Bahn werfen möchte.«

»Haben Sie schon einmal an eine stationäre Einweisung gedacht?«

Callenberg reagierte mit Entsetzen. »Nein. Aber wenn ich die Professur an der FU nicht bekomme, da weiß ich wirklich nicht, wie ich da reagiere.«

»Gehen Sie bitte noch zu Ihrem Neurologen und sprechen mit ihm, was man da medikamentös noch machen kann.« Sie sah auf ihren Zettel und fand einen Punkt, der noch abzuhaken war. »Wie sieht es aus mit Ihrem Hang, sich selbst zu verletzen, wenn Sie nicht ein noch aus wissen?«

Er zeigte auf die vielen Narben an seinen Oberarmen. »Das hat etwas nachgelassen.«

Kein SSV, schrieb Zoë Werenzhain auf ihren Block, *aber Suizidalität ++. Emotionale Dynamik +, Affektlosigkeit –.* »Aber mit Ihrer Lehrtätigkeit sind Sie zurechtgekommen?«

Callenberg nickte. »Ja, im Hörsaal funktioniere ich immer wie ein Roboter.«

Die Psychotherapeutin fühlte sich in ihrer Diagnose bestätigt: *Borderline-Persönlichkeitsstörungen, Panikattacken, mitunter Symptome der Depersonalisation und Ausfall der Impulskontrolle.*

»Dann warten wir einmal ab, was mit Ihrer Professur wird. Auf alle Fälle sollten Sie wieder Sport treiben, jedenfalls versuchen, Ablenkung zu finden.«

»Ich werde mir alle Mühe geben.«

Callenberg wohnte am Mariendorfer Damm, fuhr aber noch ein Stückchen weiter, um am Buckower Damm, wo das Stadion an der Windmühle gelegen war, einmal nachzuschauen, ob sein alter Fußballverein dort noch immer trainierte. Da wieder mitzumachen, und wenn es in der dritten Mannschaft war, half ihm vielleicht, mit seinen psychischen Störungen fertig zu werden. Doch als er den Fußballplatz erreicht hatte, war dort alles öd und leer. Beim Umherblicken erkannte er ganz in der Nähe die Hochhäuser an der Fritz-Erler-Allee, und sofort begann es in ihm zu arbeiten. *Hasenfier, Ann-Kathrin, die 19. Etage. Beide besuchen, beide über die Balkonbrüstung hinweg in die Tiefe stürzen. Ein Unfall.*

Er setzte sich wieder in seinen Wagen und fuhr los. Das Programm war gestartet.

4.

In Berlin wurde der Wohnraummangel immer spürbarer, denn die Stadt war derzeit mehr als angesagt und wuchs Jahr für Jahr um rund 40 000 Bewohner, was immerhin der Größenordnung von Mittelstädten wie Aalen, Bad Homburg, Dormagen, Euskirchen, Goslar, Offenburg, Rosenheim oder Schwäbisch Gmünd entsprach. Menschen mit niedrigem Einkommen und Studenten hatten es da besonders schwer, eine bezahlbare Wohnung zu finden. Die Mietpreise stiegen und stiegen, und um die Krise etwas zu entschärfen, hatte der Senat beschlossen, die Umwandlung von Wohnungen in Ferienwohnungen für Touristen zu verbieten. Davon sollte es in diesem Jahr 12 000 geben. Es musste also etwas geschehen, und so hieß es generell: Ihr Völker der Welt, baut in dieser Stadt! Und die ersten Investoren hatten auch schon angebissen: Am Alexanderplatz sollte ein 150 Meter hoher Wohnturm entstehen, der den Grundriss eines Kleeblatts hatte. Seine 39 Stockwerke sollten 300 Wohnungen und einem Hotel Platz bieten.

Bei der SIEG, der *SustainInvest Europe Germany*, hatte man anderes im Sinn, wollte man an den Stadtrand hinaus und im äußersten Südosten Berlins zwischen Schmöckwitz und Karolinenhof auf einem Waldstück an der Dahme eine größere Wohnanlage mit dem Namen *Seeglück* errichten. Die einmalige Lage mit dem herrlichen Blick aufs Wasser sollte viele solvente Mieter und vor allem Käufer von Eigentumswohnungen anlocken.

Ihren Sitz in Berlin hatte die SIEG in einem herrlichen Gründerzeithaus am oberen Kurfürstendamm. Das sei seriöser, als wenn man in einem Neubau in Mitte residierte, hatte Greg Mernmack erklärt, der oberste Boss, der aus Boston, Massachusetts, kam, aber besser Deutsch sprach als viele Berliner mit dem berühmten Migrationshintergrund. Sein Statthalter an der Spree war der 35-jährige Betriebswirt und Stadtentwickler Björn Jembke. Er war nach einem ausgedehnten Assessment-Center eingestellt worden, und Mernmack hatte sich über ihn notiert: *Klares Wertsystem, klare Ziele, selbstdiszipliniert, reflektiert sein Verhalten, kann delegieren und andere motivieren, ist ehrgeizig und voll Power, hat einen ausgeglichenen Charakter.*

Der letzten Einschätzung hätte Jembkes Frau möglicherweise widersprochen. Sie war nach der Scheidung in Stade geblieben, und Jembke lebte als Single in Berlin, bewohnte ein Loft am Spreeufer und hatte in Charly Harper aus der Serie *Two and a half Men* sein großes Vorbild, was hieß: viele oberflächliche Beziehungen zu oberflächlichen, aber äußerst attraktiven Frauen und allabendliche Besuche in erlesenen Bars und Restaurants. Im Gegensatz zu Charly Harper, der seine Millionen in der Werbebranche mit läppischen Songs verdient und nie etwas Vernünftiges gelernt hatte, war Jembke mit mehreren glänzenden Abschlüssen aus den USA nach Deutschland zurückgekommen, unter anderem erworben in Harvard und am Massachusetts Institute of Technology. Nach mehreren Jobs bei Hamburger Projektentwicklern war er nach Berlin gekommen, weil er sich von der Nähe zu einflussreichen Bundespolitikern einiges versprach, träumte er doch davon, einmal Bundesminister für Verkehr und digitale

Infrastruktur zu werden. Die Geschäftsführerstelle bei der SIEG sollte sein Sprungbrett werden. Schon allein der Name dieses Unternehmens war ein gutes Omen. Alle sagten sie ihm nach, er sei ein ausgesprochener Siegertyp. Im Tennis wie im Golf hätte er es auch zu internationalem Ruhm bringen können, wenn er wirklich daran interessiert gewesen wäre und ihm sein Studium mehr Zeit gelassen hätte. Ein wenig kokettierte er damit, dass er dem spanisch-bayerischen Erfolgstrainer Pep Guardiola ein wenig ähnlich sah, insbesondere dann, wenn er seine Brille mit dem dicken schwarzen Gestell abgesetzt hatte.

Vom Spreeloft in der Kaiserin Augusta-Allee 101 bis zur Halenseebrücke war keine Viertelstunde zu fahren, und er genoss die ebenso anerkennenden wie neid- bis hasserfüllten Blicke, die ihn trafen, wenn er mit seinem Porsche 911 Carrera Cabriolet an roten Ampeln hielt. Er liebte die große Bühne Berlin.

Sein Autoradio hatte er auf rbb-info eingestellt, um sich aber schon nach einigen Minuten tüchtig über diesen Sender zu ärgern. Die journalistischen Beiträge waren von hohem Niveau, aber man wiederholte sie x-mal am Tag, sodass sich Jembke verhohnepiepelt vorkam. »Gott, ich bin kein Idiot, dem man alles doppelt und dreifach erzählen muss!« Doch mehr aber brachten ihn die furchtbar marktschreierischen und selten dämlichen Werbespots auf die Palme. »Als hätte ich einen IQ von 80!« Damit schaltete er um zu DeutschlandradioKultur.

Wo die Westfälische Straße in den Kurfürstendamm mündete, also unmittelbar am S-Bahnhof Halensee, galt es, einen Parkplatz zu finden, denn ihr eigenes Parkhaus war noch nicht fertig. Manchmal musste er eine Viertelstunde suchen, heute aber hatte er er schon nach wenigen

Minuten einen Platz gefunden. Die gewonnene Zeit konnte er zu einem kleinen Spaziergang nutzen. Zu gern stand er auf der Halenseebrücke. Blickte er nach Osten, lag links der Bahnsteig der Ringbahnlinien S41 und S 42 zu seinen Füßen. Wie auf einer Modellbahn rollten die Züge heran und fuhren nach dem Fahrgastwechsel wieder an. In etwa zwei Kilometer Ferne ragten die drei Schornsteine des Spitzlastkraftwerks Wilmersdorf wie drei NATO-Mittelstreckenraketen in den Morgenhimmel. Rechts von ihm hatte das Bauhaus vor Kurzem seinen Neubau eröffnet, und schon öfter war er in dessen *drive-in-area* gerollt. Drehte er sich um, sah er auf das ICC, das einem Raumschiff aus der Star-Trek-Serie sehr ähnelte, und den Funkturm.

Ein Blick auf die Uhr. Los, ab!

In der Büroetage der SIEG saßen von den vielen Kolleginnen und Kollegen nur Jens Seelitz und Linda Kathkow schon vor ihren Bildschirmen.

Seelitz war ein langer Schlacks, der vom Bodensee kam und eine italienische Großmutter hatte. Mit seinen schwarzen Haaren, seiner olivfarben getönten Haut und seinem kunstvoll geschnittenen Vollbart ähnelte er den terroristischen Islamisten auf den Fahndungsfotos und hatte im Frühjahr große Schwierigkeiten gehabt, in die USA einzureisen. Er war IT-Fachmann und ein großer Spaßvogel.

Linda Kathkow war Kommunikationswissenschaftlerin mit Bachelor-Abschluss und besorgte die PR-Arbeit. Sie war nicht so attraktiv, dass es für einen Auftritt bei Heidi Klum gereicht hätte, aber da fehlte nicht viel, und natürlich hatte sie schon mit Jembke geschlafen, obwohl das in der Firma eigentlich verboten war. Aber wie hieß es doch im Volksmund: Einmal ist kein Mal.

Als Jembke zu ihnen trat, war Seelitz gerade dabei, einen gestern gehörten Witz zu erzählen.

»Kommt ein alter Ehemann vom Arzt nach Hause, fragt seine Frau, was die Untersuchung ergeben hat. Antwort: ›Noch nichts. Er will erst einmal Blut, Stuhl und Sperma von mir testen.‹ Sie: ›Gib ihm doch deine Cordhose, da hat er gleich alles auf einmal.‹«

Während Linda Kathkow schallend lachte, konnte sich Jembke nur ein gequältes Lächeln abringen. »Very sophisticated war das wohl nicht ...«

»Dann versuche ich es mit dem, was ich auf einer CD von Hirschhausen und Karasek gehört habe ... Jesus geht dazwischen, als man eine Frau, die von einem anderem als ihrem Ehemann geschwängert worden ist, steinigen will. ›Schluss! Wer ohne Sünde ist, der werfe den ersten Stein!‹ Der kommt tatsächlich angeflogen. Jesus dreht sich nicht einmal um, sondern ruft sogleich: ›Mutter, du nervst!‹«

Da lachte auch Jembke. Aber nur kurz, es gab heute noch viel zu tun. »Mernmack und ich fahren heute nach Schmöckwitz, und das ist ja eine Weltreise von hier!«

»Ich habe schon einen Hubschrauber bestellt«, sagte Seelitz. »Er wird um zehn Uhr hier auf dem Dach landen.«

»Nicht nötig, wir lassen uns beamen. Scotty arbeitet jetzt für uns. *Beam me up, Scotty.*«

Linda Kathkow machte sich schon Notizen. »*Schmöckwitz als anderer Planet, als der Berliner Wellness-Planet*, das könnten wir in den angedachten Flyer übernehmen.«

»Gut, gut, mach mal.«

»Mit drei Mach setzt dann der Treck der Stars nach Schmöckwitz ein«, führte Seelitz den Gedanken fort.

»Anankastisches Assoziieren«, stellte Jembke fest. »Ich

habe auch einige Semester Psychologie im Nebenfach studiert.«

Nun legte Seelitz erst richtig los. »Wie wäre es mit einer Therapie? Mit welchem Tee? Mensch, dem von Rapid. Ja, Rapid Wien war mal ein bekannter Fußballverein. Hoch das Bein für den Verein! Hat mein Vater immer gesagt, also nicht der Vater unser, sondern der Siegfried Seelitz. Selig sind die Bekloppten, denn sie brauchen keinen Hammer mehr.«

Linda Kathkow stopfte ihm den Rest seines angebissenen Apfels in den Mund, damit er endlich Ruhe gab.

Man unterhielt sich über das, was man am Morgen im Radio gehört hatte und was in den Zeitungen stand, die man bei SIEG abonniert hatte. Auf den Titelseiten war zumeist ein Foto zu sehen, auf dem ein Soldat im Tarnanzug den Journalisten den geborgenen Flugschreiber der über der Ostukraine abgestürzten beziehungsweise abgeschossenen Boeing 777 der Malaysia-Airlines hinhielt.

Jembke schloss die Augen und stöhnte auf. »Als ich und Mernmack vor drei Wochen nach Indien geflogen sind, waren wir auf demselben Kurs wie die MH17.«

»Es stand eben anders im Buch deines Lebens«, befand Linda Kathkow.

»Und ich Ärmster soll nächsten Montag im Auftrag der Firma nach Israel fliegen!«, rief Seelitz auf zeigte auf den Artikel, in dem stand, dass die Hamas den Flughafen von Tel Aviv zum Raketenziel erklärt hatte.

»Wenn, dann stirbst du doch mit dem ›Kicker‹ in der Hand und hast einen schönen Tod«, lästerte Jembke.

Nächstes Diskussionsthema war die Entscheidung Bremens, die Deutsche Fußballliga (DFL) und die Vereine an den Kosten für Polizeieinsätze bei Risikospielen zu beteiligen.

»Richtig!«, fanden Jembke und Linda Kathkow. »Wenn die allein 20 Millionen für mittelmäßig begabte Balltreter bezahlen, dann sollen sie auch ein paar Hunderttausend Euro für die Polizei übrig haben und diese Kosten nicht uns Steuerzahlern aufbürden.«

Seelitz war da ganz anderer Meinung. »Brot und Spiele sind nötig, um das Volk ruhig zu stellen und glücklich zu machen, das wissen wir vom alten Rom her, und der Fußball erfüllt diese Funktion besser als alles andere Entertainment – also sollte er uns schon ein paar Euro wert sein.«

Zu spotten gab es wieder einmal über den Berliner Hauptbahnhof, wo Risse im Glasdach entstanden waren und man die kaputten Scheiben bis zur Anlieferung neuer Exemplare durch Bretter ersetzt hatte.

Bedrückend war es, dass es wegen der israelischen Angriffe auf den Gazastreifen heftige antisemitische Äußerungen gegeben hatte, etwa »Jude, Jude, feiges Schwein, komm heraus und kämpf allein«. Ein 46-Jähriger hatte sich vor der israelischen Botschaft verbrennen wollen – und war in die Psychiatrie gekommen.

Als sie alle etwas depressiv zu werden begannen, sang Seelitz »O Isis und Osiris« aus der *Zauberflöte* und erklärte, er würde nicht verstehen, warum alle etwas gegen die Isis hätten. »Das ist doch eine ganz harmlose ägyptische Göttin aus der Mythologie, die Göttin der Geburt, der Wiedergeburt und der Magie.«

»Aber auch eine Totengöttin«, fügte Jembke hinzu. »Zusammen mit ihrer Schwester Nephthys hat sie den zerstückelten Leichnam des Osiris gefunden und bei dessen Einbalsamierung mitgeholfen.«

Linda Kathkow blätterte weiter und schien enttäuscht. »Wieder kein Mord …«

»Reicht dir das nicht, dass du von Nauen nach Falkensee gezogen bist?«, wollte Seelitz wissen.

»Wieso?«

»Na, kennst du das nicht: In Nauen wohnt das Grauen – und der Falkenseer hat es noch viel eher.«

»Beschrei' es mal nicht!«, warnte Jembke, dann klatschte er in die Hände. »So, jetzt steigert mal das Bruttosozialprodukt. Ich muss los, Mernmack vom Flughafen abholen.«

»Von welchem denn?«, wollte Seelitz wissen.

»Von Schönefeld.«

»Ach, ist der BER schon fertig? Haben wir schon 2020?«

»Nein, von Schönefeld alt.«

Linda Kathkow sah ihn staunend an.»Warum denn das?«

»Weil wir von da aus gleich in Schmöckwitz sind, während wir von Tegel durch die ganze Stadt müssten.«

Jembke setzte sich wieder in seinen Porsche und fuhr die Seesener Straße entlang, um an der Auffahrt Hohenzollerndamm auf die A100 zu kommen. Auf der Autobahn ging es dann bis zum alten Flughafen Schönefeld. In einer halben Stunde war er am Ziel und brauchte nur zehn Minuten zu warten, bis er Mernmack begrüßen konnte. Zu übersehen war der Mann aus Massachusetts nicht. Seine Ähnlichkeit mit Dwight D. Eisenhower war nicht zu übersehen. Manche erschraken. War der nicht schon seit Ewigkeiten tot? Offensichtlich ein Wiedergänger.

»*Is this provincial here!*«, rief der Amerikaner. »Hätten sie uns mit der SIEG den Flughafen bauen lassen, wäre er längst fertig, und die Chinesen hätten das sogar in einem Jahr geschafft.«

»Ich würde ihn völlig vergessen und die Abflughalle zu einem großen Mausoleum für Klaus Wowereit umbauen lassen«, sagte Jembke. »Was den Pharaonen ihre Pyramide war, das sollte dem Wowi der BER sein.«

»Ja, Björn, was sage ich immer: Schwul sein allein macht es auch nicht.«

»Immerhin hat er mit Sprüchen wie ›Berlin ist arm, aber sexy‹ und seinen kulturellen Leuchttürmen wie Daniel Barenboim dafür gesorgt, dass Berlin *in* ist und die SIEG hier eine Menge Geld verdienen kann.«

»Also: wow!«

Über die 96a, die Bunzelstraße und einige Schleichwege im Stadtteil Bohnsdorf erreichten sie einige Hundert Meter hinter dem S-Bahnhof Grünau das Adlergestell. Von da ging es auf einer schnurgeraden Ausfallstraße nach Karolinenhof und Schmöckwitz. Von links, die Vetschauer Allee entlang, kam ihnen ein Triebwagen der Straßenbahnlinie 68 entgegen.

»Das ist also die Anbindung an die S-Bahn«, spottete Mernmack.

»Nun, die meisten, die im ›Seeglück‹ wohnen, werden ein Auto haben.«

»Frau Kathkow soll aber trotzdem im Flyer die Straßenbahn nicht vergessen«, beharrte Mernmack.

»Und wer gut zu Fuß ist und sich in frischer Luft bewegen will, kann auch zum S-Bahnhof Eichwalde laufen, teilweise durch den Wald hindurch, schätzungsweise fünf Kilometer mögen es sein, mehr nicht.«

»*Sounds good to me.*«

Rechts von ihnen, noch ein paar Hundert Meter vor den ersten Schmöckwitzer Siedlungshäusern tauchten die mehr oder minder verfallenen Gebäude des ehemaligen Reifenwerks auf.

Mernmack war von diesem Anblick wenig begeistert. »Da müssen Sie sich was einfallen lassen, Björn, das dürfen die Leute auf keinen Fall sehen, wenn sie zur Besichtigung kommen!«

»Selbstverständlich. Am besten, wir kaufen die Immobilie auf, reißen alles ab und setzen ein Einkaufs- und Wellness-Center hin.«

»Gute Idee.«

»Außerdem brennt es hier andauernd, und dann muss die Feuerwehr ihre Schläuche bis zum Wasser hinunter legen – über die Schienen rüber, sodass die Straßenbahn ein paar Stunden nicht fahren kann.«

Mernmack brummte, dass das mit dem Feuer keine so schlechte Idee wäre. »Aber umkommen darf keiner dabei, und die SIEG darf nur nicht in den Schlagzeilen auftauchen.«

Jembke nickte. »Ein bisschen ›Corriger la fortune‹ muss erlaubt sein, sonst funktioniert der Kapitalismus nicht.«

Als Jembke seinen Porsche gegenüber der Haltestelle Reifenwerk im Wals abstellen wollte, kamen ihm Bedenken. »So nahe der polnischen Grenze. Wahrscheinlich hat uns schon eine Bande verfolgt und wartet nur auf eine günstige Gelegenheit.«

»Was nun?«

Jembke hielt kurz und zog einen Stadtplan hervor. »Da ist die Straße Am Seeblick. Parken wir ihn hier vor einem Grundstück, drücken einem Einheimischen 20 Euro in die Hand und bitten ihn, aufzupassen. Das ist billiger und kostet weniger Nerven, als wenn …«

»Okay.« Mernmack war einverstanden.

Der erste Versuch war allerdings ein Flop. Der rüstige Rentner, der gerade dabei war, seine Hecke zu schneiden, war so empört über ihr Ansinnen, dass er ihnen fast einen Vogel gezeigt hätte.

»Ick weeß doch, warum Sie hier sind: da vorn allet uffkoofen und hier wat für die Reichen und die Schönen bauen. Nee, nich mit mir, ick bin doch keen Lakai des Monopolkapitalismus!«

Mernmack verstand nicht alles, erahnte es aber, und Jembke fragte sich, ob sie nicht ein altes SED-Mitglied oder gar einen Stasi-Mann vor sich hatten. Aber sie gaben nicht auf und fragten als Nächstes ein jüngere Nachwendefrau, die gerade beim Abernten ihrer Johannisbeersträucher war und das alles wahrscheinlich viel nüchterner sah.

»Klar, mache ich, fahren Sie Ihren Wagen ruhig auf unser Grundstück rauf, werden die Nachbarn schön neidisch sein.«

Sie taten es, und bevor sie losgingen, breitete Jembke den Stadtplan auf der Motorhaube aus und gab Mernmack die notwendigen Erklärungen, indem sein Zeigefinger über die grau, hellblau und dunkelgrün gefärbten Flächen fuhr.

»Schmöckwitz – hier! – liegt im Schnittpunkt dreier großer Seen. Das ist der Lange See, der eine Ausbuchtung des Flusses Dahme ist. Er führt hinauf nach Grünau und weiter nach Köpenick bis zur Mündung der Dahme in die Spree. Am linken Ufer haben wir hier weiter oben Karolinenhof und am anderen Ufer die Müggelberge. Rechts sehen wir den zweiten See, den Seddinsee, der zieht sich bis Gosen hinauf, und von ihm geht auch der Oder-Spree-Kanal ab.«

»O Gosen!«, rief Mernmack, ein aktives Mitglied der Baptistengemeinde. »Im Lande Juda, Buch Josua. Nein, nein, ich weiß. Im Übrigen erinnert mich das alles an Jackman in Maine, wo meine Großeltern gewohnt haben. Herrlich alles!«

Jembke freute sich über Mernmacks Enthusiasmus, was die Landschaft um Schmöckwitz betraf, trug aber alles

Weitere gewohnt sachlich vor. »Als dritten See haben wir im Süden von Schmöckwitz den Zeuthener See, aber der interessiert uns für unser Projekt nicht, eher noch die Große Krampe hier, die sich wie ein Wurm hinauf nach Müggelheim zieht, denn die wird man von den Fenstern des ›Seeglücks‹ aus sehen, aber der Blick auf die Müggelberge ist das absolute Highlight.«

Mernmack kam ins Grübeln. »›Müggelbergeblick‹ geht aber wohl schlecht für die ganze Anlage?«

»Nein, eher noch ›Seeblick‹, aber das ist etwas abgegriffen und klingt zu sehr nach Nord- oder Ostsee.«

Mernmack fiel jetzt auf, dass sich schon andeutungsweise Straßen durch das Waldgebiet zwischen Karolinenhof und Schmöckwitz zogen, in dem sie ihre Wohnanlage errichten wollten. »Haben Sie da schon angefangen, Björn?«

»Nein, das ist noch die Planung von 1936, da wollten die Nazis damals schon bauen.«

»Na, das bitte nicht in unserem Flyer erwähnen.«

»Natürlich nicht, ebenso wird das Reifenwerk mit keinem Wort erwähnt. Aber kommen Sie mal, laufen wir ein Stückchen und sehen uns alles an.«

Die beiden Männer machten sich auf den Weg. Sie bogen in den Nuscheweg ein und gingen in Richtung Karolinenhof. Für einige Hundert Meter war er eine Straße mit festem Fahrdamm, dann verlor er sich im Wald und wurde zu einer sandigen Schneise. Bald querten sie eine andere Schneise und sahen links von sich das Reifenwerk, während rechter Hand das Wasser glitzerte.

Jembke zeigte schräg nach vorn. »Da befinden sich die Wassergrundstücke mit den Bootshäusern und den Einfamilienhäusern und Datschen, wo wir dabei sind, alles aufzukaufen.«

Mernmack stieß einen unüberhörbaren Seufzer aus. »Ich weiß, ich weiß, das reißt Riesenlöcher in die Kasse.«

»Aber Kredite sind doch so billig wie noch nie«, wandte Jembke ein.

»Schon, auch wenn man Mühe hat, noch welche zu kriegen. Björn, Sie müssen das ›Seeglück‹-Projekt unbedingt durchziehen, sonst …«

»Okay! Ich werde alles tun, was in meinen Kräften steht.«

Sie kamen zur nächsten Schneise und wendeten sich zum Wasser hin. Dort setzten sie sich auf eine umgestürzte Weide und sahen zur Großen Krampe hinüber. Wie Kohlweißlinge zogen Segelboote vorbei, scherzende Paare paddelten im Zweier vorüber, Wanderruderer genossen in ihrem Altherrenachter die märkische Landschaft mit ihren weißen Wölkchen.

»*It's paradise*«, murmelte Mernmack.

Im selben Augenblick traf ihn ein Kienapfel am Kopf. Er dachte, der Wind hätte ihn von einem der Bäume geweht. Doch dann kam schon der zweite angeflogen, und es begann ein ganzes Bombardement. Einer der Siedler hatte Jembke erkannt und machte seinem Ärger Luft.

»Haut bloß ab von hier! Bald werden es Steine sein, die hier fliegen!«

5.

Hansjürgen Mannhardt, ehemals EKHK (Erster Kriminalhauptkommissar), konnte es nicht lassen, er musste jede Woche einmal im Hörsaal der HWR stehen, und als Pensionär werdenden Kriminalbeamten sein Wissen weitergeben.

Die Hochschule für Wirtschaft und Recht (HWR) hatte zwei Standorte, den Campus Lichtenberg und den Campus Schöneberg, wobei der Fachbereich 5 (Polizei und Sicherheitsmanagement) mit dem Studiengang für gehobene Aufgaben in den Laufbahnen der Kriminal- und Schutzpolizei sowie des Gewerbeaußendienstes im Lichtenberger Ortsteil Friedrichsfelde untergebracht war. Was Mannhardt »zu verkleckern« hatte, so der Berliner Jargon, fiel in die Module 03 (Kriminalistik), 10 (Alltagskriminalität), 14 (Kriminalität im Lebenslauf) und K1 (Gewaltkriminalität). Da fühlte er sich als früherer Leiter einer Berliner Mordkommissionen am wohlsten.

Mannhardt, der in Tegel wohnte, war mit U- und S-Bahn zur HWR etwas über eine Stunde unterwegs, wobei zwei- bis dreimal umzusteigen war. Die Hin- und Rückfahrt war jedes Mal eine Tortur, da der echte Berliner Macho große Umsteigebahnhöfe wie Leopoldplatz, Friedrichstraße, Berliner Straße oder Ostkreuz gern benutzte, um für eine Karriere beim *American football* zu trainieren. Einer älteren Nachbarin hatte ein *tackling* auf dem U-Bahnhof Osloer Straße gerade eine Gehirnerschütterung eingebracht.

Auf der Fahrt las Mannhardt wieder einmal im Geschenk eines Freundes aus der gewesenen DDR, *Sozialistische Kriminologie* von Erich Buchholz u.a. aus dem Staatsverlag der Deutschen Demokratischen Republik vom Jahre 1966. Da gab es so erhellende Passagen wie diese auf der Seite 290:

Das Motiv ist der subjektive Grund für die Straftat oder – anders ausgedrückt – der subjektive innere Grund, mit dem der Täter seine Handlung, sein Sozialverhalten gewissermaßen vor sich selbst »rechtfertigt«. Eine solche innere »Rechtfertigung« – beispielsweise die, einen Bürger deswegen niederzuschlagen, weil dieser es »gewagt« habe, den Täter zur Ordnung zu rufen – ist im Grunde das unmittelbare tatauslösende Moment.

Mannhardt staunte, denn das war haargenau die Theorie der Neutralisationstechniken von Sykes & Matza. Neutralisierung bezeichnete die Strategien zur Überwindung innerer Hemmungen gegenüber der Begehung von Straftaten. Anderes war für einen ehemaligen West-Berliner 25 Jahre nach der Wende eher mit Schmunzeln zu lesen, dass nämlich die kapitalistische Kriminologie jede Form der Kriminalität als ewig erachtete und sie nur erklärte, während die sozialistische Kriminologie, die auf der Theorie des Marxismus-Leninismus beruhte, darauf ausgerichtet war, zur Überwindung der Kriminalität beizutragen. Aha! Das war in etwa das, was Brecht in der *Dreigroschenoper* verkünden ließ: *Was ist ein Dietrich gegen eine Aktie? Was ist ein Einbruch in eine Bank gegen die Gründung einer Bank? Was ist die Ermordung eines Mannes gegen die Anstellung eines Mannes?*«

Mannhardt war zu alt und zu sehr Sozialdemokrat, um noch glauben zu können, dass sich die Welt irgendwie entscheidend verändern ließ. Obwohl er Helmut Schmidt persönlich nicht mochte (»Der will uns die Welt erklären – und versteht selber von ihr nicht mehr als jeder meiner Studenten im dritten Semester!«), fand er dessen Ausspruch *»Wer eine Vision hat, der soll zum Arzt gehen«*, gar nicht einmal so übel.

»Nächste Station: Friedrichsfelde Ost, Ausstieg links!« Vom S-Bahnhof bis zur HWR hatte er nicht nur an Lauben, sondern auch an Hochhäusern vorbeizugehen, die ihn an Berlin-Swerdlowsk denken ließen, und dann die mehr als viel befahrene B1/B5 zu überqueren. Es gab zwar eine Ampel, aber es war immer mit tollkühnen Männern zu rechnen, die in einer roten Ampel nur eine willkürliche staatliche Einschränkung der vom Grundgesetz garantierten freien Entfaltung ihrer Persönlichkeit sahen. Doch wider aller Erwartung kam er heil auf der anderen Straßenseite an und verirrte sich bei der Suche nach dem ihm zugewiesenen Hörsaal auch nicht mehr als zweimal. Das Häuflein seiner knapp zwei Dutzend Studierender hatte ihn nicht gerade fiebernd erwartet, sich aber wegen seines hohen Alters schon Sorgen um ihn gemacht.

»Schlaganfall beim Betreten der HWR«, murmelte ein Student. »Herzinfarkt in der S-Bahn.«

»Die S-Bahn ist kein schlechter Einstieg«, begann Mannhardt. »Denn einige von uns haben ja sicher schon vom Berliner S-Bahnmörder Paul Ogorzow gehört, einem Serientäter, wie wir heute sagen. Zwischen 1939 und 1941 auf der Strecke Ostkreuz – Friedrichshagen fünf Morde und zwei Mordversuche, dazu noch insgesamt sieben Morde und Mordversuche in der Nähe der S-Bahnstrecke, wobei die Opfer in allen Fällen Frauen waren. Der Mann war Eisenbahnbeamter, wohnte in Karlshorst und arbeitete im Reichsbahnausbesserungswerk Rummelsburg. Ganz Berlin jagte ihn, denn den Nazis war es ungemein peinlich, dass solch schreckliche Verbrechen in ihrem Reich arisch hochwertiger und glücklicher Volksgenossen geschah, was sollte das Ausland da denken? Man tat alles, was an Prävention und Fahndung möglich war, setzte Lockvögel in die S-Bahn und ließ spätabends allein heimkehrende Frauen von Streifen begleiten. Zu denen gehörte auch Paul Ogorzow. Er war also das, was man bei der FBI einen kontrollierten Täter nennt. Da er in der NSDAP und der SA war, hörte er schon vorher immer, was man im Bereich Karlshorst-Rummelsburg an Razzien plante – und schlug an diesen Abend eben *nicht* zu. Außerdem – er kam aus Ostpreußen – besaß er ein hohes Maß an dem, was wir Bauernschläue nennen. Die angeordnete totale Verdunkelung kam ihm zugute. Aber … Ein Reichsbahnkollege sieht Ogorzow am Stellwerk Vnk, in dem er Schicht für Schicht seinen Dienst versieht, im Mondenschein über einen Zaun klettern und im nahen Laubengelände verschwinden. Allerdings nicht, um einen neuen Mord zu begehen, sondern um eine Geliebte zu einem Schäferstündchen aufzusuchen. Damit scheint die Mordkommission unter unserem Kollegen Wilhelm Lüdtke wieder einmal Neese zu sein, wie die Berliner sagen. Doch Lüdtke hat bei Ernst Gennat, unserem großen Guru der Berliner Kripo, eine Menge gelernt und klopft Ogorzow damit weich, dass er ihm ein Tablett mit den Schädeln seiner Opfer zeigt. Ogorzow sagt, an seinen Taten sei ein jüdischer Arzt schuld, der seinen Tripper nicht richtig behandelt habe, sodass er nun im Kopf nicht mehr ganz dicht sei. ›Das müssen Sie doch verstehen, Herr

Kommissar, und wir als Parteigenossen sollten zusammenhalten.‹ Doch Lüdtke lässt ihn nicht laufen, und Ogorzow wird wenig später als Gewalttäter und ›Volksschädling‹ zum Tode verurteilt und in Plötzensee hingerichtet.«

Seine Studierenden klatschten Beifall, was Mannhardt ein wenig verwirrte. »Lassen Sie uns nun zu den Fernzügen kommen.«

»Agatha Christie – *Murder on the Orient Express*!«, rief jemand aus den hinteren Reihen.

»Ja, gut, das ist der absolute Krimiklassiker, zuzüglich des Romans *16 Uhr 50 ab Paddington*, wo ja bekanntlich die wackere Miss Marple mitbekommt, wie im parallel überholenden Zug ein Mord geschieht. Aber der erste echte Mord in einem Zugabteil hat sich schon im Jahre 1864 ereignet, vor 150 Jahren also.« Mannhardt hatte im Berliner Tagesspiegel vom 17. Juli einen Artikel mit der Überschrift *Mord im Zug 21.45 ab Fenchurch Street* gefunden, der ihm für diese Stunde sehr zupassgekommen war. »Am 16. Juli 1854 also sitzt der Bankangestellte Thomas Briggs in einem Abteil der 1. Klasse, um mit der North London Railway, die um 21.45 Uhr den Bahnhof Fenchurch Street verlässt, nach Hackney zu fahren. Dort ist er nie angekommen. Jemand hatte ihn erschlagen und unterwegs aus dem Fenster geworfen. Dazu ist anzumerken, dass es damals noch keine Gänge in den Zügen gab, sondern nur Einzelabteile, die man vom Bahnsteig betrat, auch ließen sich alle Fenster mithilfe eines Lederriemens öffnen. Und wie kommt die englische Kriminalpolizei nun auf den Täter? Der hatte dem Opfer eine wertvolle goldene Uhr samt Kette geraubt, und die führte schließlich über einen Juwelier zum Täter. Es war ein 23-jähriger Schneider namens Müller aus Preußen. Er wurde in England gehängt, obwohl sich der preußische König Wilhelm I. für ihn verwendet hatte.« Mannhardt machte eine kleine Pause, ehe er zum nächsten Fall kam. »1864 also, aber nun ins Jahr 1938 und nach Deutschland.« Er schlug das Buch *Kriminalchronik des Dritten Reiches, Band II 1938–1945* von Wolfgang Krüger auf. »Thüringen, Raubmord im Personenzug. Also … Am 23. Februar 1938, pünktlich um 13.57 Uhr setzt sich der Personenzug von Gera-Hauptbahnhof nach Weimar in Bewegung. Rund eine Stunde später stellt man im Bahnhof Göschwitz fest, dass der Zugführer, ein gewisser Albert Zeiger, 57, nicht mehr an Bord ist. Der Packwagen, in dem er hätte sein sollen, ist leer. Ein Unfall, ist er während der Fahrt aus dem Zug gestürzt? Man sucht zwischen Papiermühle und Stadtroda, wo es geschehen sein könnte, die Strecke ab. Vergeblich. Am Ziel in Weimar stellen Bahnbeamte fest, dass im Packwagen ein Schrank aufgebrochen und ein Geldbeutel gestohlen worden ist. Was konstatieren unsere Vorgängiger: kaltblütiger Raubmord.«

»Gibt es auch heißblütige Raubmorde?«, kam sofort die Zwischenfrage.

»Kaum, das sind dann eher die Affekt-Taten. Aber zurück zum armen Zugführer Zeiger. Man findet ihn schließlich doch in der Nähe von Stadtroda, er liegt mit der linken Schulter auf dem zweiten Gleis und weist schwere Verletzungen auf. Die rühren nur zum Teil vom Sturz aus dem Zug, ein Arzt findet auch Würgemale am Hals. Später wird das von der Gerichtsmedizin in Jena bestätigt. Dazu finden sich in der Stirn oberhalb der Augenhöhlen zwei Löcher, die wahrscheinlich von einem Hammer stammen. Die Schläge auf den Kopf haben zum Eindringen von Blut in die Lunge und dadurch zum Ersticken geführt. Es fehlen 3000 Mark in bar und 100 in Schecks. Der Täter muss im Zug gesessen haben, also befragt man die Reisenden. Es gibt mehrere Zeugenaussagen, die einen Verdächtigen in einem Eisenbahnermantel und mit einer Mütze des Junglandbundes gesehen haben wollen. Eine solche Mütze, offensichtlich von jemandem weggeworfen, wurde schließlich in Jena gefunden und im Schaufenster der *Geraer Zeitung* ausgestellt. Einige Einwohner Geras wollten sie wiedererkannt haben, und ihre Hinweise führten zum 29 Jahre alten Hilfszugschaffner Otto Schmidt. Der wurde stundenlang verhört und gab schließlich zu, die Tat aus Geldnot verübt zu haben. Er hatte sich in einem Bremserhäuschen des Personenzuges von Gera nach Weimar versteckt, sich während der Fahrt auf den damals überall außen vorhandenen Trittbrettern zum Packwagen geschlichen und dort drei Beutel mit Geld aus einem der Schränke geholt. Dabei war er vom zurückkehrenden Zugführer Albert Zeiger überrascht worden. Der kannte ihn – und musste deswegen als Tatzeuge beseitigt werden. Das Weitere: Prozess, Todesurteil, Hinrichtung mit dem Fallbeil.«

Nach einer schleppend verlaufenen Diskussion blieb noch Zeit für einen zweiten realen Raubmord in einem deutschen Eisenbahnzug, diesmal in einem Coupé. Die Quelle hatte Mannhardt im Internet gefunden: Interessante Kriminal-Prozesse von kulturhistorischer Bedeutung. 1911-1921, Band 1, S. 7-16. Permalink: http://www.zeno.org/nid/20003606848.

»Wir haben den 10. November 1906, das ist ein Sonnabend«, begann er, »als der Altonaer Zahnarzt Claußen am Nachmittag gegen 15 Uhr 30 in Altona in den Zug steigt, um nach Blankenese zu fahren und das Wochenende zusammen mit der Familie in seiner dortigen Villa zu verbringen. Der Zug ist nur schwach besetzt. Claußen freut sich, Frau und Kinder nach einer langen Arbeitswoche wieder in seine Arme schließen zu können. Er liest in seiner Zeitung und lässt sich nicht weiter stören, als sich ein junger gut gekleideter Mann zu ihm ins ansonsten leere Abteil setzt. Kurz vor Klein-Flottbeck zieht aber dieser so harmlos erscheinende Jüngling unbemerkt ein kleines Beil aus der Hosentasche und versetzt damit dem Zahnarzt fünf ungemein kräftige Schläge auf den Kopf. Die zertrümmern den Schädel Claußens vollständig, das Gehirn spritzt in weitem Bogen heraus. So …« Mannhardt machte eine kleine Pause. »Wer sich jetzt übergeben muss, die Toilette ist gleich rechts vom Hörsaal.«

»Wenn's nichts weiter ist! Wir sind hart im Nehmen.«

»Also cool, wie man heute sagt. Nun gut. Der Zahnarzt ist sofort tot und fällt vom Sitz. Der Mörder zieht ihm das Portemonnaie aus der Tasche und nimmt es an sich. In Klein-Flottbeck steigt er aus, weil er nur eine Fahrkarte bis dorthin gelöst hatte, mehr Geld hatte er in Altona nicht gehabt. An der Sperre in Klein-Flottbeck sitzt ein Bahnbeamter, der die Billetts kontrolliert. ›Sie sind ja von oben bis unten mit Blut bespritzt!‹, ruft er aus, als er den jungen Mann sieht. Der antwortet nur, dass er Nasenbluten gehabt habe – und man glaubt ihm. Er eilt in eine Bedürfnisanstalt, um sich dort zu säubern. Dann schaut er in das geraubte Portemonnaie und sieht viele Goldstücke blinken. Er kann sich etwas zu essen kaufen und muss nicht weiter hungern. Schließlich fährt er nach Hause – er lebt in Untermiete – legt das Beil dahin, wo er es vorhin weggenommen hatte. Seine Wirtsleute haben nichts bemerkt. Als er zu Bett geht, begreift er, was er getan hat, und Reue packt ihn. Er beginnt heftig zu weinen. – Zurück zur Deutschen Reichsbahn! Noch auf dem Bahnhof Klein-Flottbeck fällt einem Zugschaffner auf, dass Blut aus einem Coupé sickert. Man findet den erschlagenen Zahnarzt. Der Verdacht fällt sofort auf den jungen Mann, der bluttriefend in Klein-Flottbeck ausgestiegen ist. Der wird am Sonntagmorgen von seiner Wirtin geweckt. Die ist ganz aufgeregt und fragt ihn: ›Herr Rücker, haben Sie schon von dem furchtbaren Raubmord gehört, der gestern Nachmittag im Eisenbahnzug zwischen Altona und Klein-Flottbeck geschehen ist?‹ – ›Nein …‹ – ›Es herrscht eine furchtbare Aufregung in der Stadt. Auf die Ergreifung des Mörders ist eine Belohnung von 1000 Mark ausgesetzt.‹ Thomas Rücker fiebert und reißt das Fenster auf. Unten auf der Straße hat sich vor der Anschlagsäule mit dem Fahndungsplakat eine größere Menschenmenge angesammelt. Rücker verlässt die Wohnung und irrt ziellos durch die Stadt. Jeder Polizist, der ihm begegnet, lässt ihn zusammenfahren. Schließlich geht er in eine Kneipe, was er in seinem Leben nie getan hat, kommt er doch aus einem gut situierten Elternhaus. In der Kneipe trifft er auf drei Altersgenossen, die ihn animieren, mit ihnen zu trinken und anschließend in ein Bordell zu gehen. Er hat ja genug, alles für alle zu bezahlen. – Am Dienstag danach nimmt ihn der alte Altonaer Polizeiinspektor Engel mit drei Schutzleuten fest. Wie sind sie ihm auf die Schliche gekommen? Dazu findet sich in meiner Quelle nichts, man kann aber vermuten, dass die beiden Damen, mit denen er Geschlechtsverkehr hatte, etwas gemerkt haben, zumal Rücker im Schlaf viel geredet haben soll. Warum nicht auch beim Beischlaf. Da Rücker offensichtlich homosexuell gewesen ist, müssen sie viel Mühe mit ihm gehabt haben. Als Heranwachsender wird er zu der höchsten zulässigen Strafe von 15 Jahren Gefängnis verurteilt.« Mannhardt legte seine Papiere zur Seite und sah fragend auf seine Zuhörerschaft. »Was lernen wir aus diesen Fällen?«

»Dass ein Mord in einem Zug auch nicht so perfekt ist, wie man es annehmen könnte«, kam es von einer Studentin.

Einer der werdenden Kommissare wurde poetisch. »Es ist nichts so fein gesponnen, es kommt doch ans Licht der Sonnen.«

Mannhardt nickte. »So ist es, denn normalerweise ist man nie allein in einem Zug – und der Zufall macht vor keinem halt, was die Zeugen betrifft.«

Der Scherzbold aus den hinteren Reihen ließ sich zum letzten Mal vernehmen. »Und vor allem sollte man heutzutage keinen Mord in einem Zug begehen, in dem Überwachungskameras angebracht sind.«

»Ja, die gibt es aber bei uns bis jetzt nur in der U-Bahn. Also lieber die S-Bahn oder einen ICE zum Tatort machen. Aber …« Mannhardt wurde noch einmal ernst. »Kommen Sie selbst in die Verlegenheit, einen Mord aufzuklären, der in einem Zug begangen worden ist, dann – neben der Spurensicherung – auf mögliche Zeugen setzen. Wer hat …? … usw.«

Die Stunde ging zu Ende, Mannhardt packte seine Unterlagen zusammen und strebte dem Ausgang entgegen. Da lief ihm Gunnar Schneeganß über den Weg, man prallte förmlich aufeinander. Ausgerechnet der! Man war sich nicht ganz grün. Mannhardt hatte noch immer nicht ganz verdaut, dass man ihn in die Pension geschickt und Schneeganß zu seinem Nachfolger gemacht hatte. Er hielt den jungen Kollegen für einen leicht rechtslastigen arroganten Schnösel, während Schneeganß seinerseits über

Mannhardt spottete, der sei ein typischer Sozialdemokrat, über die schon Lenin gesagt habe, dass sie sich bei einer Revolution erst eine Bahnsteigkarte lösen würden, bevor sie einen Zug stürmten. Natürlich ärgerte er sich darüber, dass es Mannhardt zusammen mit seinem Enkel sozusagen als Privatdetektiv gelungen war, einige Fälle zu lösen, an denen er sich die Zähne ausgebissen hatte.

»Haben Sie eine Lehrveranstaltung aus der Reihe ›Mein langes Leben bei der Kripo‹?«, fragte Schneeganß mit leicht ironischem Unterton.

»Nein, ich habe mich gerade über Morde in Zügen ausgelassen. Und Sie?« Mal duzte man sich, ein andermal sagte man Sie zueinander.

»Hauptberuflich muss ich mich möglicherweise auch mit einem Mord befassen, der etwas mit einem Zug zu tun hat. Aber da ist einer nicht in einem Zug ums Leben gekommen, sondern unter einem ICE.«

»Ah!«, rief Mannhardt. »Da habe ich in der Zeitung von gelesen, der Mann, der auf der Bahnstrecke neben der Avus von einem Zug überrollt und getötet worden ist. Und hier in Friedrichsfelde, worum geht's da?«

Schneeganß dachte kurz nach. »Ich bin noch dran und will was über Morde erzählen, die als Selbstmorde erscheinen sollten. Wo jemand erdrosselt worden ist und man ihn danach aufgehängt hat …«

Das war das Stichwort für Mannhardt, zur Entspannung der Situation einen Witz zu erzählen, den er auf einer CD von Eckart von Hirschhausen und Helmuth Karasek gehört hatte. »Wir sind im tiefkatholischen Bayern, die Oma hat sich in der Scheune erhängt. Niemand traut sich, zum Pfarrer zu gehen und ihm das zu erzählen, weil man Angst hat, dass sie sonst keine ordentliche Beerdigung bekommt. Schließlich schickt man den fünfjährigen Xaver hin, um den Tod der Oma zu vermelden. Der Pfarrer staunt: ›Wie konnte das denn geschehen, gestern war sie doch noch kerngesund?‹ – ›Ja, aber heute Nacht hat der Herr sie mit dem Lasso heimgeholt.‹«

Schneeganß lachte, halb pflichtschuldig, halb ernsthaft. »Sehr schön, ja …«

Mannhardt warf einen Blick auf die Zeitschrift, die Schneeganß in der Hand hielt. »Was liest du denn da?«

»Ein Satire-Magazin, *Deine Community.* Da findet sich die Idee drin, dass Prominente mit umsatzschwachen Biografien vor Züge oder Busse geschubst werden sollten, damit sich ihr Werk besser verkauft. Und ich weiß ja immer noch nicht, wer da in unserem aktuellen Fall im Grunewald vom Zug überrollt worden ist – und ob es Mord oder Selbstmord war.«

»Fehlt denn irgendwo ein Prominenter?«, fragte Mannhardt.

»Es hat noch keiner einen gemeldet, aber wir haben ja im Augenblick mindestens eine Million Bundesbürger, die als Prominente gelten, weil sie einmal im 99. Fernsehprogramm einen Furz gelassen haben.«

»Mein Sohn würde fragen, ob es auch Contraminente gibt.«

»Ja, jede Menge. Prominente, die man nie sehen möchte.« Und Schneeganß zählte eine Reihe auf, dann machte er sich mit einem schnellen »Tschüss!« und ohne Händeschütteln auf in den Hörsaal.

Mannhardt sah ihm ein paar Sekunden hinterher. Wenn er doch nur 20 Jahre jünger wäre und noch im Dienst! Egal: *Nimm dein Schicksal an! Es ist nun mal alles so, wie es ist*! Klar, im Weltall gab es nun einmal ein wohl endloses Entstehen und Vergehen. Das war bei Sonnen ebenso wie bei Menschen. Alles so banal, aber dennoch wahr. Er machte sich auf zum S-Bahnhof.

S-Bahn fahren war immer ein Abenteuer, zumindest ein Lotteriespiel. Kam der Zug wirklich – oder gab es wieder einmal eine Weichen- oder Signalstörung, fiel er aus wegen eines Notarzteinsatzes oder eines Kabelbrandes, befand sich eine Person im Gleisbett oder streikte man wieder einmal, obwohl vorne im Zug ein Triebwagen- und kein Lokführer saß? Nein, das Wunder geschah, und auf die Minute pünktlich rollte ein Zug der S5 in den Bahnhof. Mannhardt konnte es beim Einsteigen kaum fassen. Jetzt am späten Vormittag waren die Züge zwar ziemlich leer, aber es gab ja – erstaunlicherweise – noch keinen neuen S-Bahn-Mörder, und außerdem war er ein Mann. Allerdings liefen und fuhren in Berlin auch tagsüber eine Menge durchgeknallter Psychopathen durch die Stadt, und wer am Alexanderplatz ausstieg, musste damit rechnen, abgestochen oder zu Tode getreten zu werden, siehe den Fall Jonny K. Aber Mannhardt stieg ja am Alex nicht aus, sondern erst Friedrichstraße. Es ging hinab zur U-Bahn. Da musste man nur aufpassen, nicht auf die Gleise gestoßen zu werden, also wartete er weiter hinten mit dem Rücken an einen Pfeiler gelehnt. Er überlebte auch diese Reise und war gegen halb zwölf zu Hause.

In der Wohnung am Tegeler Hafen galt es erst einmal kräftig zu morden, und zwar waren mehr als zwei Dutzend Frucht- und andere kleine Fliegen zu beseitigen. Der Sohn hatte wieder einmal einen halben Pfirsich offen in der Küche liegen lassen, und die Biester hatten sich im Quadrat vermehrt. Da half keine Fliegenklatsche, sondern nur der Staubsauger. Mannhardt schaltete ihn auf volle Kraft und saugte alles ein, was ihn umschwirrte. Dabei hatte er kein gutes Gefühl, denn er stellte sich vor, dass außerirdische Riesen auf der Erde gelandet waren und ihn mit allen anderen Berlinern weg saugten. Er schüttelte sich. Dann brachte er den Müll runter und machte sich ans Kartoffelschälen. Als Hausmann war er jeden Tag schwer im Einsatz. Heike, die Gefährtin seines Lebens, war als Journalistin immer unterwegs. Er öffnete die Büchse mit dem Gulasch, schüttete das eklige braune Zeug, das aussah wie gerade erbrochen, in einen Topf und legte sich dann zum Mittagsschläfchen auf die Couch. Nach einer Stunde kam er nur schwer wieder zu sich und musste erst eine alte Folge des Dauerbrenners *In aller Freundschaft* sehen. Ohne die Sachsenklinik und Professor Simoni, Dr. Heilmann, Dr. Stein, Dr. Brentano, Dr. Ahrendt, aber vor allem Frau Dr. Globisch und die Schwestern Arzu und Yvonne konnte er nicht leben, nach denen war er geradezu süchtig. Nachdem er sich seinen ›Schuss‹ verpasst hatte, konnte er all das besser ertragen, was jetzt noch auf ihn zukam. Da war zuerst sein Sohn Silvio, der an sich Silvester hieß, weil sie ihn an diesem Tage gezeugt hatten, und der beim Essen in seiner Rolle als pubertierender Knabe glänzte.

»Vater, wie viele Sterne hast du eigentlich als Koch?«

»Das spielt doch keine Rolle, ich war schließlich mal deutscher Meister im Büchsenaufmachen. Warum fragst du?«

»Weil das, was hier als Gulasch auf dem Teller ist, kein Hund anrühren würde.«

»Ich find's gut!« Mannhardt fing gleichzeitig an zu bellen und zu essen.

»Verarschen kann ich mich selber!«, rief Silvio und sprang auf. »Und noch was: Die neue Klassenlehrerin hat mich gefragt, ob mich heute Morgen mein Vater oder mein Opa zur Schule gefahren hat.« Damit knallte er die Tür derart hinter sich zu, dass sich der Putz am Rahmen löste und zu Boden rieselte.

»Warum hat er nicht versucht, mich umzubringen?«, murmelte Mannhardt und aß ungerührt weiter. »Hätte ich was Schönes für meine nächste Lehrveranstaltung gehabt: Zur Geschichte des Vatermordes. Zuerst König Ödipus. Sehr schön: Sticht sich am Ende die Augen aus und flieht mit seiner Schande ins Exil. – Kommt bestimmt der Zwischenruf: ›Wir haben sogar einen Vatermörder zu Hause!‹ Haha, die hohen, steifen Kragen früher am Herrenhemd.«

Es klingelte. Orlando schaute wieder einmal vorbei, sein vertrauter Enkel, der in seinem Jurastudium langsam dem ersten Staatsexamen entgegensah.

»Na?«, fragte Mannhardt gewohnheitsmäßig, nachdem sie sich begrüßt hatten. »§ 213 – Minder schwerer Fall des Totschlags?«

»War der Totschläger ohne eigene Schuld durch eine ihm oder einem Angehörigen zugefügte Misshandlung oder schwere Beleidigung von dem getöteten Menschen zum Zorn gereizt und hierdurch auf der Stelle zur Tat hingerissen worden oder liegt sonst ein minder schwerer Fall vor, so ist die Strafe Freiheitsstrafe von einem Jahr bis zu zehn Jahren«, rasselte Orlando herunter.

»Bravo!«, Mannhardt klatschte in die Hände. »Mindestens *summa cum laude.*«

Heike kam nach Hause. Sie war völlig aufgelöst. »Habt ihr schon gehört: Wowereit will zurücktreten.«

»Eine gute Idee, bevor seine Beliebtheitswerte bei minus zwei angekommen sind«, war Orlandos Kommentar.

Mannhardt riss die Arme hoch. »Endlich kann ich Regierender Bürgermeister werden!«

»Ja, und zur Feier des Tages gehen wir zu einer Vorabvorstellung der *Fledermaus* in die Komische Oper. Ich kenne da einen, der uns reinlässt.«

»Mit Opa in die Oper!«, jubelte Orlando. »Herrlich!«

»Hertha gegen Borussia Dortmund wäre mir lieber«, brummte Mannhardt.

»Mir auch«, stimmte Orlando ihm zu, der seinen Laptop eingeschaltet und im Internet eine Besprechung der *Fledermaus*-Aufführung vom 24.9.2007 gefunden hatte, aus der er nun genüsslich einige Sätze zitierte. »Überschrift: *Komische Oper – Sekt in der Sammeltasse.* Andreas Homoki wird vorgeworfen, dass er scheitert, *weil er alles zu ernst nehme. Er klebt geradezu an der Handlung, wagt kein Wort zu streichen, keinen noch so ausgeleierten Gag rauszuwerfen, er bastelt und feilt und puzzelt im Detail – und vergisst dabei das Wichtigste: Sinn und Sinnlichkeit.* – Klingt ja nicht gerade begeistert.«

»Na ja, Kritiker!«, rief Heike. »Können selber nicht mal die Noten für ein Kinderlied schreiben, fallen aber über alle her, die Geniales komponieren.«

Orlando fuhr mit der Wiedergabe der ätzenden Kritik von vor sieben Jahren fort. »*Der Prickelfaktor dieser* Fledermaus *ist in etwa so hoch wie bei einem Glas Champagner, dem man die Kohlensäure entzogen hat. Die Darsteller sind mit großer Sorgfalt gecastet. Und allesamt Fehlbesetzungen …* Folgen eine Reihe von Namen, die ich nicht kenne …«

»Bei der Wiederaufnahme des Stückes werden sie andere Sängerinnen und Sänger haben«, hoffte Mannhardt.

Orlando kam zum Fazit des Kritikers. »*Mit diesem*

Personal lässt sich kein Operettenstaat machen. Schon gar nicht, wenn das ganze dauerverkalauerte Geschehen erdrückt wird von den Monstren aus Eiche und Wurzelholz auf der Bühne, diesem dunkeldüster furnierten Warenlager.«

»Diesmal werden sie die Bühne sicherlich als strahlenden Ballsaal hergerichtet haben«, warf Heike ein.

Orlando kam zum Ende. »*Es wird zu viel gelacht an diesem Abend. Auf der Bühne.* – Im Parkett demnach nicht, dabei erzählt doch der Gefängnisdirektor Frosch zum Schluss noch einen schönen Kalauer: »*Es ist gut, wenn ein Beamter morgens zerknittert zum Dienst erscheint. Dann hat er im Laufe des Tages jede Menge Entfaltungsmöglichkeiten.*«

»Worum geht's denn eigentlich?«, wollte Mannhardt wissen.

»Lass dich doch mal überraschen«, schlug Heike vor.

»Okay.«

Trotzdem ließ er sich von Heike kurz erklären, worum es eigentlich ging.

»Wir befinden uns in einem Badeort. Ein gewisser Herr von Eisenstein hat den originellen Einfall, den Notar Dr. Falke nach einer Ballnacht betrunken und als Fledermaus verkleidet am Morgen durch die Straßen irren zu lassen. Das ist für Falke, der von dem Zeitpunkt an ›Dr. Fledermaus‹ genannt wird, eine peinliche Situation. Darum will er sich an Eisenstein rächen.«

Man bereitete sich vor zum Ausflug in die Innenstadt. Silvio maulte, dass er nicht mitkommen dürfe. Dabei war er froh, es nicht zu müssen. Viel lieber twitterte er mit allen möglichen und unmöglichen Freunden und Freundinnen.

Bei Mannhardt herrschte, gingen sie abends ins Kino oder Theater, die Devise: »Hin mit den Öffentlichen, zurück mit der Taxe.« Zwar hatte Heike einen Wagen, aber weder Lust, sich hinters Steuer zu setzen, noch ewig nach einem Parkplatz zu suchen.

Der Vorhang hob sich, und Mannhardt gab sich alle Mühe, so schnell wie möglich einzuschlafen. Was interessierte ihn das Stubenmädchen Adele, das eine Einladung zu einem Fest erhielt, das vom Prinzen Orlofsky gegeben wurde. Der Rentier Eisenstein hatte wegen Beamtenbeleidigung eine Gefängnisstrafe anzutreten, doch dieser Dr. Falke überredete ihn, mit ihm zum Souper beim Prinz Orlofsky mitzukommen und die Gefängnisstrafe erst am nächsten Morgen anzutreten. Mannhardt gähnte anhaltend. Kein Mord, nichts. Ein Phantom der Operette war auch nicht zu erwarten. Jetzt begann ein Alfred, aber leider nicht der Ekel-Alfred, auch noch zu singen: *Täubchen, das entflattert ist, / Stille mein Verlangen, / Täubchen, das ich oft geküsst, / Lass dich wieder fangen! / Täubchen, holdes Täubchen mein, / Komm, o komm geschwinde, / Sehnsuchtsvoll gedenk ich dein, / Holde Rosalinde!* Da war Mannhardt auch schon abgetaucht. Er erwachte erst wieder in der Pause, als Orlando ihm den Ellenbogen in die Rippen stieß. Sie begaben sich ins Foyer, um etwas zu trinken. Dabei trafen sie auf Martin Nehmer, einen alten Klassenkameraden Orlandos, der Germanistik studierte, im Hauptberuf Lektor werden wollte, daneben aber, so sein Traum, als Autor reüssieren wollte.

»Na wie läuft's denn da so auf dem Weg zum Nobelpreis?«, war Orlandos erste Frage.

»Welchen? Ich war auch in Chemie immer gut.«

»Na welchen wohl? Den für Literatur natürlich.«

Nehmer lachte. »Da habe ich erst kürzlich Herta Müller den Vortritt gelassen.«

Da war das Stichwort für Mannhardt. »Lieber Hertha BSC als Hertha Müller!«

Heike verzog das Gesicht. »Nicht so laut, Banause du!«

»Lass ihn doch!«, rief Orlando. »Martin hat erhebliche Nehmerqualitäten, und schließlich sprechen doch alle von der Banausenrepublik Deutschland. Nee, Entschuldigung: Bananen.«

Mannhardt sah ihn böse an. »Dein Rassismus wieder.«

Heike bemühte sich um ein etwas höheres Niveau und fragte Martin Nehmer, woran er denn gerade arbeite.

»An einer Story für eine Anthologie mit dem schönen Titel *Unsere Ängste.* Mit denen spiele ich sozusagen und lasse in einem ICE meine Fahrgäste alles erleben, was es an Horror gibt. *ICEskalation* ist das Ganze überschrieben, und der Protagonist heißt Jörg Schköna.« Er hatte den Fahnenabzug seiner Geschichte bei sich und zeigte sie herum.

Jörg Schköna lief Gefahr, keine zwei Stunden mehr zu leben, aber das wusste er noch nicht, als er am diesem Abend in Hannover den letzten ICE nach Berlin bestieg …

6.

Sascha Käbschütz war 55 Jahre alt, hatte an der Fachhochschule für Verwaltung und Recht (FHSVR), der heutigen HWR, studiert und sie als Diplom-Verwaltungswirt verlassen. Seine Laufbahn in der Verwaltung hatte er als Inspektor in der Besoldungsstufe A 9 begonnen. Nach zwei Jahren war im klar geworden, dass er ewig brauchen würde, um im gehobenen Dienst seines Bezirks bis zum Amtsrat befördert zu werden, und beschlossen, bei Hartmut Häußermann Stadt- und Regionalsoziologie zu studieren, um danach gleich im höheren Dienst bei A 14 zu beginnen. »Du bist ja bekloppt!«, hatten ihm gute Freunde zugerufen. »In der Verwaltung kannst du doch nur als Jurist was werden.« Also hatte er sich der Rechtswissenschaft zugewandt und auch alle Examen mit Noten geschafft, die den Wiedereintritt in den öffentlichen Dienst im Rang eines Regierungsrates ermöglichten. Damit aber nicht genug. Während des Soziologiestudiums, so kurz es auch war, hatte er bei Horst Bosetzky gelesen, dass es, wollte man Karriere machen, ohne Mikropolitik nicht ginge, man also in eine Partei eintreten und sich ein ergiebiges Netzwerk schaffen musste. So war er in die SPD eingetreten – und nach einigen Jahren tatsächlich in der Besoldungsgruppe B angekommen. Senatsdirektor stand an seinem Büro, das war B 3. Da seine Frau Lehrerin war, konnten sie sich eine Villenetage in der Ringstraße in Lichterfelde West leisten. Es war also alles in bester Ordnung, nach außen hin jedenfalls. Beim Frühstück zeigte sich aber, dass Käbschütz in seiner Familie nicht ganz jenes Maß an Autorität erreichte, die ihm in seiner Behörde zugesprochen wurde.

»Bei mir am Computer ist gestern Abend plötzlich alles umrandet gewesen, was ich geschrieben habe, als würde es eine Traueranzeige sein«, klagte er. »Ich hab' es nicht wegbekommen, was kann man denn da machen?« Er sah seinen Sohn an.

»Oh Mann!«, stöhnte Philipp. »Das weiß doch jedes Kind: oben in der Leiste ›Ansicht‹ anklicken, dann bei ›Textbegrenzungen‹ das Häkchen weg.«

Die Frage seiner Tochter Melanie, die auf ihrem Gymnasium im 1. Semester der Oberstufe war, hatte den Leistungskurs Deutsch belegt und wollte von ihm wissen, was ein Suffix sei.

Käbschütz lächelte gequält und versuchte, sich mit einem Scherz aus der Affäre zu ziehen. »Wahrscheinlich ein schneller Trinker.«

»Quatsch!« Philipp hatte das Gesuchte auf seinem i-, smart- oder was auch immer –Phone gefunden. »Suffix (von lat. *suffixum*, ›An-, Aufgestecktes‹) ist in der linguistischen Morphologie die Bezeichnung für ein Affix, das seiner jeweiligen Basis nachfolgt (in der traditionellen deutschen Grammatik entsprechend auch Nachsilbe genannt). Beispiele sind Wortbildungsmorpheme wie *–ung* und *–heit* in *Bild-ung* bzw. *Schön-heit* oder Flexionsmorpheme wie die Genitivendung *–s* in der Form *(des) Mädchen-s*.«

»Danke.« Melanie sah ihren Vater an. »Wozu hast du eigentlich so lange studiert – und dabei auch noch x Fächer?«

»Damit du auf der Welt bist, in Lichterfelde West wohnst und nicht in einem Slum und solche dämlichen Fragen stellen kannst!«

»Nun ist aber gut!«, rief Susanne Käbschütz und schlug mit der Faust auf den Tisch. »Mehr Respekt für euren Vater bitte!« Sie wusste von ihren Schülerinnen und Schülern, dass bei den jungen Menschen heutzutage nur noch der etwas zählte, der andauernd im Fernsehen anzutreffen war, vor allem beim Promi-Dinner, der Shopping Queen, Frauentausch, Go to Dance, Deutschland sucht den Superstar oder Voice of Germany. Hätten sie und ihr Mann dort in der Jury gesessen, wären sie für ihre Kinder die Größten gewesen und angebetet worden, so aber, als Senatsdirektor und Oberstudienrätin, waren sie nur die letzten Ärsche. Dagegen ließ sich nichts machen, man konnte sich nur bemühen, die Contenance zu bewahren und sich einen Ratgeber zum Thema Gelassenheit kaufen, wo dann Weisheiten zu finden waren wie: »Es sind nicht die Dinge, die uns aufregen, sondern die Art, wie wir sie interpretieren.« Also sagte sie sich, dass pubertierende Kinder eben pubertierende Kinder sind, und trank, ruhig Blut bewahrend, wie es immer empfohlen wurde, weiter ihren Kaffee. Daneben suchte sie das Familiengespräch auf ein neutraleres Thema zu lenken und sah ihren Mann an. »Seid ihr denn bei euch schon über die Niederlage beim Volksentscheid hinweg, dass das Tempelhofer Feld nicht bebaut werden darf?«

Sascha Käbschütz regte sich noch immer auf. »So etwas Idiotisches! Die haben die Wohnungsnot, die in Berlin herrscht, völlig aus den Augen verloren. Bis 2030 werden wir einen Bevölkerungszuwachs von über 250 000 Menschen haben, das sind so viele, wie Kiel heute Einwohner hat. Bis 2035 müssen wir mindestens 8 500 neue Wohneinheiten haben. Und auf dem Tempelhofer Feld hätten wir so viel Platz gehabt wie nirgendwo sonst in der Stadt. Am

Tempelhofer Damm wäre es mit bis zu 1 700 Wohnungen losgegangen, an der S-Bahn-Trasse wären 1 100 dazugekommen und an der Oderstraße in Neukölln noch einmal 1 900, macht schon 4 700. Gar nicht einmal zu reden von dem vierten Stadtquartier, das wir am Columbiadamm geplant haben. Aber das ist nun alles den Bach runtergegangen, und wir müssen da bauen, wo es richtig wehtut.«

»Ruft doch eine Zuzugssperre für Berlin aus«, riet ihm Philipp.

»Geht nicht, Artikel 11 des Grundgesetzes: Garantie der Freizügigkeit.«

Damit stand Käbschütz auf, verabschiedete sich von seinen Lieben mit einem schnellen Küsschen auf die Wange und ging zu seinem Wagen hinunter.

Käbschütz, der im Wedding aufgewachsen war, wohnte gern in Lichterfelde West, der Villenkolonie, die der Hamburger Unternehmer Carstenn um 1900 im Südwesten der Reichshauptstadt auf den vielen grünen Wiesen eines verschuldeten Ritterguts errichtet hatte. Klug, wie Carstenn war, hatte er den Bau einer neuen Kaserne für das preußische Gardeschützenbataillon nahe seiner Villenkolonie finanziell unterstützt und damit unzählige Mieter aus dem preußischen Offizierkorps und der höheren Beamtenschaft gewonnen. Das neue Viertel machte mit seiner Mischung aus vielfältigen Baustilen, Alleen, kleinen Plätzen und großen Gärten mächtig was her und entsprach der Geltungssucht des Bürgertums. Es gab viele Bauten, die ganz dem wilhelminischen Geschmack entsprachen und mit gotischen Spitzgiebeln und Türmchen oder ihrem barocken Skulpturenschmuck an der Eingangstreppe prunkten. Hier moderne Kästen hinzusetzen, hatte noch niemand gewagt.

Käbschütz stieg in seinen BMW und fuhr los. Von der Ring- ging es in die Drakestraße und dann unter der Wannseebahn hinweg und über die Kreuzungen Unter den Eichen hinüber zur Altensteinstraße, dann am Botanischen Garten vorbei Richtung Breitenbachplatz, durch den Tunnel an der Autobahnüberbauung Schlangenbader Straße zum Hohenzollerndamm und auf dem weiter zum Fehrbelliner Platz. Ohne Stau war er in einer Viertelstunde am Ziel.

Vor seiner Verwaltung hatten sich schon protestierende Kleingärtner aufgebaut, die Schilder mit Aufschriften wie ›Grün ist Leben!‹ hochhielten.

Einer der Anführer drang auf ihn ein. »Wir werden alle demokratischen Mittel nutzen, um unsere Kleingärten zu erhalten!«, rief er.

»Über 80 Prozent der Kleingartenanlagen sind in der Bauplanung schon gesichert«, suchte Käbschütz, ihn zu beruhigen.

»Wir sind auch für bezahlbaren Wohnraum, aber nicht für Luxuswohnungen!«, schallte es ihm entgegen.

»Eine grüne Stadt ist eine soziale Stadt!«

»Denken Sie mal richtig über die Nachverdichtung bestehender Wohnbauten nach!«

»Ja, mache ich«, versicherte Käbschütz dem Rufer.

Endlich hatte er sich den Weg zum Eingang seines Bürogebäudes freigekämpft. Zum Glück war kein Fernsehteam aufgetaucht und hatte ihm dumme Statements abverlangt. »Ja natürlich schafft dieser Senat die Quadratur des Kreises, das wäre doch gelacht.«

Erschöpft kam er oben an, stürmte an einer Mitarbeiterin vorbei und warf sich erst einmal in seinen Sessel, um wieder richtig zu sich zu kommen. Kaum hatte er neue

Kräfte gesammelt, da wurde ihm Björn Jembke gemeldet. Auch das noch! Der Mann erinnerte ihn vom Äußeren sehr an seinen Parteivorsitzenden Alexander Stöß, und den mochte er nicht, weil er ihm zu weit links stand. Käbschütz hoffte sehr, dass die Berliner SPD seinen Chef Michael Müller zum neuen Regierenden Bürgermeister machte, und wenn man dann einen neuen Senator für Stadtentwicklung suchte, dann standen seine Chancen gar nicht einmal so schlecht, Müllers Nachfolger zu werden.

»Herr Jembke, schön, dass Sie wieder einmal den Weg zum Fehrbelliner Platz gefunden haben!«

»Na, Fehrbellin steht ja in Brandenburg-Preußen für einen Sieg, und da dürfte mein Unternehmen gerade richtig sein.«

Käbschütz kratzte an der Grenze der *political correctness*. »Bitte, jetzt nicht ›SIEG Heil!‹ rufen, sonst …«

»Nein, um Gottes willen, wir sind über den Firmennamen, den man sich in New York ausgedacht hat, auch nicht sehr glücklich, aber SIEG ohne jeden Hintergedanken ist ja so schlecht nicht, zumal wir gerne siegen.«

»Setzen wir uns erst einmal, Frau Kindler wird uns gleich Kaffee und etwa zum Knabbern bringen.«

Das geschah, und Käbschütz fing ganz am Anfang an. »Wie sind Sie eigentlich auf Schmöckwitz und das Projekt ›Seeglück‹ gekommen, haben Sie da eine Dampferfahrt gemacht?«

»Nein, nicht auf der Dahme, aber auf dem Tegeler See, und da steht ja an der Greenwichpromenade eine beachtliche Wohnanlage. Und dann sind da noch die Wasserstadt Spandau und die Wohnungen rund um den Rummelsburger See. Da habe ich mir dann den Berliner Stadtplan angeguckt und bin auf Schmöckwitz gekommen.«

Käbschütz nickte. »Ah, ja.« Er drehte sich um, wo an der Wand die Berliner Karte hing. »Da sehe ich noch sehr viel Grün …«

»Und Blau. Wohnen im Wald und am Wasser – traumhaft.«

Käbschütz lächelte. »Traumhaft werden auch die Mieten sein. Da werden viele Menschen in dieser Stadt wieder vor Wut an der Decke hängen. Abgesehen davon, dass sich in Karolinenhof und Schmöckwitz schon die erste – sagen wir – Protestkultur herausbildet. Kurzum: Ihr Projekt wird sich den Bürgern nur schwer vermitteln lassen.«

Jembke hielt dagegen. »Wir haben im Hinblick auf die Wohnraumnot in Berlin schon die ersten Kaufverträge mit den Siedlern am Baugelände am Langen See ausgehandelt.«

»Auf eigenes Risiko. Das Land Berlin hat noch nichts Verbindliches unterschrieben, und ich glaube auch nicht, dass meine Oberen nach dem Debakel mit dem Tempelhofer Feld große Lust haben, sich auf Ihr ›Projekt Seeglück‹ einzulassen.«

Jembke wollte Zeit gewinnen und flüchtete sich in den Gag, man könne seine Firma doch unmöglich in NIEDERLAGE umbenennen. Dann suchte er nach einem Ausweg. Vielleicht konnte man sich auf einen Deal verständigen. »Von den rund 1.500 Wohnungen, die wir im Auge haben, könnten wir 200 zu niedrigen Mieten auf den Markt werfen, und als Schmankerl, wie die Bayern sagen, dem Senat noch anbieten, das Reifenwerk zu kaufen, zu sanieren und als Wohnheim für bedürftige Familien herzurichten, unter Umständen auch für Asylbewerber, denn der Senat sucht ja händeringend Unterkünfte. Und um den Schmöckwitzern alles zu versüßen, könnten wir das alte Straßenbahndepot, das ja in Teilen abgebrannt ist, wieder herrichten, ebenso das total verfallene Jagdhaus Friedrich I. gleich hinter der Brücke.«

»Hört sich nicht schlecht an«, murmelte Käbschütz.

Jembke wähnte sich fast am Ziel. »Darf ich das so verstehen, dass Sie sich höheren Orts für das SIEG-Projekt einsetzen werden?«

»Ja, Sie müssten nur so schnell wie möglich loslegen, damit wir vor den Wahlen alle Proteste vom Tisch kriegen und den Berlinern etwas Vorzeigbares zu bieten haben.«

Jembke legte die rechte Hand aufs Herz. »Versprochen! Schon im eigenen Interesse.«

Käbschütz stand auf. »Gut, sowie ich vom Senat grundsätzlich grünes Licht bekommen habe, wovon ich einmal ausgehe, werden sich unsere und Ihre Juristen ans Werk machen müssen, um die Details auszuhandeln.«

»Herzlichen Dank, Herr Käbschütz!« Jembke verabschiedete sich mit einem markigen Händedruck und verließ sichtlich zufrieden den Raum. Käbschütz war hin und her gerissen, denn das Für überwog das Wider nur mit 51 zu 49 Prozent, doch wie hatte sein Vater immer gesagt: »Eine schlechte Entscheidung ist besser als gar keine.«

Nicht, dass bei Gunnar Schneeganß eine Zwangsstörung zu diagnostizieren gewesen wäre, die behandlungsbedürftig war, aber er litt schon erheblich unter dem inneren Drang, jede Tat schon aufgeklärt zu haben, kaum, dass sie begangen worden war. »Noch bevor sie …«, spottete seine Frau. Besonders der vom ICE überrollte Mann auf der Strecke parallel zur Avus ließ ihn nicht mehr los. Er hatte schon im Internet unter dem Eintrag *DocCheck Medical Services GmbH* nachgelesen und Angst bekommen: *Die anankastische Persönlichkeitsstö-*

rung ist eine Form der Persönlichkeitsstörung, die dadurch gekennzeichnet ist, dass die betroffenen Personen besondere Starrheit und Perfektionismus sowohl in ihrem Denken als auch in ihrem Handeln an den Tag legen. Hm … Als er mit Jessica Schamp darüber gesprochen hatte, war die in Gelächter ausgebrochen. »Nur weil du so schnell wie möglich die Wahrheit wissen willst – war es nun ein Unfall, ein Mord oder ein Suizid? – und sogar noch beim Einschlafen daran denkst, hast du doch keine Macke, das gehört einfach zu unserem Beruf.« Egal, Schneeganß bemühte sich nun geradezu krampfhaft, flexibel zu sein und die Dinge lässig bis nachlässig anzugehen. So hatte er im ICE-Fall den Besuch am Krankenbett des Lokführers immer wieder von einem Tag auf den anderen verschoben und gehofft, dass sich irgendwann irgendwer meldete und eine Vermisstenanzeige erstattete. Irgendwo musste der Mann, den der ICE überrollt und zerstückelt hatte, doch vermisst werden. Irgendwann, irgendwie, irgendwo – wer so dachte, litt nicht unter Starrheit und Perfektionismus. Er war also gesund hoch drei. Es war Jessica Schamp, die drängelte.

»Du, wir müssen ins Krankenhaus.«

Schneeganß lachte. »Wieso denn das, hatten wir Kontakt mit einem Ebola-Infizierten?«

»Mensch, endlich den Lokführer befragen! Diesen …?« Sie sah auf ihren Notizzettel. »Hier: Jens Zernetzki.«

»Schneeganß winkte ab. »Der wird schon längst wieder zu Hause sein.«

War Zernetzki aber nicht, denn als sie bei ihm zu Hause anriefen, sagte ihnen seine Frau, dass er einen Herzinfarkt erlitten habe und noch immer im Martin-Luther-Krankenhaus liege.

Jessica Schamp staunte. »Ich habe nie gewusst, dass Martin Luther in Berlin ein Krankenhaus hat.«

»Das muss irgendwo in der Gegend vom Bahnhof Halensee sein.« Schneeganß stand auf und trat an den großen Stadtplan, der hinter ihm an der Wand hing. »Hier … an der Caspar-Theyß-Straße.«

Wieder staunte Jessica Schamp. »Ich war mal an der Theiß, das ist ein Nebenfluss der Donau, aber die hieß nicht Caspar mit Vornamen.«

Schneeganß sah im Internet nach, soviel Zeit musste sein. »Caspar Theiss, geboren um 1510, gestorben um 1550, war ein Baumeister der Renaissance in Berlin und der Mark Brandenburg.«

»Danke. Aber das ist ja schwach mit dem ›um‹, dass sie nicht einmal das genaue Jahr kennen, geschweige denn den Tag. Bei mir kennt man sogar die Stunde meiner Geburt.«

»Aber nicht die deines Todes.«

»Wahrscheinlich irgendwann im Dienst. Gucke bitte mal auf die Uhr. Und dass dann auch eine Straße nach mir benannt wird.«

Schneeganß lachte. »Diese Ehrung ist ja nicht einmal Ernst Gennat widerfahren, und das war in Berlin der größte Kriminalist aller Zeiten. Gut, er war keine Frau, da hätte er's leichter heute.«

Vergleichsweise gut gelaunt gingen sie zum Wagen hinunter und nahmen den Weg, den ihr Navi ihnen vorgab: Von der Keithstraße 30, wo das ›LKA 1 – Delikte am Menschen‹ angesiedelt war, ging es über die Kurfürsten- und die Spichernstraße zum Hohenzollerndamm und an dessen südlichem Ende auf die Seesener Straße. Auf der Brücke im Verlauf der Paulsborner Straße wurden S-Bahn-Gleise und

Stadtautobahn überquert, und nach einer Viertelstunde kam die Botschaft aus dem Lautsprecher, dass sie ihr Ziel erreicht hätten. Sich bis zu Jens Zernetzki durchzufragen, erforderte fast genauso viel Zeit. Endlich hatten sie sein Zimmer erreicht. Doch das Bett war leer.

»Gott!«, rief Schneeganß. »Wenn der gestorben ist, können wir alle Hoffnung fahren lassen.«

War er aber nicht, sondern nur zu einer besonderen Herzuntersuchung gebracht worden, dem sogenannten ›Schluck-Echo‹, einem Echokardiogramm von innen, wie man ihnen erklärte, eine Ultraschalluntersuchung des Herzens durch die Speiseröhre, wo der Patient einen Schlauch schlucken musste. Das hatte zur Folge, dass der Lokführer wie eine Krähe krächzte, als er später mit ihnen sprach und immer wieder husten musste.

»Ja … das Bild steht mir noch immer vor Augen … das wird wohl bis zu meinem Tod so sein. Wir haben ja keine Scheinwerfer an unseren Loks und Triebwagenköpfen wie jedes Auto … Wir wollen ja nur wahrgenommen werden. Also habe ich nicht viel gesehen … Nur dass da eine Schar von Menschen auf und an meinem Gleis stand, alle mit Warnweste … Als sie meinen Zug gesehen haben, sind sie zur Seite gesprungen und im Wald verschwunden … Bis auf den einen Mann, der quer auf den Schienen gelegen hat. Ich leite die Notbremsung ein, aber …« Er schloss die Augen und konnte nicht mehr weitersprechen.

»Komisch«, sagte Schneeganß. »Nach Auskunft der Bahn hat es zu dieser Zeit und auf diesem Streckenabschnitt keine Gleisarbeiter gegeben.«

»Und wenn«, fuhr seine Kollegin fort, »hätten die, die weggelaufen sind, sich doch längst bei uns oder ihrer Dienststelle melden müssen.«

»Das verstehe ich auch nicht«, pflichtete Zernetzki ihr bei. »Vielleicht haben die anderen Gleisarbeiter noch versucht, ihren Kollegen von den Schienen zu ziehen, aber der hatte sich mit dem Fuß irgendwie verklemmt …«

Schneeganß rang die Hände. »Aber es hat doch gar keine Gleisarbeiter gegeben!«

»Dann weiß ich auch nicht weiter.«

Da vom Lokführer keine weiteren Erkenntnisse zu erwarten waren, zogen sie wieder ab, ohne dass es Schneeganß versäumt hätte, ihm gute Besserung und »ein paar schöne Streiktage« zu wünschen.

»Was nun?«, fragte Jessica Schamp, als sie wieder unten auf der Caspar-Theyß-Straße stand. »Caspar Scheiß wäre treffender.«

»Ja, wir wissen ja noch nicht einmal den Namen des Verunglückten. Fassen wir noch einmal zusammen: Ein Suizid scheidet aus, der Mann war ja nach Aussage des Lokführers nicht allein, und einen Abschiedsbrief hat es auch nicht gegeben.«

»Und vielleicht auch keine wirklichen Gleisarbeiter …«

Schneeganß sah sie an. »Sondern?«

»Das war eine Truppe von Autonomen, die wieder einmal einen Kabelbrand legen wollte und sich, um nicht aufzufallen, als Gleisarbeiter verkleidet hatte. Dann kam der ICE, und einer von ihnen hat wirklich mit dem Fuß festgesteckt, ganz wie es Zernetzki vermutet hat.«

»Hm.« Schneeganß dachte nach. »Klingt logisch. Und dass die dann nicht zur Polizei geeilt sind, liegt auf der Hand. Also streifen wir schnell mal durch die angesagten Kieze und rufen überall auf den Hinterhöfen: ›Wird einer von euch vermisst?‹«

»Nein, aber wir könnten uns ja mal in den entsprechenden Gegenden umhören.«

Schneeganß winkte ab. »Nicht, ohne den Namen des Toten zu kennen.«

»Dann lass uns noch einmal in die Charité fahren und in der Rechtsmedizin den Dr. Viellechner fragen, ob er inzwischen etwas herausgefunden hat, das uns weiterbringen könnte.«

»Okay, ich liebe diese Sightseeingtouren, und noch dazu bezahlt in der Dienstzeit.«

»Dann genieße deine Privilegien.«

Um die Mittagszeit durch die Berliner Innenstadt zu fahren, war wegen der dauernden Staus, bedingt durch Baustellen und Demos, geradezu hirnrissig, und so fuhren sie im Wagen nur bis zum Bahnhof Tiergarten, in dessen Nähe man ganz gut parken konnte, und stiegen dort in die S-Bahn, um zwei Stationen zum Hauptbahnhof zu fahren und von dort zum Institut für Pathologie zu laufen. Dr. Viellechner stand gerade am Seziertisch, kam aber, als er über ihren Besuch informiert worden war, schnell herbei und nahm sich ein paar Minuten Zeit für sie.

»Ich habe immer noch keine Ahnung, wen wir da haben«, begann er, »aber wir haben unsere Untersuchungen auch noch nicht abgeschlossen.«

»Ich fordere ja schon seit Jahren, dass jedem Menschen gleich bei seiner Geburt ein Chip eingepflanzt wird, damit man später immer weiß, wer er ist«, sagte Schneeganß halb im Ernst, halb scherzhaft. »Bei Rennpferden funktioniert das wunderbar.«

Dr. Viellechner lachte. »Und bei unserem NN hätte man dann ausgerechnet das Stück Arm mit dem Chip vergessen, aufzusammeln.« Dann wurde er schnell wieder sachlich. »Aber kommen Sie, ich habe da etwas entdeckt, das Ihnen weiterhelfen könnte.« Er ging mit Schneeganß und Jessica Schamp zu den Kühlfächern und zog dasjenige mit dem unbekannten ICE-Opfer auf. Beide prallten unwillkürlich zurück, rissen sich aber schnell wieder zusammen, denn ohne ›leichenfest‹ zu sein, war die Arbeit bei einer Mordkommission undenkbar.

»Man müsste Kannibale sein«, brachte Schneeganß hervor. »Dann könnte man jetzt so richtig frohlocken.«

Dr. Viellechner ließ sich nicht beirren. »Hier. Das Stück Brust und Bauch … Da haben wir alles Blut abgewischt, und zum Vorschein gekommen ist dieses Tattoo hier … Ein Tiger mit einer grünen Schlange … Alles schön bunt, außer, dass der Tiger weiß ist. Da müsste sich das Studio finden lassen, wo dieses Tattoo gestochen worden ist.«

Jessica Schamp nickte. »Wenn es in Berlin gewesen ist, dann sicher.«

Schneeganß war da skeptischer. »Wir haben ja auch nur einige Hundert Tattoo-Studios in Berlin. Aber gut, abklappern gehört zum Handwerk. Jessi, kannst du das bitte mal mit deinem Handy abfotografieren.«

Sie tat das, und mit dem digitalen Foto zogen sie dann durch Berlin und fragten in den Tattoo-Studios nach. Sinnvollerweise begannen sie dort, wo in Berlin besonders viel Autonome zu finden waren, also in Nordneukölln, Kreuzberg und Friedrichshain. Erst am nächsten Nachmittag hatten sie dann das ihnen zustehende Glück des Tüchtigen, denn in der Urbanstraße rief ein Stecher: »Mensch, das ist sicher der Roy!«

»Welcher Roy?«

»Keine Ahnung, wie er richtig heißt. Er hat Siegfried & Roy mit ihrem weißen Tiger bei einem Auftritt in Las

Vegas bewundert, sich Roy genannt und den weißen Tiger stechen lassen. Erzählt hat er, dass er in der Nähe des Görlitzer Parks in einer WG gewohnt.«

Das war doch immerhin etwas! Sie bedankten sich und fuhren mit einer Taxe das vergleichsweise kurze Stück zum Görlitzer Park. Der ›Görli‹, wie er bei den Einheimischen hieß, war um 1990 auf dem Gelände des ehemaligen Görlitzer Bahnhofs angelegt worden und lockte auf seinen 14 Hektar mit einem Kinderbauernhof, mehreren Sport-, Spiel- und Bolzplätzen, zwei Aussichtsbergen und einem kleinen See. Seine größte Attraktion, den Pamukkalebrunnen, hatte er wieder eingebüßt, denn alles, was die lieben türkischstämmigen Mitbürger an ihre berühmten Sinterterrassen von Pamukkale erinnern sollte, war inzwischen zerbröselt und weithin abgetragen worden. Dafür gab es nun eine Streuobstwiese. Die war es aber nicht, die Menschen aus allen Teilen Berlins in den Görlitzer Park lockte, das war vielmehr die Gelegenheit, schnell an Drogen zu kommen. Um die Dealer-Szene in den Griff zu bekommen, patrouillierte seit Mai 2014 permanent eine aus Mitarbeitern von Polizei und Ordnungsamt zusammengesetzte Streife durch den Park. Die warf auch einen kritischen Blick auf Schneeganß und Jessica Schamp, als man sich begegnete. Schneeganß und Jessica Schamp gaben sich nicht als Kriminalbeamte aus, um bei den Dealern, die sicherlich gut getarnt hier herumschlichen, nicht von vornherein schlechte Karten zu haben. Das gelang auch. Sie taten so, als seien sie Touristen aus Leipzig, die ihren alten Freund Roy besuchen wollten, ihn aber nicht finden konnten, da er gerade umgezogen sei. Jessica Schamp kannte den Dialekt ein wenig (»Cha, da hasde rechd, Räächen wermer griechn!«), sodass man ihnen das abnahm.

Doch die ersten Versuche schlugen fehl. Ein Schwarzer war es schließlich, der einen Roy zu kennen glaubte.

»Your friend must live Cuvrystreet corner Wrangel. His name is …? Here …« Er zog einen Zettel aus der Tasche, auf dem ›Dieter Bollwien‹ zu lesen war.

Sie bedankten sich und machten sich auf den Weg. Weit war es ja nicht. Unterwegs startete Schneeganß eine Anfrage bei den Kollegen. Ja, ein Dieter Bollwien war schon aktenkundig geworden. »Landesfriedensbruch, Körperverletzungen, Verstöße gegen das BTM-Gesetz.«

»Sehr schön, das passt ja wunderbar!«

Kaum hatte Schneeganß sein Handy wieder verstaut, da begann es laut zu tönen. Es war ein Kollege von der Spurensicherung.

»Du Gunnar, wir haben den Bahndamm noch mal abgesucht und dabei eine Flasche mit Benzin gefunden. Also doch ein Versuch, einen Kabelbrand zu legen.«

7.

Christian Wurchow, der Vorsitzende des Seglervereins *Langer See e.V. von 1928*, stand am Ufer und erklärte seinem Enkel den Unterschied zwischen einer Jolle und einem Kielboot.

»Eine Jolle wie meine hier, die hat einen flachen Rumpf und ein aufholbares Schwert, während bei den Kielbooten der Rumpf tief im Wasser liegt. Dadurch kann eine Jolle leichter kentern, während die Kielboote wesentlich stabiler sind, weil das Gewicht des Kiels ein höheres aufrichtendes Moment aufweist, das dem Druck der Segel entgegenwirkt.«

Obwohl Johannes gerade einmal elf Jahre alt war und in Physik nie über ein befriedigend hinausgekommen war, verstand er das, hatte aber noch eine Frage. »Manche Segelboote liegen aber auf zwei Kanus drauf …«

»Das sind die Katamarane, die haben gleich zwei Rümpfe.«

Wurchow kam zu den Segeln. »Es gibt Segelboote mit einem und mit zwei Masten. Meine Jolle hat nur einen Mast. Es ist eine alte O-Jolle, O deshalb, weil sie extra für die Olympischen Spiele in Berlin konstruiert worden ist, 1936. Sie hat eine Cat-Takelung, das heißt, dass es hinter dem Mast nur ein Segel gibt, das sogenannte Schratsegel, das sich in der Ruhestellung in Richtung der Schiffslängsachse befindet.«

»Dann kommen wir doch aber gar nicht voran, wenn der Wind von hinten weht«, fand Johannes.

»Gut, Junge! Und darum muss man kreuzen, also ein Ziel im Zickzackkurs anlaufen.«

»Und wenn nun gar kein Wind weht, Opa?«

»Das nennt man dann eine Flaute – und für die haben wir einen kleinen Außenbordmotor. Und wenn der Wind von einer Seite zu stark weht, dann musst du dich auf die andere Seite setzen und weit über Bord lehnen, damit wir nicht kentern.«

»Okay! Aber sag' mal, Opa, wie bist du eigentlich zum Segeln gekommen?«

Wurchow lachte. »Na guck dir mal meine Segelohren an.«

Seine Tochter kam mit dem Picknickkorb herbei. Sie wohnte in Wilmersdorf am Bundesplatz und hatte ein Exemplar der ›Berliner Woche‹ mitgebracht, der mit einer Gesamtauflage von etwa anderthalb Millionen Exemplar wohl meistgelesenen Zeitung der Hauptstadt. Finanziert wurde sie ausschließlich von Anzeigenkunden, und es gab für die einzelnen Stadtteile 33 unterschiedliche Lokalausgaben, die kostenlos in jeden vorhandenen Briefkastenschlitz gesteckt wurden. Für viele Rentner und Hartz IV-Empfänger war die ›Berliner Woche‹ ein Segen.

»Guck mal, der Artikel hier, der müsste dich doch interessieren.«

Neugierig geworden riss er ihr die Zeitung geradezu aus der Hand. Überschrieben war der besagte Artikel mit: *Anwohner kämpfen um ihre Wiese.* Es ging um ein Bauvorhaben in Schmargendorf. *Neuer Widerstand gegen Wohnungsbau: Anwohner der Sodener Straße verweigern die Nachverdichtung vor ihrer Nase. Sie befürchten die Verwandlung einer idyllischen Wiese in eine Wand aus Glas und Beton.*

»Was bei denen das Unternehmen Becker & Kries ist, das ist bei uns die SIEG«, sagte Wurchow. »Überall dasselbe. Wir kämpfen hier um unseren Wald und unser Ufer. Ihr könnt euch das gleich einmal vom Wasser aus ansehen, wo die SIEG-Leute ihre Wohnanlage hinsetzen wollen.«

Sie legten ab und dümpelten eine Weile so dahin, bis sie endlich in der Mitte des Langen Sees waren.

»Da drüben am anderen Ufer liegt Krampenburg«, erklärte Wurchow seiner Tochter und seinem Enkel. »Eine Halbinsel zwischen der Großen Krampe, das ist der Schlauch da drüben, und dem Langen See, auf dem wir uns gerade befinden. Früher gab es hier ein Restaurant, in dessen Saal 3000 Gäste untergekommen sind. Dazu gab es Kegelbahnen, Schieß- und Würfelbuden, Karussells und Schaukeln. Auf beiden Seiten konnten große Dampfschiffe anlegen. In Krampenburg war immer was los. Nach dem Krieg aber, in der ruhmreichen DDR, war es dann vorbei mit all der Herrlichkeit, und 1977 wurde das Ausflugslokal geschlossen. Ein Unternehmen aus Ruhla ließ das Gebäude total verkommen, heute hat man Mühe, noch etwas von der Ruine zu entdecken. Das ist jetzt ein Campinggelände, eine Menge Hausboote gibt es, und zwischen Krampenburg und Schmöckwitz pendelt eine Fähre der BVG.«

»Krampen – sind das nicht Versager, Nieten, Schwächlinge?«, fragte seine Tochter.

Wurchow nickte. »Ja das, was man heute *Loser* nennt.«

Johannes staunte. »Und die waren so cool, dass sie hier 'n Restaurant aufgemacht haben?«

»Nein, ich glaube eher, dass die Halbinsel hier auf der Karte wie eine Krampe ausgesehen hat, wie ein u-förmiges Metallstück, das man ins Holz geschlagen hat, um zum Beispiel einen Nagel zu befestigen. Als Kinder haben wir diese Krampen immer mit dem Katapult verschossen, was aber sehr gefährlich und streng verboten war. Auf der Haut hat es blutende Wunden gegeben, was wir hingenommen haben, ohne zu heulen, denn wie hieß es immer: ›Ein Indianer kennt keinen Schmerz!‹, aber wenn einer eine Krampe ins Auge geschossen bekommen hat, dann …« Er brach ab, weil bei ihm sehr unschöne Erinnerungen aufkamen, und erklärte dem Enkel lieber die Entstehung der Großen Krampe. »Das ist eine glaziale Rinne, über drei Kilometer lang, bis rauf nach Müggelheim.«

Der Junge staunte. »Haben sie da Glas hergestellt?«

Wurchow lachte. »Nein, glazial, das kommt vom Lateinischen: *glacialis* gleich eisig, das Eis betreffend. Als nach Ende der Eiszeit alles Eis abschmolz, das hier viele Meter hoch gelegen hat, musste das Wasser ja irgendwie zur Ostsee hinabfließen, und da hat es überall Rinnen und Flüsse gegeben.«

Man merkte Christian Wurchow in jeder Minute den pensionierten Lehrer an, Sport und Erdkunde. Zu DDR-Zeiten hatte er auch noch Astronomie unterrichtet, und seine Tochter, die Peggy hieß und das gern verschwieg, weil sie das für einen Hundenamen hielt, war froh, dass es früher Vormittag war, sonst hätte ihr Vater auch noch lange Vorträge über die am Himmel sichtbaren Sternbilder und die Entstehung von Supernovae gehalten. Jetzt schimpfte er stattdessen über die SIEG.

»Seht euch doch einmal das herrliche Stück Ufer da an zwischen Karolinenhof und Schmöckwitz! Kleine Häuschen, Datschen, Bootshäuser … Da wollen sie nun ihren Klotz von Wohnanlage hinsetzen und alles verschandeln!«

»Reg' dich nicht wieder so auf, Papa, dein Herz!«, warnte ihn seine Tochter. »Ich würde gern da drin wohnen.«

»Schäme dich, deinem Vater so in den Rücken zu fallen!«, rief Wurchow.

Johannes hatte zu viele Krimis gesehen und gelesen und vermisste nun etwas. »Opa, wann finden wir denn endlich eine Wasserleiche?«

Wurchow nahm es gelassen. »Die liegen meistens im Schilf. Wir werden uns mal dicht unter Land halten. Aber die meiste Gefahr geht hier vom Hakenmann aus.«

»Von was?« Johannes hatte noch nie davon gehört.

»Der Hakenmann wohnt auf dem Grunde der Flüsse und Bäche und zieht Menschen zu sich herab. Um Heidelberg herum spricht man beispielsweise vom Neckargeist. Der verlangt in der Johannisnacht eine lebendige Seele. Drei Tage und Nächte findet man den Ertrunkenen nicht, erst in der vierten Nacht taucht er aus dem Grund wieder auf, um den Hals einen blauen Ring.«

»Vater, hör auf damit, der Junge kann sonst wieder nicht einschlafen!«

Aber Wurchow war nicht mehr zu bremsen. »Dann soll er mal beim Radfahren aufpassen, dass ihn nicht mal ein Aufhocker erwischt.«

»Ein Aufstocker?«, verstand sie, da der Wind viele der gesprochenen Worte davontrug.

»Nein, ein Aufhocker! Niederdeutsch Huckup. In Hildesheim gibt es sogar ein Huckup-Denkmal. Ein Aufhocker, das ist in der Mythologie ein sogenannter Druckgeist, der Wanderern, die nachts noch unterwegs sind, auf die Schultern oder den Rücken springt und mit jedem Schritt schwerer wird, sodass sie schließlich unter schrecklicher Atemnot leiden und zusammenbrechen. Da hilft nur, dass man schnell betet. Also, Johannes, gehe wirklich immer zum Konfirmandenunterricht, damit du das lernst.«

Sie nahmen Kurs auf ›44‹, die kleine Landzunge, eigentlich nur eine Ecke aus Gras und Sand, wo es links zum Seddinsee ging. Da hatte früher eine Tafel gestanden, die anzeigte, dass es vom Beginn der Dahme-Wasserstraße bei Prieros bis hierher 44 Kilometer waren.

»Warum heißt denn die Dahme Dahme?«, wollte Johannes wissen. »Weil sie wie eine lange Dame aussieht?«

»Nein, bestimmt nicht. Sie heißt so, weil …« Jetzt musste selbst der Lehrer Christian Wurchow passen. »Keiner weiß das so genau. Die einen sagen, dass sich der Name vom slawischen Dembrowa gleich Eichenwald ableitet, was ich aber für Unsinn halte, die anderen meinen, dass die Germanen, die vor den Slawen hier waren, sie so genannt haben, weil das bei ihnen ›dunkler Fluss‹ geheißen hat.«

Jetzt lachte Johannes. »Wurchow, setzen, Drei minus!«

Sie segelten auf den weiten Seddinsee hinaus und nahmen, da der Wind auffrischte, ganz schön an Fahrt auf. Wurchow genoss das alles, seine Tochter und sein Enkel langweilten sich eher. Peggy hielt ihr Gesicht in die Sonne und hoffte, ein wenig nachzubräunen, während Johannes in einem Flyer des 10. Schmöckwitzer Inselfestes blätterte. Der hatte bei seinem Opa im Briefkasten gesteckt. Er überflog das ganze Programm und blieb an einigem hängen:

Heute hau'n wir auf die Pauke! 14.00 bis 23.00 Uhr auf dem Schulhof, 12527 Berlin, Adlergestell 776.

14:00 Uhr – Eröffnung und Begrüßung
Irische Klänge in Schmöckwitz – Irish Folk mit der Band »Grünland«
Klein aber oho – der Evangelische Kindergarten ist dabei
15:30 Uhr – Pause
mit: Jubiläums-Schmöcki-Café

16:30 Uhr – Die große Schmöcki-Talkshow
mit interessanten »special guests« – unter anderem
Bürgermeister Oliver Igel
Schriftsteller und Schmöckwitz-Fan Horst Bosetzky
Und während des ganzen Nachmittags: Spaß für Kids
auf der Hüpfburg
beim Kistenklettern
beim Tore-Schießen mit dem SV Schmöckwitz – Eichwalde
bei der Feuerwehr

»Opa, da möchte ich gerne hin.«

»Machen wir.«

Auf dem Inselfest traf Wurchow dann auf Anna Thaler vom Ortsverein Schmöckwitz, dessen Mitglieder das Inselfest organisiert hatten. Der Ortsverein war 2005 gegründet worden, um – so war es auf seiner Homepage zu lesen – *das kulturelle Leben in Schmöckwitz mit seinen Ortsteilen Karolinenhof, Rauchfangswerder, Schmöckwitz-Werder (Nord und Süd) und Schmöckwitz-Siedlung zu fördern und damit auch den Zusammenhalt und das Zusammenleben der Einwohnerinnen und Einwohner. (…) Der Verein will darüber hinaus die Erinnerung an unsere Ortsgeschichte wachhalten: Wir sammeln Daten und Fakten, Bilder und Geschichten für unsere Chronik und freuen uns über Ihre Unterstützung dabei. (…) Wir fühlen uns der Erhaltung und Pflege des Ortsbildes und unserer schönen Landschaft verpflichtet und wir mischen uns ein, wenn es um kommunale Angelegenheiten geht.*

Wurchow plauderte gern mit Anna Thaler, die eine der Aktivistinnen des Ortsvereins war. Sie war und blieb Pfarrerin, auch wenn sie sich längst zu den Rentenempfängerinnen zählen durfte. Er spielte auf ihre alte Berufung an, als er sie fragte, was denn die Bibel zum Inselfest sagte.

»Natürlich antworte ich da mit einer Passage aus der Apostelgeschichte 2/26: *Darum ist mein Herz fröhlich, und meine Zunge frohlockt.*«

»Da sind Sie glücklich zu preisen. Ich bin es weniger, denn die Bebauungspläne der SIEG machen mir schwer zu schaffen. Unser geliebtes altes Bootshaus soll verschwinden und dieser fürchterlichen Wohnanlage Platz machen. Darf ich dann nachher mal auf die Bühne treten und für unseren großen Protestmarsch werben?«

»Aber selbstverständlich. Ich sage unserem Moderator gleich Bescheid. Das ist Peer Hauschild, mit dem wir schon die Uferbahn gerettet haben, die 68.« Sie zog eine Pressemitteilung hervor, die der Genannte damals verfasst hatte:

3.000 Bürger haben heute mit einer Menschenkette entlang der 7,5 Kilometer langen Straßenbahnstrecke Grünau-Schmöckwitz eindrucksvoll für den Erhalt ihrer Uferbahn demonstriert

Sehr geehrte Damen und Herren,

mit einer 7,5 Kilometer langen Menschenkette haben rund 3.000 Anwohner, Kinder, Sportler und Freunde der Uferbahn eindrucksvoll für den Fortbestand der Straßenbahnstrecke der Linie 68 vom S-Bahnhof Berlin-Grünau nach Alt-Schmöckwitz demonstriert. Dies hat es in solcher Form noch nicht in Deutschland gegeben. Schützend stellten sich die Teilnehmer vor ihre Uferbahn. Pünktlich um 15 Uhr wurde die Reihe geschlossen und damit ein deutlich sichtbares Zeichen für den Erhalt dieser unersetzli-

chen Strecke gesetzt. »Stationsvorsteher« nahmen die Teilnehmer ab 14 Uhr an den Straßenbahnhaltestellen vom S-Bahnhof Grünau bis Alt Schmöckwitz in Empfang und halfen ihnen, einen Stellplatz zu finden. Um die 7,5 Kilometer lange Strecke zu schließen, brachten die Teilnehmer selbst gefertigte Wimpelketten, Transparente aber auch Ruder, Paddel oder sogar Boote mit. Im Anschluss an die Menschenkette fand ab 16 Uhr in Alt-Schmöckwitz an der Endhaltestelle der Linie 68 die Preisverleihung des Schülerwettbewerbs um die besten Plakate und Transparente statt. Unter Vorsitz des bekannten Berliner Schriftstellers Horst Bosetzky kürte die Jury drei Klassen als Sieger … (…)

Hintergrund Uferbahn:

Die Uferbahn wurde vor 100 Jahren gebaut und im März 1912 in Betrieb genommen. Die 7,5 Kilometer lange Strecke der Linie 68 verläuft überwiegend am Ufer der Dahme. Noch immer verweigert der Aufsichtsrat der BVG notwendige Sanierungsgelder und stellt die Bahn damit infrage. Statt umweltfreundlicher Straßenbahnen will die BVG Busse fahren lassen. Doch damit können die Haltestellen entlang der Uferpromenade nicht mehr bedient werden. Das Strandbad Grünau, die zahlreichen Wassersportvereine entlang der Sportpromenade und das Western-Restaurant Richtershorn wären nicht länger mit öffentlichen Verkehrsmitteln zu erreichen. Das Verkehrsangebot für Einwohner und Erholungssuchende würde sich drastisch verschlechtern. Die wohl schönste Straßenbahnstrecke Berlins müsste ohne Sanierung sterben.

»Ah ja, ich erinnere mich noch gut an die Menschenkette damals, die wir gebildet haben. *Die Uferbahn muss weiterfahr'n!* Das tut sie ja nun auch, auf modernen Gleisen und mit den neuesten Niederflurtriebwagen. Das macht mir Mut.«

Anna Thaler wollte den noch mit einem Spruch aus der Bibel verstärken. »*Denn du bist mein Helfer, und unter dem Schatten deiner Flügel frohlocke ich.* 63. Psalm, Vers 8.«

Wurchow bedankte sich für Hilfe und Zuspruch und beschäftigte sich noch eine Weile mit Tochter und Enkel, dann wurde er auf die Bühne gerufen und legte los.

»Liebe Schmöckwitzer und Schmöckwitzerinnen sowie alle Einwohner der angrenzenden Ortsteile und Gemeinden, vor allem diejenigen, die aus Eichwalde und Wernsdorf zu uns gekommen sind. So wie wir damals alle gemeinsam unsere Uferbahn gerettet haben, so wollen wir jetzt den Wald und das Ufer zwischen Schmöckwitz und Karolinenhof gemeinsam retten. Wie heißt es in der Präambel des Ortsvereins: *Wir fühlen uns der Erhaltung und Pflege des Ortsbildes und unserer schönen Landschaft verpflichtet und wir mischen uns ein, wenn es um kommunale Angelegenheiten geht.* Und jetzt geht es darum, dieses unsägliche, die Natur zerstörende Projekt der *SustainInvest Europa Germany*, kurz S-I-E-G oder Sieg, zu verhindern. Nichts mit Sieg, auf dass es eine Niederlage für diese Heuschrecken und Blutsauger werde! Darum kommt bitte alle zur großen Demonstration gegen das Projekt mit dem irreführenden Namen ›Seeglück‹, kommt morgen um 17 Uhr zum Lehniner Platz, um mit uns gemeinsam auf dem Kurfürstendamm zur Niederlassung der SIEG zu marschieren und deren Pläne zu durchkreuzen. – Krieg der SIEG!«

Es gab reichlich zustimmenden Beifall, und zufrieden stieg Wurchow auf der wackligen Treppe von der Bühne herunter.

Am nächsten Tag wurde ihm dann doch etwas mulmig, als sich vor dem Rundbau der Schaubühne am Lehniner Platz immer mehr Menschen versammelten, darunter ›Berufsprotestierer‹ vom Tempelhofer Feld und ›Unterstützer‹ vom Oranienplatz. *Träum ich? Wach ich? Leb ich? Bin ich bei Sinnen?* Er fühlte sich ein wenig wie der Prinz von Homburg und wusste aus seinen klugen Büchern, dass die Psychologen diesen Zustand als *Depersonalisation und Derealisation* bezeichneten. Das mochte auch daran liegen, dass er auf dem Dorf groß geworden war, Kuhbier in der Prignitz, und Schmöckwitz ja auch nicht gerade als kleines New York durchgehen konnte. Zudem war er auch irgendwie DDR-Bürger geblieben, und somit erfüllte ihn eine gewisse Abscheu vor dem Kurfürstendamm mit all seinen Symbolen des ausbeuterischen Kapitalismus. Allein der Anblick der protzigen Gründerzeithäuser war geeignet, in ihm heftige Irritationen auszulösen. Auch störte es ihn, dass da auf den Straßenschildern Leninplatz geschrieben stand. Was denn, hier mitten im alten West-Berlin. Es brauchte lange Sekunden, bis er realisiert hatte, dass da Lehniner Platz geschrieben stand. Er erinnerte sich, einmal mit seiner Köpenicker Schulklasse das Kloster Lehnin besucht zu haben. Da hatte er seinen Jungen und Mädchen die Geschichte vom Abt Sebaldus erzählt. Er fragte Anna Thaler, die neben ihm stand, ob sie die Sage kenne.

»Ja sicher.«

Trotz dieser Bejahung begann Wurchow sie wiederzugeben. »Wie war das noch mal? Als Sebaldus in Missionsabsicht ins Dorf Lehnin kommt, flüchtet alles, und eine der Frauen kriecht unter einen kieloben liegenden Kahn. Und wenig später setzt sich Sebaldus auf diesen Kahn, um zu verschnaufen. Die Wenden kommen vom Fischen zurück, und einer der Männer fragt, wo denn seine Frau sei. Da antwortet sein Junge mit: ›Der Abt sitzt auf der Mutter.‹ Die Männer haben ein ganz bestimmtes erotisch-sexuelles Bild vor Augen und schwören, den Abt ins Jenseits zu schicken. Der hört das, verliert die Nerven, springt vom Kahn herunter, flüchtet in den nahen Wald und klettert auf eine hohe Eiche, wo ihn keiner erreichen kann, und wartet darauf, dass seine Brüder kommen und ihn retten. Die aufgebrachte Menge aber fällt den Baum und erschlägt Sebaldus.«

»Das war also sozusagen der Mord an einem Amtsbruder«, fasste Anna Thaler zusammen. »Ich kenne die Geschichte allerdings mit einem Backtrog statt eines Kahns.«

Die Menge wuchs und wuchs, und Wurchow wünschte sich zurück in seine hölzerne Hütte an der Dahme. Gott, was waren das für Geister, die er da gerufen hatte! Schon die Plakate, die sie in die Höhe hielten:

Wer noch keine Wohnung hat, der baut sie in der Innenstadt!
Wiesen und Wälder statt Beton und Glas!
Lieber Nachverdichtung als Naturvernichtung!
Keine Paläste am Dahme-Ufer!
SIEG, geh nach Siegen, lass Berlin im Grünen liegen!
Mit der Uferbahn weiterhin an grüne Ufer fahr'n!
Krieg der SIEG!
Macht *jam* aus Jembke!

Das, fand er, war weder sprachlich noch moralisch in Ordnung. Das klang so, als sollte man Jembke ermorden, und das ging auf keinen Fall. Und jam, da dachte man doch eher an eine Jamsession als an Marmelade. Er wollte fort, er wollte nach Hause! »Mir ist schlecht. Machen *Sie* mal!«, bat er Anna Thaler.

Die ehemalige Pfarrerin ließ sich das nicht zweimal sagen, blies in ihre Trillerpfeife und gab mit den Händen Zeichen, die zu einem Kommandeur des Alten Fritz gepasst hätten. Der Zug setzte sich in Bewegung. Überall zuckten Blaulichter, Polizisten flankierten sie, Autos und Busse kamen nicht vorbei, die Berliner Abendschau des rbb filmte alles.

Aus der Joachim-Friedrich-Straße drangen Gegendemonstranten, schrien »Elende Egoisten ihr!«, und versuchten, den Zug zu stoppen.

»Das sind alles von Jembke gekaufte Subjekte!«, rief Wurchow.

Da traf ihn ein Pflasterstein am Kopf und er sank zu Boden.

8.

Orlando hockte in seiner kleinen Einraumwohnung an der Wilhelmsaue in Wilmersdorf und büffelte für das anstehende Staatsexamen. Dabei simulierte er die mündliche Prüfung.

»Herr Mannhardt, was ist eine Ersatzvornahme?«

»Eine Ersatzvornahme ist allgemein die Vornahme einer geschuldeten Handlung anstelle des Handlungspflichtigen auf dessen Kosten durch einen Dritten, der vom Vollstreckungsorgan beauftragt worden ist, die geschuldete Handlung auf Kosten des Verpflichteten an dessen Stelle vorzunehmen.«

»Haben Sie ein Beispiel?«

»Ein Beispiel … also … Ein Grundstücksbesitzer wird vom Ordnungsamt aufgefordert, eine Kiefer fällen zu lassen, weil deren einer dicker Ast, der weit auf die Straße ragt, abzubrechen droht und eine erhebliche Gefahr für alle Fußgänger darstellt. Der Grundstücksbesitzer aber weigert sich.«

»Was nun?«

»Das Gartenbauamt beauftragt einen Gärtner damit, den Baum auf Kosten des Grundstücksbesitzers fachgerecht zu fällen, tritt also in Vorleistung und fordert die entstandenen Kosten später vom Grundstücksbesitzer zurück.«

»Die Handlung, das Baumfällen, konnte also von einem anderen erbracht werden, sie war damit …? Formulieren Sie das in der Juristensprache …«

»… vertretbar.«

»Sehr schön. Und was wäre eine nicht vertretbare Handlung?«

»Die liegt zum Beispiel vor, wenn es um die Auskunftspflicht geht. Nur der Verpflichtete ist ja in der Lage, sein Wissen zu offenbaren, kein anderer.«

»Gut, und was nun?«

»Es müssen Zwangsmittel verhängt werden, das heißt, Zwangsgeld oder Beugehaft.«

»Das geht aber nur, wenn …?«

»Wenn mit einer Fristsetzung gemahnt worden ist und die gesetzte Frist fruchtlos verstrichen ist.«

Orlando war mit sich zufrieden und klappte sein Lehrbuch wieder zu. Genug für heute! Leicht erschöpft zog er sich an, um zu seiner neuen Freundin zu fahren. Sie hieß Enola und war von einer Tanzschule in der Nähe des U- und S-Bahnhof Jannowitzbrücke abzuholen. Sie hatte ihm einen Flyer mitgebracht:

Holzmarktstr. 11, 10179 *Berlin* … D!'s Dance School, *Berlin* von Qype User mediam… D!'s Dance … Nur in *Berlin* gibt es sie, die *Tanzschule* von Detlef D! Soost!

Nun, er fand Detlef nicht übermäßig sympathisch, weil der ihm zu sehr auf Prol aus dem Osten machte, aber Enola schwärmte von ihm und all seinen Tanzlehrerinnen und Lehrern. »Du mit deiner Arroganz des Akademikers aus West-Berlin!«, hielt sie ihm vor. »Aber Detlef D! Soost, den kennt jeder aus dem Fernsehen – und was der so verdient …!« Da hatte er, Orlando, nur schlucken können. Sicherlich, ein wenig neidisch war er schon, eifersüchtig weniger, denn Detlef war mit Kate verheiratet, einer wunderschönen Sängerin aus Dänemark.

Einen Wagen hatte Orlando derzeit nicht. Zu teuer. Also lief er zum U-Bahnhof Blissestraße. Da fuhr die U7, und von der konnte er Berliner Straße in die U9 umsteigen, um bis zum Bahnhof Zoo zu gelangen und zur S-Bahn hinaufzulaufen. Dort auf der Stadtbahn fuhr alle naselang ein Zug Richtung Osten, und in einer knappen halben Stunde war er am Ziel. Er trat in den Vorraum, warf sich auf eines der herumstehenden Sofas und wartete auf Enola. Derzeit war es nicht schön, so zu heißen, weil alle immer Ebola verstanden. Sie hatte ihm erzählt, dass Enola aus dem Japanischen kam und ›Blüte, die die Sonne liebt‹ bedeutete. Er hatte gelacht und gesagt, dass man ihn nur nicht auf Englisch rückwärts lesen dürfe. Sie kam aus dem Studio – und sah in ihrem hellila T-Shirt wirklich wie eine Kirschblüte aus. Sie küssten sich.

Sie sah ihn fragend an. »Und du willst wirklich zu dieser komischen Lesung da in die Spandauer Zitadelle?«

»Komisch ist sie nicht. Mein Freund Martin Nehmer liest da.«

»Der mit seinem ICE-Horror! Man traut sich ja schon gar nicht mehr, Bahn zu fahren.«

Orlando lachte. »Die Anbieter von Fernbusreisen sponsern ihn ja auch.«

Enola drückte sich fest an ihn. »Ich wüsste was Besseres für diesen Nachmittag …«

»Ich auch, aber ich bin es Martin schuldig, dass ich da hinfahre. Und außerdem bin ich mit meinem Großvater und Heike und Silvio verabredet, die wollen vorher noch in den Fledermaus-Keller.«

Sie biss sich in der Nähe seiner Halsschlagader fest. »Vampir spielen kann ich auch.«

»Dass Fledermäuse Vampire sind, ist ja nun finsterste Mythologie«, wandte Orlando ein und machte sich los. Sie hatten nun eine Menge zu diskutieren.

»Du hättest nicht Bram Stokers Roman *Dracula* lesen sollen!«, hielt Orlando ihr vor.

»Und du mehr Kulturgeschichte und Mythologie studieren. Nachttiere sind überall auf der Welt als Gehilfen des Teufels angesehen worden, besonders Fledermäuse. Die lieben die Dunkelheit und hausen in düsteren Höhlen, was naturgemäß bei unseren Vorfahren Ängste ausgelöst hat. Dazu kommen ihre Zähne und Krallen und die großen Ohren und die unheimlichen Flügel. Dass sie sich per Ultraschall orientieren, wusste man noch nicht, man hat das ihren magischen Kräften zugeschrieben und sie als ruhelose Seelen und damit als Todesorakel gesehen.«

»Es sprach die Neurobiologin Dr. Enola Niedermeier vom Deutschen Zentrum für Hirnforschung. Sie hat in jahrelangen Forschungsreihen herausgefunden, dass der moderne Mensch in der Amalgama ein Fledermaus-Erklärungs-Gen stecken hat.«

»Du meinst die Amygdala, Amalgam war früher mal die Füllung beim Zahnarzt.«

»Willst du nicht doch Lehrerin werden?«

»Nein, will ich nicht. Ich will herausfinden, warum bestimmte Menschen so wenig Empathie haben und andere ohne jedes Gefühl töten, speziell enthaupten, siehe die Isis-Kämpfer, aber auch die Separatisten in der Ukraine …«

»Die deutschen Mörder in Auschwitz und im Warschauer Getto nicht zu vergessen.«

»Ja, und auch die Engländer mit den Bombern über Dresden und die Amerikaner über Hiroshima mit der Atombombe. Warum tun Menschen, fast ausschließlich Männer, anderen Menschen das an, warum töten sie unschuldige Frauen und Kindern? Sind das nur Fehlbildungen in Bereichen des Frontallappens, die dazu führen, dass ihnen Empathie und Selbstkontrolle weithin abgehen – oder muss noch eine ganz bestimmte Sozialisation dazukommen, eine Machokultur und das Einhämmern eines Feindbildes?«

»Plus den Glauben, einem frei erfundenen Gott zu dienen, wenn man Andersgläubige umbringt«, fügte Orlando hinzu.

»›Durchgeknallte Psychopathen‹ hat man diese Leute sogar in einem so seriösen Sender wie dem Deutschlandradio genannt. Sie sind stark manipulierbar, eiskalt und kennen weder Schuldbewusstsein noch Reue. Außerdem scheinen sie Gene zu haben, die sie resistent gegen Stress werden lassen und aggressiv und gewalttätig machen. Kommen auslösende Faktoren hinzu, werden sie schnell zum Killer.«

»Der Erste Kriminalhauptkommissar Hansjürgen Mannhardt würde jetzt sagen: ›Wachsen solche Menschen in einer Akademikerfamilie auf, werden sie Chirurgen, kommen sie aber aus dem Prekariat und haben sie dazu noch den berühmten Migrationshintergrund, dann ziehen sie als Kämpfer in den Nordirak.‹«

Dieses Gespräch hatten sie auf ihrem Weg zum S-Bahnhof geführt, der an der Jannowitzbrücke gelegen war. Sie stiegen hinauf und warteten auf einen Zug Richtung Westen. Der kam auch bald. Sie fanden jeder einen Sitzplatz und genossen die Sightseeingtour durch die Innenstadt per Studenten-Abo. Bis nach Spandau brauchten sie eine knappe Dreiviertelstunde, hatten dann aber vom Rathaus zur Zitadelle noch gut anderthalb Kilometer zu laufen.

»Was fällt dir ein, wenn du den Namen Spandau hörst, von der Zitadelle einmal abgesehen?«

»Dass hier nachts die Bürgersteige hochgeklappt werden.«

»Richtig, und darum würdest du wohl auch nicht mit mir zusammen in Spandau wohnen wollen?«

Enola überlegte einen Augenblick. »Irgendwo am Wasser schon. Aber vielleicht kriegen wir in Schmöckwitz etwas, in der neuen Wohnanlage da, von der alle reden.«

»Da scheint's ja Mord und Totschlag drum zu geben. Martin Nehmer war bei der Demo dabei und hat gegen das Projekt in Schmöckwitz protestiert. Wenn wir wirklich dahin ziehen sollten, kündigt er mir die Freundschaft auf.«

»Hauptsache, er ermordet uns nicht gleich.«

»Wird er schon nicht, er weiß ja, dass ich mit meinem Großvater zusammen jeden Mord aufkläre.«

»Ihr seid wohl schon ganz heiß drauf.«

»In der Tat.« Orlando fühlte sich wirklich schon wie ein Junkie auf Entzug. »Aber zurück zu der Stunde, in der sich in Spandau ein Stück Weltgeschichte ereignet hat: Wir haben die Nacht vom 6. auf den 7. November 1850. Der Nachtwächter ruft gerade die 12. Stunde aus. In einer Toreinfahrt lauert Carl Schurz, der steckbrieflich gesuchte Revolutionär. Oben auf dem Dach des Spandauer Gefängnisses wartet der inhaftierte Geschichtsprofessor Gottfried Kinkel auf seine Befreiung. Carl Schurz gibt mit einer Laterne ein Lichtsignal, und Kinkel seilt sich ab. Er kommt heil unten an, und Carl Schurz schneidet ihn los. Die Kutsche, mit der sie beide fliehen wollen, rasselt heran. Die Flucht gelingt.«

Enola freute sich. »Und Carl Schurz geht als berühmter *Forty-Eighter* in die USA, wird im Bürgerkrieg Generalmajor und später Innenminister. Sein Gehirn hätte ich mir gern mal in der MRT-Röhre angesehen.«

»Dieser tiefrote Fleck da im Temporallappen, der deutet auf revolutionäre Tendenzen hin«, spottete Orlando.

Sie durchquerten die Spandauer Innenstadt und glaubten, in einer brandenburgischen Kleinstadt zu sein, erreichten die Straße Am Juliusturm und kamen auf ihr zur Zitadelle. An der Brücke über dem westlichen Abzugsgraben warteten schon Mannhardt, Heike und Silvio. Der auch, oh Gott!

»Heißt das Zitadelle, weil sie alle vom Zittern 'ne Delle im Auto haben?«

»Ja«, antwortete Orlando. »Weil hier so viele Autos herumstanden, als man sie zwischen 1559 und 1594 erbaut hat, haben die alle mit einem Hammer einen Schlag auf die Kühlerhaube gekriegt, damit sie woanders parken.«

Heike ging dazwischen. »Erzähl doch dem Jungen nicht solchen Unsinn, wenn er das in der Schule wiedergibt, kriegt er wieder 'ne Fünf.«

Silvio gab keine Ruhe. »Warum heißt die Zitadelle denn nun wirklich Zitadelle?«

Keiner wusste es, und Heike musste erst ihr iPhone befragen. »Wikipedia weiß es auch nicht so genau. Ich tippe mal, dass es von der italienischen Stadt Cittadella kommt, die als militärischer Vorposten Paduas gegründet worden war.«

Sie schritten durch das große Tor, bezahlten brav ihren Eintritt und wandten sich auf dem Innenhof nach links, wo sich im ehemaligen Verwaltungsgebäude der Fledermaus-Keller befand. Aber Silvio wollte partout erst auf den Juliusturm klettern, den 32 Meter hohen Wehrturm der Zitadelle.

Und wieder ließ Silvio nicht locker. »Warum heißt ’n der Juliusturm so? Nach Julius Caesar?«

Wieder wusste es niemand, was Mannhardt »schwache Leistung« murmeln ließ, und Heike kaufte sich extra eine Broschüre über die Zitadelle, um es nachzulesen. »Das ist ganz komisch«, begann sie dann mit ihrer Erklärung. »Da ist gar keiner mit Vornamen Julius gewesen, sondern ein, sagen wir: Verwalter mit Namen Fritz. Und da der Jude war, hat man vom Judenturm gesprochen. Daraus könnte sich der Name Julius entwickelt haben, steht jedenfalls hier.«

Man gab sich damit zufrieden, zumal Mannhardt seinem Sohn noch erklärte, dass man hier nach dem Deutsch-Französischen Krieg von 1870/71 die französische Kriegsentschädigung gelagert habe. »120 Millionen Mark in Gold.«

»Wahnsinn!«, rief Orlando. »Und darum ist der Juliusturm bis heute ein Synonym für einen Überschuss in der Staatskasse.«

Heike, Silvio und Orlando kletterten nun auf den Turm und genossen von seiner Plattform die herrliche Aussicht über das nordwestliche Berlin und das Havelland. Mannhardt blieb unten, weil er, stieg er nur auf eine Leiter, unter beträchtlicher Höhenangst litt, die leicht zur Panikattacke werden konnte. Vor Jahren war er einmal auf den Turm gestiegen und hatte sich dann nicht mehr hinunter getraut, sodass man den Notarzt hatte holen müssen. Also: nie wieder!

Als die Familie wieder beisammen war, machte man sich auf zur Fledermaus-Führung. Man wartete, bis alle eingetroffen waren, die sich angemeldet und bezahlt hatten. Der hagere junge Mann, der ihnen alles erklären sollte, stand schon da und strich sich die Locken aus der Stirn.

»Hallo, liebe Freundinnen und Freunde unserer Fledermäuse«, begann er schließlich. »Mein Name ist Florian Hasenfier, ich bin Biologe und habe meine Doktorarbeit und meine Habilitationsschrift über Fledermäuse verfasst, bin also auf alles gefasst, was Sie mich fragen werden. Zuerst nun zum Ort hier. Bald werden an die 10 000 Fledermäuse hier im Gewölbe der alten Festung eingetroffen sein, um ihren Winterschlaf zu halten. Den Sommer über flattern sie in den Wäldern und den alten Gemäuern herum, die wir ringsum in Brandenburg haben. Zur Fledermaus generell …« Er ließ sich nun eine gute Dreiviertelstunde über alles aus, was ihm wichtig erschien, und führte die Kinder dann in ein Büro, in dem sie seine zahme Fledermaus streicheln durften. »Das ist mein Nepomuk, der ist sozusagen ein Findelkind, und ich ziehe ihn bei mir zu Hause im Badezimmer auf. Wenn er groß genug ist, entlasse ich ihn aber wieder in die Freiheit. Fledermäuse als Haustiere – lieber nicht.«

Heike und Mannhardt atmeten auf. Sie kletterten wieder aus dem Fledermaus-Keller heraus und verließen die eigentliche Zitadelle, um am Abzugsgraben entlang zur Freilichtbühne zu laufen. Bevor man ihr Gelände betrat, musste man auf einer Brücke ein Wehr überqueren, unterhalb dessen Wildwasserfahrer trainierten.

»Bekommt Berlin die Olympischen Spiele 2024, dann wird hier um Goldmedaillen gekämpft«, lästerte Orlando.

Schon kam ihnen Martin Nehmer entgegen. Bei Orlando gab es eine brüderliche Umarmung, bei Heike, Mannhardt und Silvio beließ er es beim Händedruck. Bevor er an den Start ging, wie er das ausdrückte, berichtete er ihnen noch von der Demo gestern.

»Da ist der Wurchow aus Schmöckwitz, den ich noch von den Protesten gegen die Einstellung der Uferbahn her kenne, von einem Stein getroffen worden und ins Krankenhaus gekommen.«

»Ins Wurchow-Krankenhaus«, fügte Silvio hinzu, der noch nie etwas von Rudolf Virchow gehört hatte und den bösen Blick seiner Mutter nicht ganz verstand.

»Nein, ins Martin-Luther-Krankenhaus, das war näher dran.«

»Wer hat denn den Stein geworfen?«, wollte Mannhardt wissen, der den Kampf um das Projekt in Schmöckwitz aufmerksam in den Medien verfolgt hatte. »Einer von der SIEG, dieser Jembke?«

»Nein, es ist ein angetrunkener Mann gewesen, der schon jahrelang eine bezahlbare Wohnung sucht und einen regelrechten Hass auf die Gegner jedweder Bebauung entwickelt hat. Außerdem nerven ihn die dauernden Demos in Berlin.«

»Da ist er nicht der Einzige«, murmelte Orlando. Dann fragte er den Freund, »was der denn heute zu Gehör bringe«?

»Erst eine Kurzgeschichte und dann den Anfang meines ICE-Horror-Romans.«

»Geil!«, rief Silvio – und konnte froh sein, dass bei seinen Eltern die Prügelstrafe abgeschafft war, denn als ältere Bürger war bei ihnen »geil« nicht gleichzusetzen mit »cool« und »krass«, sondern mit höchster sexueller Erregung.

Martin Nehmer führte sie an Kasse und Kontrolleur vorbei – »für euch gibt es natürlich Freikarten!« – und hieß sie Platz zu nehmen. Er selbst zog sich noch ein wenig hinter die Kulissen zurück, die auf der Bühne nach einer

Kinderaufführung stehen geblieben waren, um sich auf seinen Auftritt zu konzentrieren.

Pünktlich um 19 Uhr 30 erschien ein Offizieller des Kulturamtes Spandau, hieß die rund 100 Besucher willkommen und las vom Zettel ab, was er über Martin Nehmer im Internet gefunden hat. Orlando feixte, denn er wusste, dass der Freund diese Vorstellungsarien hasste. »Das heißt doch nur, dass ich allen völlig unbekannt bin! Das brandmarkt mich als einen No-Name-Autor und diminuiert mich.«

Endlich, nachdem auch noch x andere Veranstaltungen beworben worden waren, durfte Martin Nehmer die Bühne betreten. Man klatschte, Silvio rief »Wow!«, und der Schriftsteller verbeugte sich etwas unbeholfen, schließlich war er kein Schauspieler.

»Ich danke dem Bezirk Spandau herzlich für die Einladung zu dieser Lesung – und Ihnen vor mir für ihr Kommen. Mein neuer Roman ist noch nicht fertig, die ICE-Eskalation, darum will ich seinen Anfang ans Ende stellen und mit einer Kurzgeschichte beginnen. Sie heißt: *Das geplatzte Rendezvous*, wo es um Inkontinenz und selbst gebastelte Urinauffangbeutel geht.« Er nahm am Tisch Platz, zog seine Brille hervor, putzte sie noch kurz, ordnete dann seine eng beschriebenen Seiten, hustete mehrmals, trank einen Schluck Selterswasser ohne Kohlensäure und begann in seinen mitgebrachten Papieren zu wühlen. »Tut mir leid, *Das geplatzte Rendezvous* habe ich vergessen und dafür … dafür … Nun also eine Kurzgeschichte, die man auch als Kriminalgeschichte nehmen kann … *Die Walpurgisnacht* …

»Ich bringe den Kerl noch mal um!«, hatte Mareike Merx im Januar in ihr Tagebuch geschrieben, und im März war sie noch wütender gewesen: »Wenn ich meinen ers-

ten Mord begehe, dann ist er es, den es trifft. Mein Projekt GG läuft ab heute an!« GG stand für Gesche Gottfried, die in Bremen 15 Menschen vergiftet hatte, zuerst ihren Ehemann Johann, der durch ein liederliches Leben in Kneipen und Bordellen das väterliche Erbe durchgebracht hatte. Ganz wie Marius Ausleben. Der war zwar nicht ihr Ehemann, aber ihre große Liebe, was die Sache eher schlimmer machte. Aber am Karfreitag hatten sie sich in einem angesagten Club in Berlin-Mitte per Zufall wiedergetroffen und beschlossen, es noch einmal miteinander zu versuchen.

»Komm doch mit, ich fahre am 30. April zur Walpurgisnacht!«, schrie er ihr ins Ohr. »Das ist eine herrliche Sache … mystische Romantik, archaisch … auf einer Wiese bei den Externsteinen.«

Da sie Ethnologie studierte, war sie von dieser Idee sofort hellauf begeistert. »Und womit fahren wir, mit der Bahn?«

»Mit 'nem Wagen natürlich.«

Da Marius Ausleben in die Kreuzberger Autonomenszene abgetaucht war und von Hartz IV lebte, hatte sie angenommen, er würde mit der letzten Schrottkarre vorgefahren kommen, doch er saß am Steuer eines ansehnlichen BMW.

»Wo hast 'n den her?«

Marius Ausleben grinste. »Man kann nicht alle Luxuskarossen abfackeln.«

Wie sie ihn kannte, hatte er einen Deal mit einem Manager aus einem der Lofts gemacht, die es an der Spree und deren Nähe gab: Du borgst mir mal deinen Schlitten, dafür wird er nicht in Brand gesteckt. Marius Ausleben ließ nichts unversucht, um seinem Ruf als irrer Typ gerecht zu werden. Beim Poetry Slam hatte er manchen Preis gewonnen, fühlte sich aber mehr als Maler und Bildhauer, und nichts war schrill genug für ihn.

Die Sonne ging gerade unter, als sie durch Horn-Bad Meinberg fuhren, und als sie die Externsteine erreicht hatten, war das Fest schon im Gang. Der Klang Hunderter von Trommeln drang bis zum Parkplatz hinüber. Um zur Wiese zu gelangen, hatten sie ein Stückchen Wald zu durchqueren. Der Rauch vieler Lagerfeuer wehte herüber. Mareike fühlte sich an das erinnert, was sie über die Hopi- und die Zuñi-Indianer gelesen hatte. Als sie einen freien Blick in den Talkessel hatten, sahen sie, dass Poi Dancer Fackeln schwangen und Feuerspucker auf die Felsen kletterten. Männlein und Weiblein tanzten zum monotonen Percussionsound. Die beiden Berliner staunten, denn eine solche Mischung ausgeflippter Typen hätten sie außerhalb der Hauptstadt nie und nimmer vermutet. Alt- und Neuhippies hopsten da herum, Didger, Hexen und Druiden, Mittelalter-Reenactors, Gothics, Raver, Absinthtrinker, Cosplayerinnen, Bagpackers und noch viel anderes alternatives Volk. Ein Wikinger mit Helm, Panzerhemd und Axt kam aus dem Unterholz gestürzt.

»Bei der Walpurgisnacht handelt es sich eigentlich um das wiederentdeckte und adaptierte keltogermanische Fruchtbarkeitsfest Beltane oder Beltain«, dozierte Mareike. »Da möchte ich mal meine Dissertation drüber schreiben, denn …«

Mareike brach ab, denn Marius Ausleben war gerade mit einer attraktiven Sinnsucherin zusammengestoßen und setzte an, sie da zu streicheln, wo es schmerzen musste. Innerhalb weniger Sekunden hatte er völlig vergessen, dass er mit ihr auf die Walpurgisnacht gekommen war.

»Heute bringe ich ihn wirklich um«, murmelte Mareike.

Volker Fossenbrink kam aus der hintersten Ecke des Freistaats Sachsen und war Leiter einer Bankfiliale. Schon lange hatte er mit Silke die Externsteine besuchen wollen, doch erst in diesem April, als er ohnehin zu einer Tagung nach Horn-Bad Meinberg musste, hatte es geklappt. Der letzte Vortrag hatte ewig gedauert, und so war es später Abend geworden, als sie im Auto saßen und auf der L828 Richtung Holzhausen-Externsteine fuhren.

»Es ist eine Schande, dass ich noch nicht hier war«, sagte Fossenbrink. »Im ›Heiligen Hain‹, den Heinrich Himmler schaffen wollte. Und ich bin mir auch ganz sicher, dass hier die Irminsul gestanden hat. Der Wilhlem Teudt hat bestimmt recht gehabt. Onkel Werner hat mir das alles erzählt, der kam ja aus Detmold und war am 9. November 1938 dabei, als er hier einige SS-Mannschaften vereidigt worden sind. Anschließend sind sie dann nach Detmold gezogen und haben die Synagoge angesteckt.« Seine Augen leuchteten.

»Für mich ist es aus einem anderen Grund eine Heilige Stätte«, bekannte seine Frau, die der Geomantie anhing. »Sie ist einer der wichtigsten Kraftorte der Erde, gleichberechtigt mit Göbekli Tepe in der Türkei, Borobudur in Indonesien, dem Berg Ararat in Armenien, den Pyramiden von Gizeh und dem Steinkreis von Stonehenge.«

Davon, dass am Fuße der Externsteine die Walpurgisnacht jedes Jahr groß gefeiert wurden, hatten beide nie etwas gehört, und so waren sie über die Menschenmassen bass erstaunt. Silke wollte gleich wieder umkehren, aber Fossenbrink konnte seine Frau noch überreden, auszusteigen und sich schnell einmal alles anzusehen.

»Wo wir schon mal hier sind. Da am Waldrand gibt es auch noch einen Parkplatz.«

»Ja, aber unser Schloss am Kofferraum ist kaputt.«

»Na und, wir haben doch nichts drin.«

Die Felsen selbst bestaunten sie in stiller Andacht, das Walpurgisfest aber erfüllte sie mit Zorn und Ekel.

»Widerlich!«, rief Fossenbrink. »Und ich wüsste schon, was ich mit dem ganzen Pack hier machen würde …«

»Pssst!«, machte seine Frau.

Aber Fossenbrink ließ sich nicht bremsen. »Wenn wir schon keine KZs mehr haben, dann sollte die Bundesregierung eine einsame Insel im Indischen Ozean kaufen und alles hinschicken, was sich hier herumtreibt.«

Sie unternahmen noch einen Abendspaziergang in Richtung Knickhagen, dann setzten sie sich wieder in ihren Wagen und fuhren zu ihrem Hotel in Bad Meinberg. Nach einer kleinen Mahlzeit zogen sie sich in ihr Zimmer zurück, sahen noch ein wenig fern und waren kurz vor Mitternacht eingeschlafen. Am nächsten Morgen hatten sie routinemäßig Sex und wollten sich gleich nach dem Frühstück auf den Heimweg machen.

Fossenbrink rollte seinen und Silkes Koffer zum Wagen, den sie etwa 20 Meter vom Hotel entfernt in einer Seitenstraße geparkt hatten. Der 1. Mai fiel in diesem Jahr auf den Himmelfahrtstag, und so war es in Bad Meinberg noch stiller als sonst.

So glaubte Silke Fossenbrink, die noch nicht um die Ecke gebogen war, ihr Mann sei Opfer eines Raubüberfalls geworden, als sie seinen Aufschrei hörte. Sie stürzte zu ihm hin, stoppte aber mitten im Lauf wieder ab, denn sie konnte ihn nirgendwo entdecken. Also eine Entführung, schoss es ihr durch den Kopf. Dann erst merkte sie, dass er hinter dem Wagen auf dem Boden lag, das heißt, mehr saß als lag.

»Volker, was ist denn?«

»Nicht so laut!«, rief er.

Sie half ihm, wieder auf die Beine zu kommen. »Hast du einen Herzinfarkt …?«

»Nein, ich bin nur zurückgeprallt, als ich den Kofferraum geöffnet habe, und über die Koffer gestolpert. Es war der Schock …« Er brach ab.

»Was für ein Schock?«

Er kam sich irgendwie albern vor, es zu sagen. »Weil … wir haben im Kofferraum eine Leiche liegen.«

»Eine Leiche?«

»Ja, einen Mann.«

Sie wollte es nicht glauben und flüchtete sich in ein schrilles Lachen. »Du machst Quatsch, hör bitte auf damit!«

»Guck doch selber nach.«

Das tat sie dann auch, und er musste sie auffangen, sonst wäre sie bei ihrem schwachen Blutdruck in Ohnmacht gefallen.

»Kennst du den?«, fragte sie schließlich.

»Nein, woher?« Fossenbrink holte tief Luft.

»Wie kann der denn … Wie ist denn der ins Auto gekommen?«, stammelte sie.

»Das hätte ich auch gern gewusst.« Fossenbrink versuchte, einen klaren Gedanken zu fassen. »Entweder, er hat sich selbst in unseren Kofferraum gelegt, um da zu sterben, oder einer hat ihn vorher umgebracht und dann die Leiche zu uns ins Auto gelegt, um sie auf diese Weise zu entsorgen.«

»Und was nun?«, fragte seine Frau.

»Wenn wir zu Polizei fahren, dann …« Fossenbrink wusste, dass er auf so mancher schwarzen beziehungsweise braunen Liste zu finden war und den Ruf hatte, vor nichts

zurückzuschrecken. »Wenn der Tote dann auch noch eine von den linken Zecken ist, dann sitze ich wegen Mord auf der Anklagebank. Und wenn nicht: Es bleibt immer etwas hängen.«

Seine Frau wurde noch ein wenig bleicher. »Wir können doch nicht mit ihm durch die Gegend fahren und ihn irgendwo verscharren.«

In etwa derselben Minute stand Marius Ausleben am Fuße der Externsteine und telefonierte per Handy mit seinem besten Freund.

»Du Paul, das muss ich dir unbedingt erzählen! Wir waren doch hier auf der Walpurgisnacht, eine geile Sache, du, und weißt du, wen ich da am Rande sehe, den Volker Fossenbrink! Ja, der seinen Namen immer mit SS-Runen schreibt, dieses verdammte Nazi-Schwein. Egal, ich wollt mir von dem das Fest nicht verderben lassen. Wir haben mächtig gekifft, und alles war klasse. Ich bin da mit 'ner tollen Frau aus Lippstadt zusammengestoßen und war mächtig heiß auf die, aber plötzlich war ihr Alter da und hat mir eine aufs Maul geben wollen. Da bin ich mal schnell mit Mareike in den Büschen verschwunden … Fruchtbarkeitszauber war ja angesagt. Und weißte, was, da stoßen wir auf `ne Leiche. Echt, 'n Selbstmörder, Tabletten geschluckt und so, 'n Single, und trotzdem hat er 'n Abschiedsbrief geschrieben. Irre, du! Wir stehen da und glotzen, Mareike und ich, da habe ich die Idee des Jahrhunderts. Ich sage zu Mareike: ›Du, wenn wir dem Fossenbrink die Leiche hinten ins Auto legen und der damit entdeckt wird, dann ist es aus mit dessen großer Karriere, dann steht er in ganz Deutschland als Mörder da und kriegt kein Bein auf die Erde.«

Volker Fossenbrink war zu sehr politischer Mensch, um nicht zu wissen, dass seine Karriere auf dem Spiel stand.

»Wenn das einer mitkriegt, dass …« Er brach ab, weil eine Frau mit einer Brötchentüte vorbei kam. »Das ist doch eine tickende Zeitbombe, was sie mir da ins Nest gelegt haben.«

»Der kann doch auch selber rein geklettert sein«, sagte seine Frau.

»Ach Quatsch! Das ist ein Attentat auf mich. Ich soll als Mörder dastehen. Rufmord ist das, Rufmord!« Er war außer sich vor Wut.

Seine Frau ermahnte ihn, nicht so laut zu sprechen. »Komm, fahren wir jetzt zur Polizei und melden den Vorfall. Die Kripo wird das schon aufklären. Und ruf deinen Anwalt an!«

Fossenbrink sah ein, dass er mit dem Toten nicht durch die Gegend fahren konnte, zumal nicht auszuschließen war, dass seine Gegner hinter ihm her waren, um ihn dabei zu beobachten, wie er die Leiche irgendwo vergrub. Dann saß er erst richtig in der Tinte.

»Hättest du bloß das kaputte Schloss reparieren lassen«, sagte seine Frau.

»Ja wenn und hätte!«

Fossenbrink setzte sich hinters Steuer und fuhr langsam in Richtung Innenstadt. Nach der Polizei zu fragen, wagte er nicht, er fand sie schließlich in der Nähe des Kurparks in der Brunnenstraße. Um Zeit zu gewinnen, parkte er den Wagen in einiger Entfernung, auch trank er mit seiner Frau noch einen Kaffee, bevor er sich ins Revier wagte. Ein einziger Beamter hielt die Stallwache. Jetzt galt es, forsch aufzutreten, und Fossenbrink schmetterte dann auch sein »Guten Morgen!« in einer Lautstärke, dass der Mann am Computer so hochschreckte, als hätte es eine Explosion gegeben. Sein Gruß blieb ihm in der Kehle stecken. Er sprang auf und kam zum Tresen, um zu fragen, womit er dienen könne.

Fossenbrink nannte Namen und Adresse. »Meine Frau und ich waren gestern Abend bei den Externsteinen, und wir haben jetzt ein Problem.«

Der Beamte lachte. »Und jetzt wissen Sie nicht mehr, wo Sie Ihren Wagen abgestellt haben?«

»Doch, am Schanzenberg. Aber da gibt es etwas ganz Komisches … oder auch Schreckliches … Als wir vom Hotel losgefahren sind, haben wir bemerkt, dass da ein Toter bei uns im Kofferraum liegt.«

Der Beamte hatte Mühe, das zu begreifen. »Ein Toter? Und den kennen Sie nicht?«

»Nein, den muss uns gestern bei den Externsteinen jemand in den Kofferraum gelegt haben«, erklärte Silke Fossenbrink.

»Mein Gott, und das am 1. Mai!«, rief der Beamte. »Na klar, warum soll man am Tag der Arbeit auch keine Arbeit haben.« Er ging zum Haken, um sich seine Uniformjacke anzuziehen. »Dann zeigen Sie mir den Toten mal. Ich muss ja dann die ganze Maschinerie in Gang setzen.« Und davor graute ihm.

Während sie durch die Straßen gingen, versuchte Fossenbrink, einen guten Eindruck zu hinterlassen, und lobte die Arbeit der Polizei.

»Wie Ihre Kollegen diese Anarchisten und diese Chaoten bei der Walpurgisnacht im Griff haben, das ist schon bewundernswert.«

»Da sind wir tolerant«, sagte der Beamte. »Forstleute und Polizei. Da geht es schon. Den Müll sammeln die Leute freiwillig ein, und beim DRK gibt es auch viel Idealismus.«

»Und mir legt jemand eine Leiche in den Kofferraum«, murmelte Fossenbrink. »Da ist wohl Schluss mit der Toleranz.«

Damit waren sie an seinem Wagen angekommen, und ohne weitere Kommentare riss er die Haube seines Kofferraums hoch. »Da sehen Sie selber!«

Der Beamte prallte zurück. »Ich sehe keine Leiche! Wollen Sie mich …?«

Fossenbrink konnte nicht anders, als ihm beizupflichten. »Tatsächlich, da liegt keiner mehr.«

Wieder zurück in Berlin, hatten Marius Ausleben und Genossen, aber auch Millionen anderer Bundesbürger ihre Freude daran, wie Volker Fossenbrink zur Lachnummer wurde. Die Medien hatten sich sofort auf den Fall gestürzt und herausbekommen, dass es sich bei dem ›Toten von den Externsteinen‹ um den 31-jährigen Tontechniker Andreas Daaden aus Bodenwerder handelte. Der hatte Selbstmord begehen wollen und eine Menge Tabletten geschluckt. Aufgewacht war er im Kofferraum eines ihm fremden Fahrzeugs. Nach einigen Minuten der Orientierungslosigkeit war er herausgeklettert, im Kurpark zusammengebrochen und in ein Krankenhaus gekommen.

Wer ihn in leblosem Zustand in den Kofferraum gelegt hatte, war nicht zu ermitteln gewesen, und trotzdem hielt sich bei Marius Ausleben die Freude in Grenzen, denn sein Ziel war es gewesen, Volker Fossenbrink auf der Anklagebank zu sehen. Als Mörder.

Nach dem Ende der Kurzgeschichte, für die Martin Nehmer länger, als berechnet, gebraucht hatte, wurde überraschenderweise schon zur Pause gebeten, denn die Kiosk-Leute wollten noch Snacks und Getränke verkaufen. Heike hatte Mitleid mit den Kleingewerbetreibenden und deckte ihre Familie reichlich mit allem ein. Als Mannhardt seine Cola trank, beugte sich sein Enkel ein wenig nach unten und nahm seinen Hosenschlitz ins Visier.

»Opa, hast du auch wirklich einen Urinauffangbeutel angelegt?«

»Hör mal, noch bin ich nicht inkontinent!«

»In welchem Kontinent?«, fragte Silvio.

Heike war zu sehr verhinderte Lehrerin, um ihn nicht sofort zu verbessern. »Es heißt: *auf* welchem Kontinent. Und Opa meint: inkontinent. Das bezeichnet das Unvermögen, seinen Urin zurückzuhalten.«

Orlando hatte auch etwas zum Thema beizusteuern. »Ein Freund, der in den USA war, hat mir erzählt, dass bei Baseballspielen, die ewig lange dauern, viele Männer so 'n Ding umgeschnallt haben, so Urinauffangbeutel, damit sie ja nicht auf die Toilette müssen und womöglich einen *homerun* versäumen.«

»Mutti, ich will auch so einen Urinauffangbeutel haben!«, rief Silvio. »Bei uns in der Schule sind die Toiletten immer so schmutzig.«

»Hier vielleicht auch.«

»Dann geh ich nachher lieber in die Büsche.«

Man begab man sich wieder auf seine Plätze, denn die zweite Halbzeit begann. Martin Nehmer saß schon vorn und wartete nur darauf, loslegen zu dürfen. Er kam schnell auf seinen geplanten Roman zu sprechen, der weithin in und um einen ICE spielen sollte. »Ich fange mal mit einer Szene an, die ich schon fertig habe.«

Jörg Schköna lief Gefahr, keine zwei Stunden mehr zu leben, aber das wusste er noch nicht, als er an diesem Abend in Hannover den letzten ICE nach Berlin bestieg. Er kam von einer Tagung in der Evangelischen Akademie Loccum, bei der es um seine Prädestinationslehre gegangen war.

»Komm, gehen wir«, sagte Orlando. »Das kenne ich schon, vertreten wir uns lieber draußen die Beine, bis Martin fertig ist.«

Sie huschten hinaus, und Silvio, der schon mächtig ›Wassertreten‹ gemacht hatte, stürzte sich in die Büsche, um endlich seine Blase zu entleeren. Kaum war er ihren Blicken entschwunden, da schrie er auch schon.

»Papa, Orlando, hier liegt 'n Toter!«

»Komm, du willst uns nur wieder auf den Arm nehmen.«

»Nein, wirklich!«

9.

Der große Tag war gekommen. *Hic Rhodos, hic salta!* Florian Hasenfier hatte sich über das Verfahren an der FU kundig gemacht:

Ablauf der Hearings
1. Fachvortrag, der sich auch an Studierende richten soll. Gelegenheit zur öffentlichen Diskussion.
2. Lehrprobe mit anschließender Bewertung durch die Berufungskommission sowie schriftlicher Evaluation durch die an der Lehrprobe teilnehmenden Studierenden.
3. Gespräch mit dem/der Bewerber/in (unter Ausschluss der Öffentlichkeit) über seine/ihre Pläne für die Arbeit an der Freien Universität Berlin und hinsichtlich eines Konzepts zu Forschung und Lehre. Ausstattungsvorstellungen und mögliche Ziele für eine Berufungs(ziel)vereinbarung werden besprochen und protokolliert, dürfen aber bei der Beurteilung der Eignung eines Bewerbers/einer Bewerberin keine Rolle spielen.

Hasenfier sah allem so fiebernd entgegen, als würde er sich einer schweren Operation unterziehen müssen. Schlimmer noch, die hätte er in Vollnarkose durchstehen müssen, bei seinen beiden Auftritten an der FU hatte er aber hellwach zu sein, rhetorisch so brillant wie Klaus Wowereit oder Joachim Gauck und so geistvoll wie Peter Sloterdijk oder Michel Houellebecq. »Nun leg mal die Latte nicht allzu hoch«, hatte Ann-Kathrin ihn gewarnt, »die anderen acht Kandidaten kochen auch nur mit Wasser.« Nun gut … Schlecht geschlafen hatte er auch und war zudem viel zu spät ins Bett gekommen, denn auf dem Weg von der Zitadelle nach Hause war er noch ein wenig auf dem Gelände zwischen Eingang und Freilichtbühne spazieren gegangen, hatte – ohne Eintritt zu zahlen – den Schluss der Lesung von Martin Nehmer mitbekommen und war wenig später durch den Ruf »Da liegt ein Toter!« aufgeschreckt worden. Im ersten Augenblick hatte er das Weite suchen wollen, war aber dann doch stehen geblieben, denn wenn er jetzt zur U-Bahn gelaufen wäre, war es ihm durch den Kopf geschossen, hätte er sich nur der Tat verdächtig gemacht. Zum Glück hatte sich dann herausgestellt, dass der leblose Mann im Gebüsch nur ein total betrunkener Stadtstreicher gewesen war. Das Blut auf dem Gesicht und an der Stirn hatte vom Sturz auf einen Findlingsblock hergerührt.

Kurz vor sechs Uhr war Hasenfier erwacht. Trotz seines Schlafdefizits war er zu aufgeregt, um es noch länger im Bett auszuhalten. Mit seiner Probelehrveranstaltung war er erst um elf Uhr an der Reihe, und das Gespräch mit der Berufungskommission war für 16 Uhr angesetzt, sodass ihm noch fünf Stunden zum Zittern blieben. Da dieses Warten unglaublich an den Nerven zerrte, hatte er sich mit Ann-Kathrin in einem Café in der Karl-Marx-Straße zum Frühstück verabredet. Bevor er sich duschte, rasierte und anzog, fütterte er erst einmal seine Fledermaus.

»Nepomuk, wehe, du bringst mir kein Glück!«

Eine Duschkabine gab es in seiner kleinen Wohnung nicht, er musste in die Badewanne klettern. Dort ließ er sich das heiße Wasser lange über den Rücken rinnen, mochte er damit auch der viel verspottete Warmduscher sein. Sein Ego ließ das zu, nicht umsonst hatte er auf der Suche nach seltenen Fledermausarten im Urwald von Borneo bewiesen, was er alles ertragen konnte. Er hatte die Stimme eines Kommissionsmitglieds im Ohr. »Herr Dr. Hasenfier, was haben Sie denn in ihrem Dschungelcamp auf Borneo für Fledermausarten gefunden?« – »Tja …« Er fand so schnell keine Antwort, weil das Wort ›Dschungelcamp‹ ihn schwer getroffen hatte, als sei er einer der Männer, die sich da bei RTL zum Affen machten. ›Ich bin ein Star, holt mich hier raus!‹ – »Nun, Herr Dr. Hasenfier, wir erwarten Ihre Antwort – oder können Sie sich an nichts mehr erinnern?« – »Doch, doch! Auf Borneo haben wir Röhrennasenfledermäuse gefunden, lateinisch *Harpiocephalus mordaxt.*« Alles lachte. Er hatte statt *mordax* Mordaxt gesagt. Ach Scheiße, er war doch ein Idiot, dass er sich das alles antat! Er lebte doch auch ohne diese Professur ganz gut. Er war so wütend über sich und das Sosein der Welt, dass er beim Aussteigen aus der Badewanne fast gestürzt wäre und sich wahrscheinlich sämtliche Rippen gebrochen hätte. Es war aber noch einmal gut gegangen. Er trocknete sich ab und rasierte sich. Im Spiegel gefiel er sich. Ein gut aussehender junger Professor. Soviel Narzissmus musste sein. Er lebte wieder etwas auf. Nun kam das große Problem: was anziehen? Sah er zu salopp und zu links aus, war das nicht gut, aber auch nicht, wenn er sich bekleidete, als ginge es nach Stockholm zur Entgegennahme des Nobelpreises. Also die Mitte wählen, was hieß: blaues Jackett, aber Jeans und keine Krawatte. Damit konnte er bei der Probelehrveranstaltung den Studenten gefallen, wie auch nachher den Professoren und Assistenten in der Berufungskommission. Als er mit dem Ankleiden fertig war, fand er sich in Ordnung und übte noch einmal seine Einstiegssätze: »Thema sind heute die Fledertiere, lateinisch *Chiroptera,* die wir in zwei Unterordnungen aufteilen: die Flughunde, *die Megachiroptera*, und die Fledermäuse, die Microchiroptera. Die Fledertiere sind Säugetiere und haben stammesgeschichtlich die Fähigkeit zum Schlag- oder Flatterflug erworben, also jene Technik, die es ihnen erlaubt, vom Erdboden oder von der Wasseroberfläche aufzufliegen. Zuerst will ich nun näher auf den Kalong-Flughund eingehen.« Hasenfier war mit sich zufrieden, der Einstieg saß. Er klemmte sich seine Unterlagen unter den Arm, lief zum U-Bahnhof Lipschitzallee und fuhr mit der U7 ein paar Stationen bis zum Rathaus Neukölln. Im Zug hatte er ein paar ungute Gefühle, denn einige seiner Mitreisenden erinnerten ihn an die ICE-Geschichte von Martin Nehmer. Langsam schien ganz Deutschland hysterisch zu werden!

Ann-Kathrin erwartete ihn an der Ecke Boddin- und Karl-Marx-Straße. Schnell hatten sie ein Café gefunden und sich niedergelassen.

»Wie fühlst du dich?«

»Wie einer von Lützows Jägern vor dem Gefecht mit Napoleons Truppen.«

Ann-Kathrin war mehr an Bizets *Carmen,* als an der preußischen Geschichte orientiert. »*Auf, in den Kampf, Torero*! Und denke daran, dass du zwei Zielgruppen vor dir hast: Die erste will Entertainment, die zweite Seriosität.«

Hasenfier lachte und brachte beides zusammen. »Gut, dann werde ich eben zum Seriosi-täter.«

Später sollte Hasenfier sagen, im Drehbuch seines Lebens hätte wohl gestanden ›Schneller Schnitt‹, denn ihm sei es so vorgekommen, als hätte er sofort im Anschluss an

Ann-Kathrins Worte zum Fachvortrag im Hörsaal gestanden.

»Meine sehr geschätzten Kolleginnen und Kollegen, liebe Studierende. Als Thema habe ich mir gewählt: Fledermäuse und Artenschutz.« Damit hoffte er, bei allen zu punkten, die der Bio-Bewegung nahestanden. »Bei uns stehen sage und schreibe 22 Fledermausarten auf der Roten Liste der gefährdeten Tiere. Vier Arten gelten als vom Aussterben bedroht und zwölf als stark gefährdet. Was tun, fragen wir Biologen uns?« Er erläuterte nun die einzelnen Maßnahmen, die er für sinnvoll hielt und die er beim NABU gefunden hatte, als da waren: Verzicht auf den Einsatz von Insektenbekämpfungsmitteln, Vorsicht bei der Zerstörung von Fledermausquartieren (Abriss oder Modernisierung von Altbauten, hermetischer Abschluss von Dachböden, Zerstörung oder völliger Verschluss von unterirdischen Hohlräumen und alten Kellergewölben, Fällen von Höhlenbäumen), keine Verwendung von hochgiftigen Holzschutzmitteln in Fledermausquartieren und Verbot von Fledermausfallen.

Seiner Einschätzung nach war es ihm gelungen, allen zu zeigen, was er als Lehrender ›drauf hatte‹. Auch bei der anschließenden Diskussion schlug er sich seiner Meinung nach wacker, bei der Lehrprobe aber hatte er alles vergessen, was er mühsam eingeübt hatte, und handelte wie in Trance. Was hatte Ann-Kathrin gesagt? Die Studenten würden auf Entertainment abfahren Also öffnete er sein Jackett, nahm die Schöße in die Hände, hob sie an und breitete sie wie Flügel aus.

»Bin ich verrückt geworden, meine Lieben? Nein. Wir reden heute über Fledermäuse, englisch: *bat*, und ihr kennt alle *Batman*, den Fledermausmann. Bruce Wayne muss als Kind miterleben, wie seine Eltern von Straßenräubern erschossen werden, und er schwört an deren Grab, seine Heimatstadt Gothem City vom Verbrechen zu reinigen. Er studiert dazu Kriminologe und alles, was zur Spurensicherung nötig ist, verkleidet sich aber auch als Fledermaus, um die Gangster in Angst und Schrecken zu versetzen. – Dies sozusagen als Prolog, nun aber zu meinem Beamer und zur Biologie. Thema sind heute die Fledertiere, lateinisch *Chiroptera,* die wir in zwei Unterordnungen aufteilen: die Flughunde, *die Megachiroptera*, und die Fledermäuse, die *Microchiroptera.* Die Fledertiere sind Säugetiere und haben stammesgeschichtlich die Fähigkeit zum Schlag- oder Flatterflug erworben …«

Die halbe Stunde, die ihm zur Verfügung stand, ging viel zu schnell zu Ende, und er war sich nicht sicher, wie ihn die Studierenden auf der Skala von 1 bis 20 bewerten würden, zumal ihn ein Student mit Namen Carlo Quossen mehrmals angegiftet hatte, nachdem er wohl etwas zu lange in seinen vorbereiteten Unterlagen geblättert hatte.

»Vom Fledermaus-Keller der Zitadelle Spandau in den Hörsaal der FU, ist das nicht ein zu kühner Höhenflug? Siehe Ikarus.«

Nun war darauf zu warten, dass ihn die Berufungskommission verhörte. Ein anderes Verb fiel Hasenfier nicht ein, denn er fühlte sich wie ein Verbrecher, dem seine Inkompetenz nachzuweisen war. Was ihn noch depressiver stimmte, war die Begegnung mit Curt Callenberg auf einem der vielen Flure. Dessen Lächeln war triumphierend zu nennen. So sahen Sieger aus.

Bis zum Botanischen Garten und dem Botanischen Museum war es nicht weit, und so beschloss Hasenfier, dort einen Teil der Wartezeit zu verbringen. Außerdem konnte ein wenig Fortbildung nicht schaden, vielleicht wurde er nachher auch zu Themen wie ›Kaukasus – Pflanzenvielfalt zwischen Schwarzem und Kaspischem Meer‹ befragt – und darüber gab es im Botanischen Museum gerade eine Ausstellung. Auf den Kaukasus würden sie sicher zu sprechen kommen, hatte er doch eine Veröffentlichung über eine dort vorkommende Langohrfledermaus vorgelegt, das ›Kaukasische Langohr‹ (*Plecotus macrobullaris*).

Wer hatte wohl dieselbe Idee gehabt, und wen traf er im Botanischen Museum: Marvin Schocksdorf aus Bremen, einen seiner sieben Konkurrenten.

»Sie als Meeresbiologen hätte ich eher im Aquarium erwartet!«, rief Hasenfier.

»Und ich Sie als Fledermaus-Mann eher bei den brandenburgischen Windrädern, von denen ja Abend für Abend Hunderte von Fledermäusen getötet werden. Ich habe Ihren Artikel darüber gelesen.«

»Freut mich. Das sind im Wesentlichen die Großen Abendsegler, um die es da geht, eine migrierende Fledermausart aus dem Osten.«

Schocksdorf winkte ab. »Lassen wir das, entspannen wir uns lieber und reden über Fußball.«

Hasenfier nickte. »Gut, obwohl ich nicht viel davon verstehe. Nur so viel, dass das, was Hertha derzeit bietet, mehr Trauer- als Fußballspiele sind.«

»Na, bei Werder sind die glanzvollen Tage auch lange vorüber, und wenn wir nicht absteigen, sondern bei den Relegationsspielen dabei sind, können wir schon froh sein.«

Hasenfier brachte das Gespräch auf den Wettkampf, in dem sie gerade gegeneinander antraten. »Der Vergleich ist vielleicht nicht schlecht. Sie stehen da wie Werder Bremen in der Bundesliga und ich wie Hertha BSC …«

»… und Curt Callenberg ist Bayern München«, brachte Schocksdorf den Gedanken zu Ende.

Sie sprachen sich gegenseitig Mut zu. Bayern sei auch nicht unschlagbar. Dann wanderten sie durch den Botanischen Garten und gaben sich alle Mühe, früher Gelerntes wieder aufzufrischen und Neues aus der Botanik dazuzulernen, falls später doch …

So lernten sie etwas über die Hahnenfußgewächse (*Ranunculaceae*) und den Damaszener Schwarzkümmel (*Nigella damascena*) und schlenderten über die Storchschnabelwiese. Zwei Storchschnabelarten blühten hier (*Geranium sylvaticum* und *Geranium sanguineum*), dazu der Scharfe Hahnenfuß (*Ranunculus acris*). Als sie den Englerpavillon erreichten, ruhten sie sich ein wenig aus.

»Wer war Engler, Herr Dr. Hasenfier?«, fragte Schocksdorf.

Hasenfier wusste es nicht. »Ein Pop-Musiker? Ein Fußballer?«

»Nein.« Bei Schocksdorf kam es wie aus der Pistole geschossen. »Heinrich Gustav Adolf Engler, 1844 bis 1930, deutscher Botaniker und der führende Pflanzenexperte seiner Zeit.«

Hasenfier sah seine Chancen weiter sinken, aber bei Schocksdorf war es etwas anderes als bei Callenberg, dem Bremer Kollegen hätte er den Sieg immerhin gegönnt.

Die Zeit verging, und ganz plötzlich saß er in einem kleinen Hörsaal und hatte der Berufskommission Rede und Antwort zu stehen.

Der Vorsitzende der Berufungskommission war Prof. Dr. Heinrich Thielenhaide, eine von allen geschätzte Koryphäe, dessen ›Theoretische Konzepte der Biologie – Vielfalt, Evolution und Vererbung‹ mit ihren drei Bänden zu den Standardwerken seines Faches gehörten. Thielenhaide brauchte nicht zu fürchten, dass er von einem der acht Kandidaten irgendwie in den Schatten gestellt werden könnte. Bei den anderen Professoren aber hatte Hasenfier seine Zweifel, ob sie ihn nicht etwa fürchteten. Zu schlecht durfte kein neuer Kollege sein, sonst gefährdete er den Ruf aller, zu gut aber auch nicht, denn dann vergötterten ihn die Studierenden und liefen in Scharen zu ihm über, wenn er zu Beginn des nächsten Semesters in Dahlem anrückte. Aber Hasenfier kannte keinen von ihnen so gut, dass er genau einschätzen konnte, was sie dachten und fühlten. Von vornherein schien ihm nur einer gewogen zu sein: Philipp Freyenstein, den er vom IWZ in der Alfred-Kowalke-Straße her gut kannte. Aber stimmte das wirklich, würde der nicht Curt Callenberg wesentlich besser einschätzen und bewerten als ihn? Sicher. Feindselig guckte auch wieder dieser Quossen, der die Interessen der Studierenden vertrat.

»Ihre Schriften haben wir alle gelesen, Herr Hasenfier«, begann Thielenhaide. »Die kennen wir also, nicht aber Ihren Lebenslauf. Wenn Sie uns darüber bitte etwas mehr erzählen wollen.«

»Ja gern. Ich bin in Neukölln zur Welt gekommen, aufgewachsen und zur Schule gegangen. Nach dem Abitur habe ich angefangen, Biologie zu studieren, und zwar in München, Heidelberg und Hamburg. Meine Dissertation, meine Habilitationsschrift und meine übrigen Veröffentlichungen kennen Sie ja. Im Augenblick arbeite ich sozusagen in meiner eigenen Firma und untersuche im Auftrag von Baufirmen wie auch deutscher Kommunen, ob nach der Flora-und-Fauna-Habitat-Richtlinie zum Artenschutz, der Richtlinie 92/43/EWG zur Erhaltung der natürlichen Lebensräume sowie der wild lebenden Tiere und Pflanzen, irgendwo gebaut werden kann oder nicht.«

»Mit großem Erfolg, wie man an der Nichterrichtung der Waldschlösschenbrücke in Dresden sehen kann«, höhnte einer der 08/15-Professoren, von denen Hasenfier weder etwas gehört noch gelesen hatte und von denen die Studierenden sicherlich sagten, ihre einzige Veröffentlichung sei eine Anzeige in der B.Z. gewesen: »Suche preiswerte Wohnung.«

»Dresden ist nicht mein ...«, Hasenfier hatte Mühe, das richtige Wort zu finden: Revier ging nicht, Bezirk auch nicht, » ... Bereich.«

Jetzt meldete sich dieser Quossen zu Wort. »Wie sieht es denn bei Ihnen mit Lehrveranstaltungen aus, abgesehen einmal von Ihren Führungen durch den Fledermaus-Keller auf der Zitadelle Spandau.«

»Bleiben wir bitte sachlich!«, rief Prof. Thielenhaide.

Hasenfier versuchte es und zählte alle die Universitäten und sonstigen Institutionen auf, an denen er schon Vorträge gehalten hatte. Assistent war er allerdings nie irgendwo gewesen, und das schienen viele im Raum als erhebliches Manko anzusehen.

Prof. Thielenhaide kam nun auf das zu sprechen, was er sich, sollte er den Lehrstuhl bekommen, als Schwerpunkt seiner Forschungstätigkeit vorstellte.

»Na den Artenschutz natürlich!«, rief Hasenfier ganz spontan und legte dar, worauf er sich besonders konzentrieren wollte.

Es schien auch alles gut für ihn zu laufen, zumal er nur sehr bescheidene finanzielle Forderungen stellte, dann aber geschah etwas, was in dieser Sekunde einfach nicht hätte geschehen dürfen: Auf seine linke Hand setzte sich eine Mücke, die riesig und wie mutiert aussah, und mit einem Reflex erschlug er sie mit der rechten Hand. Sein Blut und der zerquetschte Tierkörper waren weithin zu sehen.

Mit einem mehr als unguten Gefühl fuhr Hasenfier in einer Taxe nach Hause.

10.

Anderes war ihnen dazwischengekommen, sodass Gunnar Schneeganß und Jessica Schamp sich erst mit einiger Verzögerung um die Spur Daniel Bollwien kümmern konnten. Jessica Schamp hatte einen Artikel der B.Z. vom 28. August 2014 aufgehoben, und den studierten sie nun, um sich kundig zu machen:

Nach dem Brandanschlag auf einen S-Bahn-Kabelschacht in Friedrichshain ist ein Bekennerschreiben der mutmaßlichen Täter im Internet aufgetaucht. Demnach haben sich ›Autonome Gruppen‹ zu der Tat bekannt. Hintergrund des Brandanschlages ist demnach die Situation der Flüchtlinge an der Gürtelstraße.

Wörtlich heißt es in dem Schreiben: »während ein paar meter entfernt vom S-bhf treptower park einige menschen auf dem dach eines hostels für nichts, als ihr recht zu bleiben – um zu leben – kämpfen, stehen hier dutzende von menschen tagtäglich lethargisch in reih und glied um auf ihre S-bahn zur arbeit, in die schule oder zum einkaufen zu warten.« (Fehler im Original übernommen). Das Bekennerschreiben werde vom LKA geprüft, sagte ein Polizeisprecher.

Der Anschlag um vier Uhr morgens sorgte für zahlreiche Verspätungen. Tausende Pendler waren betroffen.

Noch bis Sonntagvormittag werden die aufwendigen Reparaturarbeiten andauern. Betroffen sind davon die S41, S42, S8, S85, S9 und S47. Auch auf anderen Teilab-

schnitten der betroffenen Linien sind Einschränkungen zu erwarten. Das teilte der Konzern am Donnerstagnachmittag mit.

Wegen der Störung ist der Zugbetrieb zwischen Ostkreuz-Neukölln/Baumschulenweg unterbrochen, teilte die S-Bahn mit. Ein Schienenersatzverkehr zwischen Ostkreuz und Neukölln bzw. Ostkreuz und Baumschulenweg wurde eingerichtet. Nach Angaben der S-Bahn führte das Feuer zu einer Stellwerksstörung, die Auswirkungen auf den Zugverkehr im Bereich Friedrichshain-Kreuzberg und Neukölln hatte.

Zu Verspätungen kann es auch auf den Linien S45 und S46 kommen. Auch Reisende, die zum Flughafen Schönefeld wollen, sollten laut S-Bahn den Regionalverkehr (RE7, RB14, RB19) über den Hauptbahnhof nutzen.

Menschenmassen strömten aus dem S-Bahnhof Ostkreuz, um zu den Bussen zu gelangen. Glücklicherweise fuhren diese regelmäßig, Wartezeiten entstanden kaum. Nachteil: Die Busse waren stark überfüllt. Trotz der Störungen gab es wenig harsche Worte gegenüber der S-Bahn – die meisten waren sich einig, dass die S-Bahn nicht für das Chaos verantwortlich ist.

Die Bahn rechnete erst am Sonntag wieder mit Normalbetrieb. Die zerstörten Kabel müssten erneuert und verknüpft werden, sagte ein Sprecher. Auch die einwandfreie Funktion der Signale werde geprüft. Die Fahrgäste wurden gebeten, wegen der Einschränkungen gerade im Berufsverkehr mehr Zeit einzuplanen.

»Hm …« Schneeganß konnte sich noch kein rechtes Bild von allem machen. »Ein Kabelbrand an der Strecke zwischen Nikolassee und Grunewald hätte doch längst nicht so viel Wirkung gehabt wie der am Ostkreuz oder anderen Knotenpunkten, Gesundbrunnen zum Beispiel?«

»Aber da im Wald am Hüttenweg kann man doch kaum beobachtet werden«, wandte Jessica Schamp ein.

Schneeganß stand auf. »Es hilft alles nichts, wir müssen uns im Umfeld dieses Daniel Bollwien umsehen und umhören.« Seine Begeisterung, sich ins Stammesgebiet der Berliner Autonomen zu begeben, war mehr als gering. Er hatte Angst, dass ihr Besuch der Funke sein könnte, der heftige Reaktionen auslöste, sprich: Wasserwerfer, Schlagstöcke, Pfefferspray, Straßensperren, Molotowcocktails, Böller, Steine, Flaschen und brennende Autos. Er hatte die TV-Bilder aus Hamburg noch deutlich vor Augen. »Scheiß Berlin!«

»Möchtest du lieber in Donezk oder in Mossul leben?«, fragte Jessica Schamp.

»Also auf in die Waldemarstraße!« Dabei fiel ihm ein alter Spruch seines Vaters ein. »Er hieß Waldemar, weil es im Wald geschah.«

»a heißt unser Mann Daniel mit Vornamen, und b ist er nicht im Wald gezeugt, sondern vermutlich ermordet worden.«

Damit hatte sie ausgesprochen, was ihre Arbeitshypothese im ICE-Fall war: Man hatte Daniel Bollwien umbringen wollen und das Ganze so inszeniert, dass es als Unfall beim Legen eines Kabelbrandes aussah. Wobei sie sich nicht sicher waren, ob der oder die Täter echte Brandleger waren, oder nur versucht hatten, falsche Spuren zu legen.

Ihr Navy zeigte ihnen an, dass sie nur 14 Minuten für die Fahrt von der Keith- zur Waldemarstraße brauchen würden. Zuerst ging es in die Lützowstraße und dann immer am Landwehrkanal entlang bis zum Halleschen Tor, wo in die Gitschiner Straße einzubiegen war. Auf der kamen sie zum Kottbusser Tor und nach einer Karussellfahrt um den Kreisel herum in die Adalbertstraße. Hier war Berlin weniger multikulti, wie Schneeganß fand, sondern rein türkisch-arabisch. Sie kamen in die Waldemarstraße und sahen sich erst einmal so sichernd um wie Bundeswehrsoldaten, wenn sie in einem Dorf in der Nähe von Kundus ihr gepanzertes Fahrzeug verließen. Einerseits war das hysterisch, andererseits war das hier für jeden Polizisten eine ›no go area‹. Doch sie erreichten das Mietshaus, in dem Daniel Bollwien in einer WG wohnen sollte, ohne in gegnerisches Feuer wie in *friendly fire* zu geraten. Alles sah so heruntergekommen aus, das Schneeganß automatisch ein Song von Bruce Low in den Sinn kam, den sein Großvater immer gesungen hatte: *Dieses Haus ist alt und hässlich, / Dieses Haus ist kahl und leer, / Denn seit mehr als 50 Jahren, / Da bewohnt es keiner mehr. / Dieses Haus ist halb verfallen, / Und es knarrt und stöhnt und weint, / Dieses Haus ist noch viel schlimmer, als es scheint.*

Im Seitenflügel, drei Treppen, links, fanden sie dann auch ein Pappschild, auf dem die Namen von vier WG-Genossen standen: Max Müller, Nadine Dombrowski, Thomas Brennicke, Daniel Bollwien.

»Na, also!«, rief Jessica Schamp.

Schneeganß wunderte sich. »Was denn, der Max Müller auch? Ich denke, der hat seinen Bhavan in Indien.«

»Häähh …?« Jessica Schamp verstand den Sinn seiner Worte nicht ganz und sah ihn fragend an.

»Max-Müller-Bhavan, so heißt das Goethe-Institut in Indien.«

»Ah ja, und Max Müller war ein Kricketspieler?«

»Nein, ein Sprach- und Religionswissenschaftler, der viel über Indien geschrieben hat.«

Jessica Schamp staunte. »Woher weißten das?«

»Mein Nachbar ist Lehrer und ist vom Goethe-Institut nach Indien geschickt worden.«

»Toll, meiner wird nur von seiner Frau zum Schrippenholen um die Ecke geschickt.«

Mit diesen Worten drückte Schneeganß auf den Klingelknopf, und sie wichen automatisch ein paar Schritte zurück. Man konnte ja nie wissen.

Von drinnen kam eine ebenso schläfrige wie aggressive Stimme. »Wer is 'n da?«

»Kriminalpolizei.«

»Warum 'n dit?«

»Wir hätten gern Herrn Bollwien gesprochen.«

»Der is varreist zu seina Mutta nach Herne.«

So absurd dieser Dialog auch schien, so aufschlussreich war er für Schneeganß und Jessica Schamp. Wäre alles koscher gewesen, dann hätte man doch in der WG längst registriert gehabt, dass Bollwien dort niemals angekommen war. Keine SMS, keine E-Mail, kein Anruf von ihm. Auch die Mutter hätte wohl nachgefragt, wo der Sohn denn abgeblieben sei. Schlussfolgerung: Hier stimmte was nicht.

»Dürften wir bitte mal eintreten?«, fragte Jessica Schamp.

»Nee, dürfen Sie nich!«

»Wir haben allerdings einen richterlichen Durchsuchungsbeschluss.« Schneeganß hielt ihn hoch, damit man ihn von drinnen durch das Guckloch in der Tür sehen konnte. Es handelte sich juristisch um eine Ermittlungsdurchsuchung zur Auffindung von Beweismitteln.

»Na, jut, komm'n Se rin.«

Es öffnete ihnen ein junger Mann in blauen Jeans und schwarzem T-Shirt, langen ungekämmten Haaren, Bart und Brille, der dem Klischee des Kreuzberger Autonomen so ziemlich entsprach, aber recht sympathisch wirkte.

»Sie sind Max Müller?«

»Ja, Maximilian, aber det is alle hier zu lang.«

Jetzt gingen auch die Zimmertüren der beiden anderen WG-Bewohner auf, und Schneeganß war sich etwas unsicher, wie man nun vorgehen sollte. In jedem Zimmer herumkramen? In der Küche nach Brandbeschleunigern suchen, Ethanol oder Benzin?

»Wenn Sie nach Daniel suchen, dann rufen Sie doch mal in Herne bei seiner Mutter an«, riet ihnen Nadine Dombrowski.

Schneeganß entschloss sich zur überfallartigen Attacke. »In Herne wird er wohl kaum eingetroffen sein, da er schon hier in Berlin am Bahnhof Grunewald von einem Zug überfahren worden ist.«

Alle drei Tatverdächtigen zeigten sich bestürzt beziehungsweise spielten ihm und Jessica Schamp die Bestürzung vor, und Nadine Dombrowski schluchzte sogar auf.

»Hatta also doch Selbstmord begangen!«, stieß Max Müller hervor.

»Davon hatta imma wieda mal jeredet«, fügte Thomas Brennicke hinzu. »Aba wir ham det nie janz ernst jenomm'n.«

»Nu, isset doch passiert!«, rief Max Müller.

In diesem Augenblick begann bei Schneeganß in der Jackentasche das Handy zu lärmen. »Entschuldigung …« Er drückte auf einige Knöpfe, und es dauerte, bis er den richtigen gefunden hatte, dummerweise aber konnten nun alle mithören, was sein Gesprächspartner ihm zu sagen hatte.

»Hallo, Schneeganß, Dr. Viellechner hier. Ich habe mir das, was man von Ihrem Daniel Bollwien aufgesammelt hat, noch einmal angesehen, und da ist mir etwas aufgefallen, was mein Assistent übersehen haben muss: einen Messerstich an der Brust vorne. Wir untersuchen das noch weiter, aber wahrscheinlich war der Mann schon tot, bevor der ICE …«

Kaum hatte Max Müller das gehört, war er auch schon zur Wohnungstür gestürzt, hatte sie aufgerissen und die Flucht ergriffen. Jessica Schamp versuchte, ihn noch zu packen, doch vergeblich. Schneeganß rührte sich nicht, denn ein besseres Geständnis hätte er sich nicht wünschen können. Die beiden anderen WG-Bewohner aber ließ er nicht entkommen.

»So, meine beiden Zurückgebliebenen, ihr habt uns sicherlich einiges zu sagen …«

Marvin Schocksdorf saß im ICE zurück nach Bremen. Immer wieder blickte er auf den ausgedruckten Fahrplan: ICE 542/552, Berlin Hbf ab 18.47, Hannover Hbf. an 20:28, weiter mit ICE 2032 ab Hannover Hbf. 20:45, Bremen Hbf. an 21:50. Hatte er drei Stunden Zeit, über sich und sein Elend nachzudenken, denn ein Mitglied der Berufskommission, einer, mit dem er einmal kurz davor gestanden hatte, eine gleichgeschlechtliche Lebensgemeinschaft einzugehen, hatte ihm schon mitgeteilt, dass er umsonst für ihn gekämpft habe. Prof. Thielenhaide habe sich für »diesen Fledermaus-Fuzzi« starkgemacht. Florian Hasenfier würde auf Platz 1 der vorgeschriebenen Dreierliste gesetzt werden. Er selbst käme nur auf

Platz 2 oder 3, und erfahrungsgemäß hielte sich der Wissenschaftssenator an die von der Uni vorgegebene Reihenfolge. Aus und vorbei! Klar, dass er als Meeresbiologe in der ›Streusandbüchse des Heiligen Römischen Reiches‹ schlechte Karten gehabt hatte. Aber … Um sich abzulenken, las er unterwegs einen Vorabdruck von Martin Nehmers neuem Roman.

Nun hatte Goldie Broiler doch noch große Flecken vorn auf der Hose, und das ließ ihn ausrasten. Er fuhr herum und ging dem Zugbegleiter an die Kehle. Es hätte ungut ausgehen können, wenn nicht in dieser Sekunde eine ältere Lehrerin erschienen wäre und fürchterlich gekreischt hätte.

»Neben mir sitzt ein arabischer Terrorist mit einem Sprengstoffgürtel um den Bauch. Er betet die ganze Zeit zu Allah. Gleich jagt er uns alle in die Luft! Lassen Sie halten, holen Sie die Polizei!«

»Beruhigen Sie sich doch, meine Dame!«

»Nein, sonst …! Ich will hier raus!«

Und ehe sie der Zugbegleiter daran hindern konnte, hatte sie die Notbremse gezogen.

Schocksdorf fuhr zusammen, denn in dieser Sekunde, sie waren kurz vor Wolfsburg, bremste sein ICE überaus heftig. Er hielt dem Zugschaffner, der gerade sein Ticket kontrollieren wollte, die Zeitungsseite mit dem Text von Martin Nehmer hin.

»Wollen Sie das jetzt wirklich realisieren?«

»So ein Quatsch! Dieser Herr bekommt von der DB lebenslanges ICE-Verbot! In ein, zwei Minuten geht's weiter bei uns.«

Und so geschah es dann auch, Schocksdorf wurde aber die ganze Fahrt über ein komisches Gefühl nicht mehr los. Er begann ebenso zu schwitzen wie im Flugzeug bei heftigen Turbulenzen. Hannover. Es galt, umzusteigen. Er kannte den Bahnhof gut, denn als Fan von Werder Bremen hatte er als Junge kein Spiel gegen *Hannover 96* ausgelassen. Am besten hatte ihm einmal Wolfgang Bordel gefallen. Da hatten sie immer Bordell gelesen. Schocksdorf musste schmunzeln, denn vor nicht allzu langer Zeit hatte im Bremer Weser-Kurier gestanden, dass der griechische Fußballverein Voukefalas aus Larissa auf seinem Trikot die Werbung eines Bordells mit dem Namen ›Freudenhaus Soula‹ trug. Das alles lenkte ihn etwas davon ab, dass auf seinen Visitenkarten nun doch nicht, wie erhofft, Prof. Dr. Marvin Schocksdorf stehen würde. Sicher, er konnte auch ohne das Prof. vor dem Namen leben, aber er hatte sein ganzes Leben so auf dieses Ziel ausgerichtet wie ein Leistungssportler seines auf einen Olympiasieg. Und um diesen betrog ihn nun dieser ›Fledermaus-Fuzzi‹. Hatte er Hasenfier während ihres gemeinsamen Spaziergangs durch den Berliner Botanischen Garten noch ganz sympathisch gefunden, so begann er ihn nun von Stunde zu Stunde mehr zu hassen, mehr noch, er stellte sich vor, ihn ›irgendwie aus dem Verkehr zu ziehen‹. Vielleicht konnte er seinen Vater, der eine Firma für Naturheilkräuter hatte, überreden, Hasenfier bei sich für ein Gehalt einzustellen, das wesentlich höher war als das, was bei einer W3-Professur anfiel. Vielleicht konnte er Hasenfier, der in Bälde zu einem Vortrag nach Hannover kam, in eine Situation geraten lassen, die für ihn so peinlich war, dass der Berliner Senat einen Rückzieher machte, etwa betrunken Auto fahren lassen und in eine Falle zu locken oder ihn mit in ein Bordell schleppen und dort für Randale sorgen. Diese Gedanken beruhigten ihn so weit, dass er einschlief und so schneller in Bremen eintraf, als erwartet. Sein Wagen parkte an der Bürgerweide, er fuhr über die Kurfürsten- und die Franz-Schütte-Allee Richtung Oberneuland und dann auf der Rockwinkeler Landstraße nach Osterholz. Der Name seiner Straße, Lachmundsdamm, kam ihm wie ein Hohn vor, denn sein Mund war, als er beim Zähneputzen in den Spiegel guckte, eher verkniffen als lachend.

Und er lachte am nächsten Tag noch viel weniger, als es sein Vater glattweg ablehnte, Hasenfier bei sich einzustellen.

»Junge, ich handle mit Heilkräutern und nicht mit geschredderten Fledermausflügeln!«

Das sagte ihm sein Vater, als sie gerade über den Osterholzer Friedhof schritten. Ein Onkel wurde zu Grabe getragen. Schocksdorf konnte sich noch so große Mühe geben, ein ganz bestimmter Gedanke ließ sich nicht unterdrücken: Wenn Hasenfier hier läge, dann wäre ich am Ziel.

11.

Florian Hasenfier war zu sehr Naturmensch, um gerne zu einer Party zu gehen. Er liebte die Stille und die Einsamkeit und hasste alles aufgeregte Geschnatter, aber an diesem Abend hatte er Ann-Kathrin begleiten müssen, denn ihr Lieblingsonkel feierte Geburtstag. Hanns-Peter Grapitz war Schauspieler, bekam ab und an kleinere Rollen in Vorabendserien, gehörte bestenfalls zur C-, wenn nicht gar D-Prominenz, trat aber auf, als sei er der wiederauferstandene Heinrich George. Er stand dabei, als Ann-Kathrin Hasenfier dafür tadelte, dass er eine Viertelstunde später in der Joachim-Friedrich-Straße eingetroffen war.

Hasenfier lächelte. »Tut mir leid, ich bin wieder einmal in einem Bunker hängen geblieben.«

»Was?«, rief der Onkel da. »Du spielst auch Golf! Dann können wir ja mal zusammen eine Platzrunde in Angriff nehmen. Wie hoch ist denn dein Handicap?«

Hasenfier hatte als Junge immer mal wieder Minigolf gespielt, vom richtigen Golf aber keine Ahnung, ja, schlimmer noch, er fand, dass das Ganze mit Sport nichts zu tun hatte, sondern eine Freizeitbeschäftigung für den verfetteten Geldadel war. So antwortete er auf die Frage nach seinem Handicap, wo die passende Antwort zwischen +5 (beste Amateurspieler) und -54 (Anfängereinstufung) gelegen hätte, mit: »So bei Tausend, schätze ich.«

Der große Grapitz fühlte sich verscheißert und wandte sich mit einem aggressiven Knurrlaut einer anderen Gruppe zu.

Diese Szene hatte Hasenfier noch am nächsten Morgen vor Augen, als er die Liste der Bunker im Raum Berlin durchging, die er bei seiner Fledermaus-Forschung schon besichtigt hatte und die, welche noch auf ihr Häkchen warteten. Bei Wikipedia (→ Liste von Bunkeranlagen) hatte er 19 Objekte gefunden, wobei einige von vornherein nicht mehr infrage kamen, so der sogenannte Führerbunker nordöstlich der Reichskanzlei, in dem sich zuletzt das Führerhauptquartier befunden und wo Hitler Selbstmord begangen hatte, und der Atomschutzbunker unter dem Kudamm-Karree, der ein Relikt des Kalten Krieges war. Bei Ersterem hatte man 1988/89 die Stahlbetondecke entfernt und die noch bestehenden Hohlräume mit Erde verfüllt, Letzterer war zu neu und lag für Fledermäuse zu tief unter dem Straßenniveau. Es war naheliegend, dass für ihn und seine Fledermäuse nur gesprengte Hochbunker infrage kamen. In dieser Hinsicht bedauerte er, dass der berühmte Zoo-Bunker nach vielerlei Sprengungen bis auf den letzten Rest verschwunden war. Am interessantesten für ihn war der Bunker beziehungsweise Flakturm im Humboldthain gewesen, dessen Eingang zwar fest verrammelt war, aber immer wieder von Abenteuern aufgebrochen wurde. Noch nicht abgehakt war bei ihm auch der Schmöckwitzer Bunker, über den er einiges im Internet gefunden hatte, unter anderem einen kleinen Text unter forum.hidden-places.de:

Der teilweise verschüttete Bunker in einem Waldstück am Adlergestell in Richtung Wasser (Höhe ehem. Berliner Reifenwerk Müller) ist nach Aussage meiner Großmutter als Luftschutzbunker im WK.II für die in der direkten Umgebung lebenden Zivilpersonen und Angestellten gedacht und auch in Betrieb gewesen. Bauzeit muss nach 1940 gewesen sein.

Da der Anmarschweg für viele Schmöckwitzer bei Luftalarm aber zu lang war, gingen die Einwohner dazu über, sich selber LSR-ähnliche Bauten in den Hauskellern und Gärten zu errichten, so auch meine Urgroßmutter, die in ihrem Garten einen LSR anlegte, der dann von der LS-Wacht abgenommen wurde.

Nach Aussage meiner Oma sollen Kinder noch in den 50er Jahren in dem unverschlossenen und ausgeräumten Bunker, der nach Kriegsende von der Sowjetarmee angesprengt wurde, gespielt haben.

Dieser Bunker stand nun heute auf seiner to-do-Liste, bevor er am Samstagmorgen zu einer Vortragsreise nach Hannover aufbrechen musste. Berlin Hbf. ab 9.46, Hannover Hbf. an 11.28. Das hatte er genau im Kopf. Mit einem ICE natürlich. Aber erst einmal Schmöckwitz. Wie er am besten hinkam, verriet ihm der Routenplaner des Berlin-Brandenburgischen Verkehrsverbundes (VBB): ca. 200 m Fußweg bis zur Bushaltestelle, mit dem M11 Richtung Schöneweide, von dort mit der S8 bis Grünau, dann Umsteigen in die Straßenbahn Tram 68 Richtung Alt-Schmöckwitz, Dauer 1.04. Er stöhnte auf, denn von Berlin nach Leipzig dauerte es nur eine Minute länger. Egal, mit dem obligatorischen Rucksack versehen machte er sich auf den Weg. Die Busfahrt war öde, auf der S-Bahn wurde es etwas interessanter, da auf der rechten Seite die Wissenschaftsstadt Adlerhof zu bestaunen war und sich der Zugführer Wettfahrten mit den Autos auf dem parallel verlaufenden Adlergestell lieferte, richtig schön aber wurde es dann auf der Linie 68, der früheren Uferbahn. Er saß im modernen Niederflurwagen auf der linken Seite und schaute auf die olympische Regattastrecke von 1936 hinaus und sah am anderen Ufer des Langen Sees bläulich-grün die Müggelberge aufragen, deren höchste Kuppe zwar nur mit 114 Metern vermessen worden war, die aber bei Fontane dennoch als ein Mittelgebirge en miniature gegolten hatten. An der Haltestelle Reifenwerk stieg er aus und machte sich auf die Suche nach seinem Bunker. Doch am Ende einer der Schneisen, die in den Wald geschlagen worden waren, sah er das Ufer und das Wasser des Langen Sees. Nein, es war mehr eine Vermutung, aber das lockte ihn im Augenblick mehr als der Bunker. So viel Zeit musste sein. Ein Schild mit der Aufschrift ›Fähre nach Krampenburg‹ ließ ihn automatisch schneller gehen. Vielleicht schaffte er das nächste Fährschiff noch. Er hatte keine Ahnung, wann es abging, und er hatte bis eben nie daran gedacht, nach Krampenburg überzusetzen, aber er war halt geborener Berliner und brauchte sein tägliches Quantum an Hektik wie an Ungeplantem. Ein wenig außer Atem bog er in die Straße Zum Seeblick ein und war wenig später am Anlegesteg angekommen. Und richtig, der Fährmann war gerade dabei, die Leinen loszumachen. Er sprang ins Boot hinein. Herrlich! Das war zwar keine richtige Dampferfahrt, die jeder Berliner mindestens einmal im Jahr brauchte, um zu überleben, aber immerhin. Auf der Fähre saßen zwei alte Damen, die davon berichteten, dass sich am Schmöckwitzer Ufer ganz, ganz früher die beliebte Gaststätte ›Waldidyll‹ befunden hätte. Hasenfier fand es schade, dass sie verschwunden war. Er hätte dort später gern zu Mittag gegessen. Kurz vor dem Anlegen am Steg informierte er sich noch, wann die Fähre zurück nach Schmöckwitz ginge. »In genau 43 Minuten, junger Mann.« Hasenfier bedankte sich und rechnete. Wenn er im Walking-Tempo von 6,5 km/h lief, wie viele Kilometer konnte er dann auf dem Hin- und Rückweg schaffen? Hm … In der Zeitung hatte er gelesen, dass jeder siebte Berliner Grundschüler nicht richtig rechnen konnte, er schaffte es auch als Akademiker nicht, jedenfalls nicht ohne Taschenrechner. Also behalf er sich mit der einfachen Rechnung: Nach 20 Minuten kehrst du wieder um, dann erreichst du mit Sicherheit die Fähre zurück. Ein Blick auf die Uhr, dann lief er am linken Ufer der Großen Krampe Richtung Müggelheim. Die fjordartige Ausbuchtung des Langen Sees kam ihm vor wie der Mississippi, und er dachte zurück an die Zeiten, da er in seiner Fantasie Huckleberry Finn und Tom Sawyer gewesen war. Pünktlich war er dann wieder in Krampenburg zurück, setzte über nach Schmöckwitz und machte sich endlich auf zum vergessenen Bunker.

… die Stirnseiten schauen etwas aus dem Berg, hatte er sich notiert, aber der Berg, den er bald gefunden hatte, war nicht mehr als ein kleiner Hügel, und das Ganze erinnerte ihn zuerst an die Steinzeitgräber von Wildeshausen. Überall lag Unrat herum, man konnte zwar noch nicht von einer Müllkippe sprechen, aber die Entwicklung ging in diese Richtung. Der Einstieg in den gesprengten Bunker war unschwer zu finden. Dabei konnte man kaum an den Abstieg in eine Höhle denken, doch er hatte die Bilder vom Eingang zur Riesending-Höhle vor Augen, aus der man im letzten Juni den verunglückten Höhlenforscher Johann Westhauser unter großen Mühen geborgen hatte. Hasenfier war etwas mulmig, und er tastete nach seinem Handy. Dann schaltete er seine Stirnlampe ein und wagte sich ins Ungewisse. Unter verrostetem Eisengeflecht war hindurchzukriechen, immer neue Gänge tauchten auf, die ihn an die Grabgänge ägyptischer Pyramiden denken ließen. Teilweise

war der nasse Beton von Schwarzschimmel bedeckt. In den Ecken lagen umgestürzte Mülleimer und Blechtonnen. Er kam in niedrige Tropfsteinhöhlen, an deren Decke kleine Stalaktiten hingen. Und dann stieß er auf ein Fledermaus-Winterquartier von solchen Ausmaßen, dass er vor freudiger Überraschung aufschrie. An die 500 Exemplare konnten es sein. Und diese Vielfalt der Arten! Viele Zwerg- und Mückenfledermäuse konnte er ausmachen, dazu kamen das Braune Langohr, die Wasserfledermaus, die Fransenfledermaus und die Breitflügelfledermaus. »Mein Gott, was für eine Schatzkammer ist das hier in Schmöckwitz!« Die meisten dieser Arten standen auf der Roten Liste der gefährdeten Säugetierarten. Er fotografierte alles mit seinem Handy.

Als er wieder draußen im Wald stand, rief er sofort Ann-Kathrin an, um ihr von allem zu berichten.

»Du, ich fühle mich stolzer und glücklicher als Columbus bei der Entdeckung Amerikas. Das ist wirklich sensationell!«

»Sensationell wäre, wenn du an der FU vorn auf der Dreierliste stehen würdest.«

»Das kommt noch.« Ein bisschen enttäuscht war er doch von ihrer Reaktion. Empathie sah anders aus.

Er lief zurück zur Haltestelle der 68. An der sah er Protestplakate hängen. Er überflog sie.

Keine Paläste am Dahme-Ufer!
Schluss mit dem Projekt Seeglück!
SIEG, geh nach Siegen, lass Berlin im Grünen liegen!
Krieg der SIEG!
Mit der Uferbahn weiterhin an grüne Ufer fahr'n!
Macht jam *aus Jembke!*

Diesen Jembke kannte er aus dem Fernsehen, und er hatte auch schon davon gelesen, dass dessen Firma im Südosten Berlins eine große Wohnanlage bauen wollte, aber sich nicht weiter dafür interessiert. Hier war das also, da, wo sein Fledermaus-Bunker stand. Unmöglich, das ging nicht, er musste mit Jembke darüber reden. Schaffte er das heute noch – oder erst, wenn er aus Hannover zurück war? Er war sich nicht im Klaren darüber.

12.

Gunnar Schneeganß hatte einige Mühe mit dem eilig zu verfassenden Protokoll. Die beiden vorläufig Festgenommenen warteten nebenan und hatten das Protokoll zu unterschreiben, bevor es abging in die U-Haft. Der Staatsanwalt hatte sie schon beantragt, der Untersuchungsrichter würde sich nicht gegen sie stellen, da ganz sicher Flucht- und Verdunkelungsgefahr bestand. Maximilian Müller, der Haupttäter, war ja noch flüchtig. Jessica Schamps Idee, Nadine Dombrowski und Thomas Brennicke auf freien Fuß zu setzen, damit sie die Ermittler zum Versteck des Haupttäters führten, war verworfen worden.

Schneeganß tippte die nächsten Sätze in den Computer.

Zum Ablauf der Tat äußern sich die Dombrowski und der Brennicke wie folgt: »Wir sprachen darüber, einen weiteren Kabelbrand zu legen, doch Daniel Bollwien sprach sich dagegen aus, weil man damit nicht die Herrschenden treffen würde, sondern nur das einfache Volk, für dessen Interessen man ja eintrete. Als Max Müller weiterhin die Theorie des Lahmlegens vertrat, kam es zu einem heftigen Streit zwischen den beiden, bei dem langsam Verbalinjurien dominierten. Alles eskalierte derart, dass Max Müller schließlich zu einem herumliegenden Messer griff und auf Bollwien einstach. Als wir festgestellt hatten, dass er tot war, standen wir unter Schock und sahen uns nicht in der Lage, 110 zu wählen und unseren Genossen der Kripo auszuliefern.

Schneeganß schaute auf. »Auszuliefern … wie das klingt …«

Jessica Schamp las inzwischen Zeitung und amüsierte sich über einen kleinen Artikel. »Ein Zugbegleiter in einem ICE von Hamburg nach Berlin wundert sich, dass sein Lokführer zu spät und dann sehr heftig bremst – und dann wieder beschleunigt wie ein Formel-1-Fahrer. Er versucht, den Mann vorn im Triebwagenkopf anzurufen, doch der reagiert nicht. Da sorgt sich der Zugbegleiter um sein Leben wie das seiner Fahrgäste und zieht die Notbremse. Der Zug kommt zum Stehen. Man steigt um in einen Ersatzzug. Die Bundespolizei wird hinzugezogen, die DB schweigt, aber die Überschrift hier im Tagesspiegel spricht für sich: *Lokführer als Gefahr – Betrunken im Zug.*«

»Soll sich doch eine neue Spartengewerkschaft gründen, die GbdL, die Gewerkschaft betrunkener deutscher Lokführer«, lästerte Schneeganß.

»Nein, die GdL ist schon schlimm genug.«

Schneeganß konzentrierte sich wieder auf sein Protokoll. Da Jessica Schamp heute einen sehr kurzen Rock trug, wurde er immer wieder abgelenkt. Was für ein Glück, dass sie lesbisch war, andernfalls hätte er alles unternommen, sie herumzukriegen. Und dann … Wenn seine Frau in Rudow das gemerkt hätte, wäre seine Ehe im Eimer gewesen. Es sah sich schon bei der nächsten Parade zum Christopher Street Day am Straßenstand stehen und ein Transparent hochhalten: *Lasst nur Lesben und Schwule meine KollegInnen sein*! – War das ein Segen! Gott, das Protokoll! »Weiter!«

Nach einigem Hin und Her ist Max Müller auf die Idee gekommen, dass wir uns alle als Gleisarbeiter tarnen sollten, um dann den toten Bollwien an einer einsamen ICE-Strecke so auf die Schienen zu legen, dass es nach einem

Selbstmord aussah. Wir haben ein Auto gestohlen, Bollwien in den Kofferraum gelegt und ihn zur Strecke zwischen Nikolassee und Grunewald gefahren. Schon nach wenigen Minuten ist ein ICE gekommen und hat Bollwien überfahren. Daraufhin haben wir die Flucht ergriffen.

Schneeganß ließ Jessica Schamp das Protokoll noch einmal kritisch durchgehen, und als sie nichts zu beanstanden hatte, gingen sie ins Nebenzimmer, um Nadine Dombrowski und Thomas Brennicke alles unterschreiben zu lassen. Die taten das auch, zwar wortlos und mit der angesagten Verachtung ihnen gegenüber, aber ohne irgendwelche Schwierigkeiten zu machen.

Jessica Schamp machte sich noch Hoffnungen auf ein kooperatives Verhalten und versuchte es auf die sanfte Tour. »Wenn es zum Verfahren kommt und Sie vor Gericht stehen, dann werden wir beide hier, mein Kollege und ich, ja auch aussagen ... Und wenn wir dann angeben, Sie hätten uns bei der Fahndung nach Max Müller hilfreiche Hinweise gegeben, dann glaube ich schon, dass das Gericht von Ihrem Verhalten recht angetan wäre.«

»Wir sollen Maximilian in die Pfanne hauen!?«, rief Thomas Brennicke. »Niemals!«

»Und wir wissen ja auch wirklich nicht, wo er steckt«, fügte seine WG-Genossin hinzu.

Der Bote kam mit dem Haftbefehl des Untersuchungsrichters, und man ließ die beiden nach Moabit bringen.

Schneeganß freute sich. »Das hätten wir.«

Jessica Schamp nickte. »Fehlt uns nur noch Max Müller.«

»Ja, wo der wohl jetzt seinen Bhavan hat? Vielleicht schon in Indien. Da wollte ich schon immer hin. Also fahnden wir mit allem uns zur Verfügung stehenden Eifer nach Max Müller. Wie leicht lässt sich doch eine Nadel im Heuhaufen finden. Und vielleicht gibt es einmal ein Jahrestreffen aller Menschen auf diesem Erdball, die Müller heißen, und da geht er auch hin.«

Jessica Schamp lachte. »Das hat es bei mir in Marzahn auf dem Mühlenberg schon einmal gegeben, ein paar Jahre nach der Wende, '95 vielleicht. Davon habe ich noch behalten, dass allein in Berlin der Name Müller im Telefonbuch 13.000 Mal auftaucht. Damals haben sie alle gesungen: *Das Wandern ist des Müllers Lust* und die *schönste Müllerin* zur Königin gewählt.«

»Na, den schönsten Messerstecher werden sie bestimmt nicht wählen. Aber vielleicht zieht es unseren Müller einmal zum Mekka der deutschen Messerstecher, zum Alexanderplatz. Ach, machen wir Feierabend!«

Am nächsten Tag hingen überall die rot umrandeten Plakate, mit denen nach Maximilian Müller gefahndet wurde, und es gab keine Morgenzeitung, in der nicht ausführlich über den Mordfall Dieter Bollwien berichtet und zur Ergreifung des Täters aufgerufen wurde. Außerdem waren in Berlin Dutzende von Zivilfahndern unterwegs. Doch alles umsonst, nichts tat sich.

Schneeganß träumte von Müllers Festnahme und erzählte Jessica Schamp am nächsten Morgen davon. »Wir bekommen einen Hinweis darauf, dass er auf dem Bahnhof Jannowitzbrücke sitzt und auf die S-Bahn wartet. Wir hin. Als er uns sieht, springt er auf die Gleise runter und rennt Richtung Ostbahnhof. Da kommt ein S-Bahn-Zug. Er wechselt über auf die Fernbahngleise. Da naht ein ICE. Er legt sich auf die Gleise. Ich bin heran und reiße ihn hoch. Er macht sich los, schnellt zum Geländer und springt runter in die Spree. Da er Nichtschwimmer ist, geht er unter. Du springst hinterher, packst ihn von hinten, so wie das die Rettungsschwimmer tun, und schreist dabei: ›Müller, Sie sind verhaftet!‹«

Jessica Schamp klatschte in die Hände. »Wunderbar, wie ich bei dir zur Heldin werde! Das ist aber auch wirklich eine schöne Szene, und ich sehe schon, wie sich ein junger Berliner Kreativer daran macht, Müllers Leben zu verfilmen. Aber mal im Ernst: Wo würdest du dich denn verstecken, wenn du Max Müller wärst und dich aus den verschiedensten Gründen nicht aus Berlin raus traust?«

Schneeganß lachte. »Ich würde in meine alte Wohnung gehen, weil diese Dussel von der Kripo mich überall suchten, nur *da* nicht! Außerdem hätte ich Freunde und Unterstützer um mich, die mich mit Essen und Trinken versorgen. Ich müsste also nicht mal auf die Straße runter. Erst, wenn alles vergessen ist und die Fahndungsplakate vergilbt und wieder abgerissen sind, dann traue ich mich aus meinem Bau heraus.«

Jessica Schamp dachte eine Weile nach. »Gar nicht so dumm gedacht. Wenn du recht hast, lade ich dich zum Mittagessen ein.«

»Aber nicht wieder in dein Vegan-Restaurant. Ehe ich da wieder esse, verhelfe ich lieber unserem Max Müller zur Flucht.«

Sie legten ihre schusssicheren Westen an, riefen ein paar SEK-Kollegen zur Hilfe und fuhren zur Waldemarstraße. Alles war reine Routine.

Nachmieter für die alte WG gab es offenbar noch nicht. Schneeganß klingelte zuerst und hämmerte dann mit der Faust gegen die Tür. »Herr Müller, aufmachen! Sie haben keine Chance.«

Als es keine Reaktion vor drinnen gab, brachen sie die

Tür auf. Schneeganß sah Max Müller zum offenstehenden Fenster hetzen und sich am Fensterkreuz nach oben schwingen wie an einer Reckstange.

»Bleiben Sie stehen, sonst springe ich!«, schrie er.

Schneeganß prallte wirklich zurück, denn gab es hier einen Suizid, dann bekam er, abgesehen einmal von seinen Schuldgefühlen, Ärger mir seinen Vorgesetzten. ›*Wie stehen wir denn da, Schneeganß, man sieht uns überall als Mörder des jungen Mannes!*‹

Jessica Schamp zog sich in den Korridor zurück, um zweierlei zu tun: einmal einen Polizeipsychologen anzufordern und zum anderen die Feuerwehr zu bitten, ein Sprungtuch aufzuspannen. Beides konnte dauern, und bis dahin musste Schneeganß den jungen Mann vom Schlimmsten abhalten. Ein Sprung aus der dritten Etage war zumeist tödlich, oder aber der Selbstmörder landete mit einer Querschnittslähmung im Rollstuhl.

Schneeganß begann ganz behutsam. »Müller, Ihre Chancen stehen nicht schlecht. Keiner unterstellt Ihnen einen Mord, nicht einmal einen Totschlag. Es war ein Streit mit tödlichem Ausgang, ja, aber es hätte auch Sie treffen können, und Ihr Anwalt wird auf Notwehr plädieren. Möglicherweise kommen Sie ohne jede Freiheitsstrafe davon.« Inwieweit es strafrechtlich relevant war, dass man die Leiche auf die Bahngleise gelegt hatte, wusste Schneeganß nicht, er ließ es auch erst einmal unerwähnt.

Max Müller begann zu weinen. »Dieter Bollwien war mein bester Freund. Dass es passiert ist, darüber werde ich nie hinwegkommen.«

»Die Psychologen werden das schon wieder in Ordnung bringen.«

»Ach was, mein Leben ist verpfuscht!«

»Ist es nicht. Was haben Sie denn gelernt?«

»Fahrradmechaniker.«

»Na das ist doch ein Beruf mit Zukunft. Bald wird doch ganz Berlin aufm Rad sitzen.«

»Aber Dieter ist tot, ich habe ihn erstochen.«

»Sonst hätte er Sie erstochen.« Schneeganß bedauerte, dass kein Tonbandgerät mitlief, das war doch ein schönes Geständnis, das Max Müller da abgelegt hatte.

Der Polizeipsychologe kam und übernahm die Gesprächsführung. Aber auch er konnte nicht viel ausrichten. Nach einer Stunde sprang Max Müller in die Tiefe. Da er genau im Sprungtuch landete, kam er mit leichten Verstauchungen davon.

Jessica Schamp trat ans Fenster und sah nach unten.

»Du als Stabhochspringerin kannst doch von solchen Höhen nur träumen«, sagte Schneeganß. »Das sind an die zwölf Meter. Und aus welcher Höhe landest du auf der Matte? Bei vier Metern und noch ein bisschen …«

»Wenn du nicht aufhörst … Das Sprungtuch ist noch aufgespannt. Kann ich endlich solchen Flug mal erleben.«

Florian Hasenfier war am Samstagvormittag wie geplant in Hannover angekommen, streifte durch die Stadt und hakte alles ab, was die niedersächsische Landeshauptstadt so zu bieten hatte, die meiste Zeit aber verbrachte er im Zoo Hannover an der Adenauerallee. Der lockte mit seinen Erlebniswelten, bot eine Sambesi-Bootsfahrt durch eine afrikanische Savannenlandschaft an, hatte einen Berg für Gorillas und Gibbons aufgeschüttet und ein Urwaldhaus für sie sowie die Schimpansen, Orang-Utans, Faultiere, Weißbüscheläffchen und Gold-Agutis gebaut. Daneben gab es die kanadische Themenwelt ›Yukon Bay‹ mit

Wolfsschlucht, Flusslauf, Hafenstadt und Unterwasserwelt und einen indischen ›Dschungelpalast‹ mit Elefanten, heiligen Tempelaffen und Leoparden. Dahinter ging es über ›Klein-Himalaja‹ mit Muntjaks und kleinen Pandas direkt in das australische ›Outback‹, wo Beuteltiere und australische Vögel zu sehen waren. Es gab auch noch kleinere Themenbereiche; was Hasenfier aber schmerzlich vermisste, war ein Fledermaus-Keller. Das schrieb er den Hannoveranern auch ins Gästebuch ihres Zoos.

So, nun war es Zeit zum Treffen mit Nele Nienhuys, NN gerufen. Sie waren in einem Restaurant am Engelbosteler Damm verabredet, und Hasenfier befragte sein Handy, wie er vom Zoo dorthin kam. Erst einmal die Fritz-Behrens-, die Berliner und die Hamburger Allee entlang, dann auf dem Weidendamm bis hin zum Ziel. 5,0 km, war zu lesen, das schaffte er mühelos in einer Stunde. Also machte er sich auf den Weg. Die Vorfreude auf Nele wuchs dabei mit jedem Schritt. Er hatte sie auf einer Exkursion durch die Macchie-Landschaften auf Korsika kennengelernt. Am Strand von La Chiappa hatten sie sich dann zum ersten Mal geliebt, und Hasenfier hatte so etwas nie wieder erlebt, mit wem auch immer er seitdem geschlafen hatte. Von Ann-Kathrin gar nicht zu reden. Wenn er mit der koitieren wollte, musste er lange darum bitten, und er hatte immer das Gefühl, dass es bei ihnen so zuging wie bei einer Vergewaltigung. Dafür war Ann-Kathrin viel zuverlässiger, viel intelligenter und bestimmt später eine gute Mutter, während NN zuzutrauen war, dass sie ihr Kind gleich in der nächsten Baby-Klappe deponierte oder wenigstens so schnell wie möglich zur Adoption freigab.

Als Hasenfier die Hälfte der Strecke zurückgelegt hatte, meldete sich sein Handy. Es war Prof. Thielenhaide.

»Lieber Hasenfier, es ist alles noch vorläufig, und beim Senat kann noch anders entschieden werden, aber ich will nicht, dass Sie sich inzwischen anderswo binden und nicht an die FU kommen, also kurz und gut: Sie stehen auf Platz 1 der Dreierliste.«

»Hurra!«, rief Hasenfier. »Ich kann Ihnen gar nicht sagen, wie glücklich ich bin. Und herzlichen Dank auch.«

»Wir haben Ihnen zu danken, Herr Kollege, dass sie unser Team verstärken wollen.«

Sofort klang es in Hasenfier auf: *Freude, schöner Götterfunken, / Tochter aus Elysium, / Wir betreten feuertrunken,/ Himmlische, dein Heiligtum!* Er war unsagbar glücklich, er schwebte nur so dahin. Alle Hoffnungen hatten sich erfüllt, sein großer Traum war wahr geworden. Auf seiner Visitenkarte und auf seinem Türschild am Büro würde stehen: *Prof. Dr. Florian Hasenfier*. Sein Glück war ein einziger Rausch. Sieg! – Triumph! Er rief Ann-Kathrin an, doch die war nicht erreichbar, und auf ihre Mailbox zu sprechen, hatte er keine Lust. Später dann. Er wollte sich vergewissern, dass er mit Nele Nienhuys wirklich um 17 Uhr verabredet war und griff nach seinem Taschenkalender. Doch die Brusttasche war leer. Mist! Den hatte er zu Hause liegen lassen! Aber 17 Uhr hatte er noch genau im Gedächtnis.

Als er am Restaurant angekommen war, saß Nele Nienhuys weder drinnen noch draußen. Sollte sie ihr Treffen vergessen haben? Das wäre jammerschade gewesen, ja schmerzlich, denn er war unheimlich gespannt auf sie. Sie wohnte in Jever, und das waren im Auto fast drei Stunden bis Hannover. Sicher irgendein ein Stau. Er setzte sich in die Nähe des Fensters und wartete. Dann kam sie in einem herrlichen Printkleid, einem Sommerkleid mit kurzen Ärmeln und locker fallendem U-Ausschnitt, das mit einem ausgefallenen Muster bedruckt war und ihn mit seinen Farben – lachsfarben, bonbonrosa und verschiedenen Grüntönen – an Bilder aus dem Dschungel erinnerte. Er sprang auf, um sie zu begrüßen. Ihre Körper berührten sich länger und intensiver als es bei alten Studienkollegen üblich war. Auch die Küsse waren heißer als jemals bei Ann-Kathrin. Und wie himmlisch Nele roch, die Marke ihres Parfüms hieß sicherlich *Temptation*. Er war völlig hingerissen.

»Jever und Lehrerin! Traumhaft siehst du aus – und ich hatte eine altbackene Frau erwartet, etwa so, wie euer Fräulein Maria auf den Gemälden von über 400 Jahren aussieht.«

»Oh bist du gebildet! Du kennst also Maria von Jever (1500 bis 1571), die letzte Regentin der Herrschaft Jever aus dem Häuptlingsgeschlecht der Wiemkens. Das ist eine glatte Eins, Herr Doktor.«

Hasenfier lachte. »Wenn schon, denn bitte Herr Professor. Ich stehe auf einer Dreierliste der FU an erster Stelle.«

»Meinen Glückwunsch! Ich wusste doch, dass ich dich in unserer Zeit so richtig befruchtet habe.«

»Was wäre, wenn ich dich befruchtet hätte …?«

»Dann hieße der Sohn jetzt Edo und die Tochter Dortje.«

»… und würden in Berlin sein«, ergänzte Hasenfier den Satz.

»Nicht mit mir!«, rief Nele Nienhuys. »Warum war es denn damals aus mit uns? Weil du unbedingt in Berlin leben wolltest.«

»Und du unbedingt die Lehrerstelle in Jever haben wolltest: Biologie und Chemie.«

Hasenfier war ungemein scharf auf sie, und dieses vulkanische Begehren wurde von Minute zu Minute stärker. Sie passte haargenau in sein Beuteschema, und immer wieder hatte er den ABBA-Song im Ohr *The Winner Takes It All*. Heute war er der große Gewinner, und heute war alles mitzunehmen, was sich anbot. Und wenn er Neles Blicke richtig deutete, dann bot sie sich an. Er musste an all die Theorien über die Attraktion von Alpha-Männchen denken, heute strömte er ganz sicher so viele Pheromone aus, dass er auf Frauen unwiderstehlich wirkte.

Dann geschah das, was geschehen musste. Nele ging auf die Toilette, und er folgte ihr. Dass es die Damen-Toilette war, störte ihn nicht. Sie stand vor dem Spiegel, er drängte sie in eine der Kabine und schloss die Tür. Dann setzte er sich auf den Klodeckel und zog sie an sich. Ihre Schenkel spreizten sich, das Kleid rutschte nach oben. Im Nu hatte sie sich da freigemacht, wo es nötig war, und seine Erektion war so stark, dass sie sofort loslegen konnten. Sie ritt auf ihm, und beide gerieten in immer größere Ekstase.

Die beiden Frauen, die nach ihnen gekommen waren und am Waschbecken standen, wunderten sich.

»Die muss aber harten Stuhlgang haben – bei dem Gestöhne.«

Als alles vorbei war und sie ihre Kleider wieder geordnet hatten, schlichen sie zurück an ihren Platz. Erst sie, dann zwei Minuten später er. Jetzt war ihre Stimmung eher gedrückt.

»Alles ohne Kondom«, flüsterte Nele Nienhuys.

»Wenn das Ann-Kathrin herausbekommen sollte.« Ihm stand der Schweiß auf der Stirn. Er dachte an seine Oma, die hatte Marika Rökk verehrt und immer gesungen *Für eine Nacht voller Seligkeit* … Bei ihm waren es ja nur Minuten gewesen.

»Und jetzt?«, fragte Nele Nienhuys.

Hasenfier sah auf die Uhr. »Mensch, ich muss zu dieser Buchhandlung in der Nähe der Uni, einen Vortrag halten. *Fledermäuse und Artenschutz.*«

Sie zeigte wenig Interesse daran. »Und – bleibst du über Nacht in Hannover?«

»Nein, der letzte Zug geht um 22 Uhr 31.«

Die postkoitale Traurigkeit hatte sie erfasst. Nele Nienhuys war zu sehr Lehrerin und auf ihre Rolle als Vorbild fixiert, als dass sie sich wegen der Szene auf dem Klo nicht geschämt hätte, und Hasenfier war nicht nur erschöpft, er kam sich auch als Verbrecher vor, denn er hatte seine Verlobte betrogen. Ihm war, als hätte er eben einen Mord begangen. Sie saßen wortlos an ihrem kleinen Tisch und wurden dem alten Schnack »Schweigen wir von etwas anderem« voll gerecht. Hasenfier konnte nichts mehr denken als »Scheiße verdammte!« Wie sollte er da in wenigen Minuten als Deutschlands Fledermaus-Experte Nummer eins auftreten!? Er zerfloss in Selbstmitleid.

Nele Nienhuys wurde drastisch. »Wenn ich schwanger bin, sage ich dir Bescheid.«

»Die Pille danach!«, brachte er hervor.

Nele Nienhuys verstand sich auch auf Ironie. »Das ist es doch, was ich mir seit Korsika immer gewünscht habe: ein Kind von dir. Edo, dein Vater ist Professor, freue dich deiner wunderbaren Gene!«

»Tut mir leid«, stammelte Hasenfier.

Sie lachte. »Das auch noch! Komm …« Sie stand auf, um zu gehen.

Er blieb sitzen und machte keine Anstalten, sie aufzuhalten. Sie war längst verschwunden, als er wieder zu sich kam. War das alles nur ein Traum gewesen? Hatte er einen Hirnschaden? Er bezahlte und machte sich auf den Weg zur Leibniz-Universität, die in der Hauptsache im alten Welfenschloss untergebracht war. Vom Engelbosteler Damm brauchte er keine halbe Stunde zu der kleinen Buchhandlung, die ihn eingeladen hatte. Keine zwei Dutzend Gäste hatten sich am Samstagabend hier eingefunden, das war ziemlich ernüchternd. Ein Kollege stellte ihn vor, dann konnte er loslegen. Er hatte sich vorgenommen, gänzlich frei zu reden, aber nun war er immer noch durcheinander, dass er liebend gern ein Manuskript zum Ablesen gehabt hätte. Doch er hatte ja keines. So flüchtete er sich erst einmal in ein paar Floskeln des Dankes für diese Einladung nach Hannover und legte dann so los wie in seiner Probelehrveranstaltung, öffnete also sein Jackett, nahm die Schösse in die Hände, hob sie an und breitete sie wie Flügel aus.

»Bin ich verrückt geworden, meine Damen und Herren? Nein. Wir reden heute über Fledermäuse, englisch: *bat*, und Sie kennen alle den *Batman*, den Fledermausmann. Bruce Wayne muss als Kind miterleben, wie seine Eltern von Straßenräubern erschossen werden und er schwört an deren Grab, seine Heimatstadt vom Verbrechen zu reinigen. Er studiert dazu Kriminologe und alles, was zur Spurensicherung nötig ist, verkleidet sich aber auch als Fledermaus, um die Gangster in Angst und Schrecken zu versetzen. – Dies sozusagen als Prolog, nun aber zu meinem Vortrag über Fledermäuse und Artenschutz. Zu den Fledermäusen gleich, zuerst zum Artenschutz. Der Artenschutz umfasst den Schutz und die Pflege bestimmter, aufgrund ästhetischer oder ökologischer Prinzipien als schützenswert erachteter wild lebender Arten in ihrer historisch gewachsenen Vielfalt durch den Menschen. Diese Artenvielfalt ist es, die wir für wichtig erachten. Eine Funktion des Artenschutzes ist unter anderem die biologische Schädlingsbekämpfung. Und damit bin ich auch schon bei den Fledermäusen, denn Wald und Gartenschädlinge wie Spanner und Spinner werden ausschließlich von Fledermäusen eliminiert. Sie sind nämlich nachts, wenn keine Vögel unterwegs sind, aktiv. Auch Wasser- und Stechmücken werden von den Fledermäusen gern verspeist. In einer Nacht vertilgen sie mit etwa 1000 Insekten mindestens ein Viertel ihres Eigengewichts an Futter.« Langsam kam er in Fahrt und brachte seinen Vortrag ohne *black outs* zu Ende. Es war alles andere als brillant, aber immerhin hatte er mit Anstand durchgehalten. Er hatte nun insgeheim gehofft, dass der Kollege oder einer der Zuhörer auf ihn zugekommen wäre und Fragen gestellt hätte, aber nichts dergleichen geschah. Keiner, keine lud ihn ein auf ein Glas Bier oder einen Wein. Was nun? Er kam sich vor wie ein Kind, das sich im Wald verlaufen hatte und am Verzweifeln war. Er sah auf die Uhr. Eigentlich hätte er sich jetzt eine Taxe rufen und zum Bahnhof fahren müssen. Auf dem Bildschirm seines Handys hatte er die Zeiten stehen: ab Hannover Hbf. 22.31, an Berlin Hbf. 00.10. Ann-Kathrin hatte versprochen, ihn im Wagen ihrer Mutter abzuholen. Ann-Kathrin … Er hatte Angst, ihr unter die Augen zu treten. Frauen hatten so ein Gespür für Seitensprünge, sie würde Nele Nienhuys riechen. Und dann das ganze Theater! Er hatte die Überschrift eines Artikels in einer der großen Tageszeitung vor Augen: *Eifersucht – weltweit Mordmotiv Nummer eins*. Gleichzeitig hatte er die Worte seines Turnlehrers im Ohr, als er zu ängstlich gewesen war, die Stangen nach ganz oben zu klettern, obwohl er die Kraft und Geschicklichkeit dazu gehabt hätte: »Du solltest Hasenfuß und nicht Hasenfier heißen!« Wie auch immer, er musste Ann-Kathrin anrufen und ihr mit einer glaubhaften Notlüge kommen. So fuhr er tatsächlich zum Hauptbahnhof Hannover, wartete aber, bis sein Zug gerade abgefahren war. Dann erst rief er Ann-Kathrin an.

»Du, ich stehe hier auf dem Bahnsteig in Hannover, habe aber meinen Zug nach Berlin nicht mehr geschafft.« Dabei atmete er so schwer, als sei er gerade schnell gerannt. »Ich sehe nur noch die roten Schlusslichter.«

»Rote Schlusslichter, das ist ein Pleonasmus, Schlusslichter sind immer rot. Aber das nur nebenbei. Nimm den nächsten Zug.«

»Ja schön, wo denkst du hin!? Der fährt hier um 23.44 ab und man braucht – mit einmal Umsteigen – fast neun Stunden nach Berlin. Nee du, da suche ich mir lieber hier am Bahnhof ein Hotel, nutze morgen den Tag, um hier im Zoo wegen des Baus eines Fledermaus-Bunkers zu verhandeln, und komme dann morgen Abend um dieselbe Zeit nach Berlin.«

»Wie du meinst.«

Es gab noch ein paar Abschiedsfloskeln, dann kappten beide fast gleichzeitig die Verbindung. Ihr zur erzählen, dass er auf Platz 1 der Dreierliste gelandet war, hatte er in der Aufregung glattweg vergessen.

Ann-Kathrin Grapitz hatte Hasenfiers Anruf erreicht, als sie mit ihrer Mutter bei ihrem Onkel Skat gespielt hatten. Beide liebten dieses Kartenspiel, und sie fand es zwar plebejisch, hatte aber mitgemacht, um sich die Gunst beider nicht zu verscherzen. Hanns-Peter finanzierte zu einem nicht geringen Teil ihr Studium. Er kam gerade von der Toilette und hielt ihr einen blauen Taschenkalender hin.

»Du, den hat dein lieber Verlobter bei eurem letzten Besuch hier liegen lassen.«

»Danke sehr. Ich nehm' ihn mit, wir sehen uns ja morgen.«

Sie legte den Taschenkalender neben sich auf den Tisch und war zu neugierig, um in der nächsten Spielpause nicht darin zu blättern. Zuerst war das ziemlich langweilig, dann aber fuhr sie auf, denn was stand da unter dem heutigen Tag: *Hannover 17.00 NN, 20.00 Vortrag*. NN – das hieß sicher nicht, wie an der Uni im Vorlesungsverzeichnis *Nomen nominandum* (noch zu nennender Name), wenn der Dozent noch nicht feststand, sondern konnte nur heißen: Nele Nienhuys. Schön, das hätte sie ja noch hingenommen, aber dass er jetzt noch die Nacht in Hannover blieb, das konnte doch nichts anderes heißen als im Bett von Nele Nienhuys. Sofort flammte die Eifersucht in ihr auf. Und sie war nicht umsonst an der Waffensammlung ihres Onkels vorbeigegangen. Einige der alten Pistolen funktionierten sicher noch, und die Munition für sie ließ sich finden.

»Den Kerl bringe ich um!«

13.

Hagen, das Tor zum Sauerland, hatte so einiges zu bieten, so den Hauptbahnhof, das Landgericht, Theater, Kunstquartier und Freilichtmuseum, vor allem aber die Fernuniversität. Bei der hatte sich Curt Callenberg umgehört, ob sie einen Dozenten für Biologie bräuchten. Seit er mitgekriegt hatte, dass er auf der Dreierliste der FU keine Chancen auf den ersten Platz hatte, war er gezwungen, sich woanders umzusehen. Aber was hatten sie an der Uni gesagt. »Tut uns leid, in Biologie haben wir keine vakanten Stellen.« Nun, er war nicht allein eines neuen Jobs wegen nach Hagen gereist, sondern auch eines Wettkampfes im Modernen Fünfkampf wegen. Hagen war zwar fixiert auf seine Basketballer, aber es gab eine Gruppe, die im Internet auf sich aufmerksam machen wollte und Hagen als Austragungsorts einer nationalen Veranstaltung gewählt hatte.

Beim Reiten, wo es im Stadion auf einem 600 Meter langen Parcours über 15 Hindernisse gegangen war, hatte Callenberg Pech gehabt, denn ihm war ein Pferd zugelost worden, das fast alle Stangen abgeworfen hatte. Auch beim Degenfechten, wo jeder gegen jeden anzutreten hatte, war er fast immer besiegt worden. »Scheiße!« Und beim Geländelauf über 4000 Meter war er einer der Langsamsten gewesen. Ein Fluch schien über ihm zu hängen, und er wusste auch, wem er den zu verdanken hatte, keinem anderen als diesem Arschloch Florian Hasenfier. Nur beim Pistolenschießen landete er ganz weit vorn. Da waren aus einer Entfernung von 25 Metern mit einer Sportpistole vom Kaliber 5,6 genau 20 Schuss auf eine bewegliche Zielscheibe abzugeben, die 1,60 Meter hoch und in zehn Ringe eingeteilt war. Sie erschien immer drei Sekunden lang und war dann vier Sekunden lang unsichtbar.

Trotz seiner Zielgenauigkeit im Schießen landete er mit einer kärglichen Punktezahl weit, weit hinten. Er musste mit der Therapeutin darüber sprechen, wie dieser Fluch verhinderte, dass er irgendwo groß herauskam. *So the winner takes it all / And the loser has to fall.* Was würde Hasenfier noch alles anstellen, ihn tief fallen zu lassen. Der Kerl musste verschwinden!

Callenberg fuhr mit einer Taxe zum Bahnhof. Der ICE von Köln nach Berlin hielt auch in Hagen und fuhr wieder ab um 20.34. Weiter: Hamm 21.11, Bielefeld 21.38. Hannover 22.31, Ankunft Berlin Hbf (tief) 23.05.

Eifersucht … Man brauchte Ann-Kathrin nicht zu erklären, was das war, sie hatte für eine ihrer Zwischenprüfungen auswendig gelernt, was im Bleuler stand: *Eine erotische Form des Verfolgungswahns ist auch der Eifersuchtswahn …* Bei der wahnhaften Eifersucht glaubte man zwanghaft, dass der Sexualpartner einem untreu sei. NN = Nele Nienhuys. Dass sie die beiden in flagranti erwischen konnte, erschien ihr unwahrscheinlich, denn sie trieben es sicherlich in irgendeiner Besenkammer miteinander, aber sie hatte eine große Chance, Florian auf dem Bahnsteig in Hannover beim Abschiedskuss mit Nele zu erwischen. Aber dazu durfte sie nicht schon vorher auf dem Bahnsteig stehen. Der war um halb elf sicher so leer, dass man sie ganz sicher vorher ausgemacht hätte: Nein, sie musste das klüger anstellen und schon im Zug sitzen. Sie sah im Internet nach. Der letzte Halt vor Hannover war Bielefeld, ab 21.38. Von der Zeit her konnte sie es schaffen: Berlin Hbf. ab 18.47, Bielefeld an 21.10. Ihr Zug konnte also eine halbe Stunde Verspätung haben, und sie schaffte es immer noch, den Zug nach Berlin zu erreichen, in den Florian in Hannover zusteigen würde. Du bist ja verrückt! Und wenn Nele gar nicht in Hannover auf dem Bahnhof war, dann konnte sie Florian immer noch sagen, dass die Sehnsucht nach ihm sie dahin gebracht habe, ihm entgegen zu fahren, dann sah das Ganze gar nicht mal so schizophren aus.

Florian allein im Hotel. Das wäre ein schöner Filmtitel gewesen, und das hörte sich nach einer Komödie an. Aber Hasenfier war durchaus nicht zum Lachen zumute, denn er kam sich einsam und verlassen vor. *Florian verloren im Exil* wäre besser. Wie hatte sein Großvater immer gesagt: Gestern noch auf stolzen Rossen, heute durch die Brust geschossen. Nach Hause wagte er sich am Vormittag noch nicht, denn je später er Ann-Kathrin wieder unter die Augen trat, umso besser, aber wie den ganzen langen Tag über in Hannover verbringen und die Zeit totschlagen? Nele würde ganz sicher nicht noch einmal von Jever angereist kommen. Beim Duschen fiel ihm ein weiterer ehemaliger Studienkollege ein: Jonte Broistedt. Der lebte ihn Springe, das war nicht weit weg von Hannover. Als er sich abgetrocknet hatte, suchte er im Internet nach einer Homepage von Broistedt. Er hatte tatsächlich eine: *Bio-Vielfalt in Springe am Deister. Broistedt-Naturkosthandel beliefert Fachgeschäfte, Reformhäuser, Hofläden, Küchenbetriebe der Gemeinschaftsverpflegung und die Gastronomie.* Hasenfier lächelte. Wozu ein Biologie-Studium alles gut sein konnte. Eine Telefonnummer war angegeben, und schon hatte er die Ziffern in sein Handy getippt: 05041 … Jonte Broistedt war selbst am Apparat.

»Mensch, der Flori! Das ist ja ’ne Überraschung.«

»Ja, ich bin gerade in Hannover, habe mich gestern mit Nele getroffen – und da bist du mir natürlich auch gleich eingefallen. Hast du nicht Lust, heute mal nach Hannover zu kommen?«

»Das mache ich sowieso, denn ich habe Karten für 96 gegen den HSV. Ich habe da eine Idee: Komm du mich doch vorher in Springe besuchen, dann fahren wir nachher beide zurück nach Hannover.«

»Okay! Machen wir.«

Hasenfier ließ sich schnell die Adresse geben, dann ging er hinunter ins Hotelrestaurant, um zu frühstücken. Eigentlich wäre es jetzt Zeit gewesen, Ann-Kathrin mit einem fröhlichen »Guten Morgen, mein Schatz!« anzurufen, aber er schaffte es noch nicht, sondern schob es auf. Vor dem Auschecken aber musste es sein, sonst machte es alles noch schlimmer.

»Du, ich fahre jetzt zu Jonte Broistedt nach Springe und setze mich dann um 22.31 Uhr in den ICE nach Berlin.«

»Jonte, also …«

»Ja, der hat da ’ne Firma für Naturkosthandel aufgemacht.«

»Natur ist bestimmt immer was Schönes.«

»Komm doch auch schnell her.«

»Ha, ha!«

Hasenfier war froh, endlich auf den Knopf zum Abbruch des Gesprächs drücken zu können. Er bezahlte seine Rechnung, stellte seinen Koffer im dafür vorgesehenen Raum neben der Rezeption ab, nahm den Beleg dafür in Empfang und machte sich auf den Weg zum Bahnhof. Ein kurzer Gruß zum Ernst-August-Denkmal hinüber, dann war er im ockergelben Bahnhofsgebäude verschwunden. Ein Blick auf den Fahrplan zeigte ihm, dass die nächste S-Bahn nach Springe 9.55 abfuhr und um 10.25 dort ankam. Eine halbe Stunde Fahrzeit, für einen Berliner war das ein Klacks. Er löste am Automaten eine Fahrkarte und fuhr dann auf einer Rolltreppe zum Bahnsteig hoch. Die S5 in Richtung Paderborn kam pünktlich. Hasenfier war etwas verwirrt, denn Paderborn hätte er viel weiter westlich vermutet, aber Mitreisende versicherten ihm, dass er im richtigen Zug saß. Er rief Jonte Broistedt an und teilte ihm seine Ankunftszeit mit, und der Ex-Freund, Ex-Kommilitone oder was auch immer stand schon auf dem Bahnsteig, um ihn nach dem Aussteigen zu umarmen.

»Dass wir uns in diesem Leben noch einmal wiedersehen!«

»Im nächsten wäre noch sensationeller.« Aber auch Hasenfier freute sich, dass ihm jemand half, über seine Anfälle von Schuld und Schwermut hinwegzukommen. Er setzte da voll auf Jonte Broistedt, denn der war immer ein humoriger Typ gewesen.

»Ich hätte eher gedacht, dass du als Fledermaus angeflattert kämst statt mit der S-Bahn.«

Hasenfier sah ihn erstaunt an. »Woher weißt du ?«

»Na, die Nele und ich, wir rufen uns öfter mal an, und da hat sie mir erzählt, dass du in Hannover einen Vortrag über Fledermäuse und Artenschutz halten willst.«

»Das habe ich auch, und es wäre schön gewesen, wenn du da im Hörsaal gesessen hättest.«

»Hätte ich auch, aber meine Frau hatte gestern Geburtstag.«

Hasenfier war erstaunt, denn Jonte Broistedt hatte bei

ihnen immer als schwul gegolten. »Und ich hatte immer gedacht …«

Jonte Broistedt lachte. »Wir beide: nee! Und wie sieht's bei dir aus.«

»Ich bin verlobt, und wenn ich im nächsten Semester mein erstes Professorengehalt bekomme, dann heiraten Ann-Kathrin und ich.« Er war erschrocken über diese Aussage und wechselte schnell das Thema. »Wie bist du denn in Springe gelandet?«

»Ich war doch schon immer ein guter Springer – Hoch-, Weit- und Dreisprung. Im Ernst: Meine Frau kommt hier vom Deister, war Filialleiterin bei Schlecker und hatte nach dessen Pleite die Idee, sich selbstständig zu machen, Bio und so. Da bin ich ihr als Biologe gerade recht gekommen.«

»Geschichten, die das Leben schrieb, ach ja …«

»Und außerdem bin ich süchtiger Fußballer. Ich spiele selbst noch beim FC 73 Springe und fahre zu jedem Heimspiel von 96 nach Hannover. Und jetzt ist nebenan der SC Paderborn auch noch in der Ersten Bundesliga, da ist mein Glück perfekt.« Er blickte auf die Uhr. »Ich würde vorschlagen, wir gehen jetzt ein bisschen spazieren, ich zeige dir dann mein Geschäft, und anschließend speisen wir beim Italiener am Marktplatz, bevor es nach Hannover zum Spiel ins Niedersachsenstadion geht.«

So wurde dann auch verfahren. Hasenfier kam auf andere Gedanken und fand dann auch sogar das Bundesliga-Spiel zwischen Hannover 96 und dem Hamburger SV ganz amüsant.

»Der HSV befindet sich in der Krise«, erklärte ihm Jonte Broistedt. »Obwohl die zwei alte Berliner in ihren Reihen haben: Drobny und Lasogga.«

Hasenfier staunte, wie viele eindeutig nichtdeutsche Spielernamen bei beiden Teams auf der Anzeigetafel erschienen: Sakai, Marcelo, Albomoz, Bittencourt, Kiyotake, Djourou, Behrami und Green. »Wenn das keine Willkommenskultur ist! Die Herren Schulz, Schmiedebach und Diekmeyer müssen sich ja wie Exoten vorkommen.«

Bald lag 96 durch Tore von Andreasen und Sobiech 2:0 in Führung, und die einheimischen Fans konnten ihre Jubelgesänge anstimmen.

Die größte Überraschung für Hasenfier bestand aber nicht darin, dass bis zur 24. Minute schon zwei Tore gefallen waren, sondern darin, dass er in der Pause Marvin Schocksdorf traf.

»Was machen Sie denn als Bremer hier?«

»Ich genieße es jedes Mal, wenn der HSV verliert.«

»Die alte Rivalität zwischen den Hansestädten, verstehe.«

Schocksdorf streckte ihm die Hand entgegen. »Ehe ich's vergesse. Herzlichen Glückwunsch auch noch zum ersten Platz auf der Dreierliste. Es hat sich ja langsam herumgesprochen.«

»Tut mir leid für Sie, und ich drücke Ihnen ganz kräftig die Daumen, dass es bei Ihnen beim nächsten Anlauf klappt.«

»Na, wenn Sie denn in der Berufskommission sitzen, dann habe ich ja Ihre Stimme sicher. Sind sie noch lange in Hannover?«

»Nein, ich fahre noch heute mit dem letzten ICE nach Berlin zurück, 22.31.«

»Dann gute Reise!«

»Ihnen auch alles Gute.«

Nachdem Schocksdorf ihren Blicken entschwunden

war, erklärte Hasenfier Jonte Broistedt, wie und wo er den Bremer kennengelernt hätte.

»Rivalen des Hörsaals also«, spottete Jonte Broistedt. »Bei den *Rivalen der Rennbahn* habe ich jede Folge gesehen. Ich weiß noch, wie es losging: Thomas Fritsch, also der Jockey Christian Adler, stürzt auf mysteriöse Weise vom Pferd und verletzt sich dabei so schwer, dass er seine aktive Karriere beenden muss. Aber du reitest ja nicht ...«

Fast hätte Hasenfier entgegnet, dass es ihm reichen würde, wenn andere auf ihm ritten, Nele zum Beispiel ... Gott, wie sollte er nur jemals wieder loskommen davon!

Die zweite Halbzeit begann, aber die war langweiliger als die erste, und kein weiteres Tor wollte fallen.

Nach Schluss des Spiels fragte Jonte Broistedt Hasenfier, welches wohl die größten Söhne und Töchter Hannovers seien, also hier geborene Größen.

»Hm?« Hasenfier überlegte eine Weile. »Da fallen mir nur Jonte Broistedt und Fritz Haarmann ein.«

»Danke für die Blumen, und welche Ehre, mit Haarmann in einem Atemzuge genannt zu werden.«

Hasenfier fing auch gleich zu singen an. *»Warte, warte nur ein Weilchen, / bald kommt Haarmann auch zu dir, / mit dem kleinen Hackebeilchen / macht er Schabefleisch aus dir. / Aus den Augen macht er Sülze, / aus dem Hintern macht er Speck, / aus den Därmen macht er Würste / und den Rest, den schmeißt er weg.«*

»Haarmann die Nummer Eins«, stöhnte Jonte Broistedt. »Und keiner denkt an August Wilhelm Iffland, August Wilhelm Schlegel, Alfred Hugenberg, Elli Beinhorn und die große Schar von Schauspielern aus der Nachkriegszeit wie Theodor Lingen, Grete Weiser und Dieter Borsche. Ausgerechnet Haarmann, aber da wir schon mal hier sind, kann ich dir ja seine Wirkungsstätten zeigen. Gewohnt hat er in einer Mansarde, Rote Reihe 2 in der Calenberger Altstadt, unserem Rotlichtviertel früher. Da brauchen wir keine Taxe zu nehmen, da können wir zu Fuß hinlaufen, das ist keine halbe Stunde.«

Sie machten sich auf den Weg, und Jonte Broistedt konnte dabei von Haarmann erzählen.

»Geboren worden ist er 1879, und bis zu seiner Festnahme 1924 hat er 24 Jungen und junge Männer umgebracht. In seiner Jugend hat man ihm unheilbaren Schwachsinn unterstellt und ihn in eine Heilanstalt gesteckt. Beim Militär, wo er immer wieder Ohnmachtsanfälle erlitt, diagnostizierte man dann eine Schizophrenie. Das war in Colmar. Zurück in Hannover, hat er dann homosexuelle Kontakte unterhalten und ist geschlechtskrank geworden. Danach begann seine Karriere als Kleinkrimineller, und Polizeispitzel war er auch. So weit, so gut, dann aber fanden Kinder im Jahre 1924 fünf menschliche Schädel in der Leine. Nach Meinung der Gerichtsmedizin stammten sie von jungen Männern, denen der Kopf vermutlich mit einem Messer vom Körper abgetrennt worden war. Bei der Mordkommission schloss man Raubmorde aus und tippte schnell auf einen homosexuellen Täter. Man sah die Akten durch, und da kamen rund 30 Männer infrage, darunter Haarmann. Man observierte ihn und durchsuchte schließlich seine Wohnung. Da fand man dann Blutspuren und etliche teilweise blutbefleckte Kleidungsstücke junger Männer. Man senkte sogar den Wasserstand der Leine ab, um weitere Skelettteile zu finden – und hat sie auch gefunden. Kurz und gut: Es kam zum Prozess, Haarmann wurde zum Tode verurteilt und kam unters Fallbeil.«

Hasenfier staunte. »Durch was man alles unsterblich werden kann.«

»Und du müsstest dazu erst sprechende Fledermäuse in Berliner Bunkern entdecken«, lästerte Jonte Broistedt.

Sie gingen noch etwas essen, wobei Hasenfier das Gefühl hatte, die ganze Zeit über von einer komischen Type beobachtet zu werden, einem Rucksacktouristen, der Englisch mit den Leuten sprach. Der Mann kam ihm bekannt vor, obwohl er sich sicher sein konnte, ihn noch nie gesehen zu haben. Er sprach mit Jonte Broistedt darüber.

»Du, ich habe das Gefühl, dass mir Ann-Kathrin einen Privatdetektiv hinterher schickt.«

Jonte Broistedt lachte. »Quatsch! Der muss doch gleich gemerkt haben, dass ich nicht Nele bin.«

Der Rucksackmann war auch schon wieder verschwunden, und sie redeten noch über so manche Episode aus ihrer gemeinsamen Studienzeit, dann machte sich Jonte Broistedt auf den Heimweg nach Springe, weil seine Frau langsam böse wurde. Es gab ein Abschiednehmen, das filmreif war und bei vielen Kinobesuchern Tränenströme ausgelöst hätte, dann setzte sich der Freund in die S5, und Hasenfier hätte nun schon drei Züge früher nehmen können, wollte aber das Wiedersehen mit Ann-Kathrin mit all den zu erwartenden unschönen Szenen noch so lange wie möglich hinausschieben und setzte sich lieber in eines der Kinos in Bahnhofsnähe, um sich *Monsieur Claude und seine Töchter* anzusehen.

Aber tapfer stand er dann Viertel nach zehn, wie die Hannoveraner sagten, auf dem Bahnsteig und wartete auf den ICE nach Berlin.

14.

Mirko Kroppach wohnte in der Dorotheastraße unweit der Treskowallee und des S-Bahnhofs Karlshorst. An sich hätte er sich als ›Reinigungskraft Züge‹ bei der DB eine Wohnung in dieser Gegend nicht leisten können, aber seine Frau verdiente als Verwaltungsfachangestellte in der Entgeltgruppe 7 nicht schlecht. Er litt unter dem schlechten Ansehen seines Jobs nicht sonderlich, da er dabei war, im Fernstudium sein Abitur zu machen und dann an der TU Berlin Verkehrstechnik zu studieren. Dass ihn Isabella geheiratet hatte, lag auch daran, dass er ein ungemein hübscher Mann war und Roy Peter Link, dem Arzt aus der Serie *In aller Freundschaft*, ein wenig ähnlich sah.

Seine Frau schlief noch, als er sich nach einem kleinen Frühstück auf den Weg zur Arbeit machte. Bis zur ICE-Wartung auf dem Betriebsbahnhof Rummelsburg hatte er etwa 30 Minuten zu laufen. Dabei war am Ende der Dorotheastraße nach links in die Sangeallee abzubiegen, um dann über die Wallensteinstraße und den Hönower Weg den Betriebsbahnhof Rummelsburg zu erreichen, wo ein langer Steg vom S-Bahnhof zu den Hallen der ICE-Wartung führte.

Verschlafen legte er die ersten Meter seines Weges zurück und achtete nur darauf, nicht in Hundekacke zu treten oder mit dem Fuß in ein Loch zu geraten, das im letzten Winter auf dem Gehsteig entstanden war, weil die Fahrzeuge der Schneeräumung den Sand zwischen den einzelnen Steinen des Kleinpflasters herausgeschleudert hatten. Und natürlich hatte der Bezirk kein Geld, die Schäden zu beseitigen. Die Milliarden für den Großflughafen BER fehlten überall. Mirko Kroppach schimpfte leise vor sich hin. Als er am Hause Dorotheastraße 24 vorbeikam, blickte er zu den oberen Stockwerken hinauf. Hier hatte ein berühmter Kollege von ihm gewohnt, der sogenannte Berliner S-Bahn-Mörder Paul Ogorzow. Man erzählte sich von ihm, dass er auf dem Rasen vor dem Hauseingang gestanden hatte, seinen Sohn zärtlich in den Armen wiegend, die Füße auf dem Rasenstück, unter dem er sein Tatwerkzeug, ein Bleikabel, vergraben hatte.

Auf halbem Weg traf Mirko Kroppach einen Arbeitskameraden, und sie hatten sich viel zu erzählen, denn beide waren Fußballverrückte.

»Ick war jestan bei Union, man war da watt los!«, schwärmte Dennis ihm etwas vor. »Jejen RB Leipzig. Rasenballsport, haha! Natürlich hat keena von uns Red Bull jetrunken, und anfangs ham wa uns alle schwarze Müllsäcke üban Kopp jestülpt – aus Traua, det die jute alte Fußballtradition so vor die Hunde jeht. Aba dann jroßer Jubel, weil Union 2:1 jewonn'n hat.«

»Und Hertha ist immer noch ohne Sieg«, klagte Mirko Kroppach. »Eine Schande für ganz Berlin.«

»Ja, man müsste det so machen wie früha inna DDR: Da ist der Meista imma aus Berlin jekomm'n: Dynamo.«

Mirko Kroppach lachte. »Und in der Bundesrepublik kommt er immer aus München.«

»Ja, weil der Seehofa sonst seine Separatisten losschickt, und dann jeht et bei uns so zu wie inna Ukraine.«

Links vor sich sahen sie den Komplex des Betriebsbahnhofs auftauchen. Das Gelände hatte erhebliche Ausmaße, knapp zwei Kilometer in der Länge und rund 400 Meter in der Breite. 1867 war hier eine Viehstation eröffnet worden, dann hatte man daraus einen Rangier-, Güter- und Abstellbahnhof gemacht, ehe an dieser Stelle 1983 eine Abstell- und Behandlungsanlage für die Transitzüge zwischen West-Berlin und der Bundesrepublik eingeweiht worden war. Nach der Wende schließlich war 1998 das ICE-Werk zur Wartung der in Berlin abgehenden und endenden ICE-Züge eröffnet worden. Mirko Kroppach hatte mit dem zu tun, was bei ihnen die ›1. Schnelle Inspektion‹ genannt wurde, das heißt, alle 4000 Kilometer hatte ein ICE eine Inspektion von anderthalb Stunde zu durchlaufen, in der akute Mängel zu beseitigen waren. Ihm fiel dabei die Aufgabe zu, Frischwasser nachzufüllen, die Sammelbehälter der Toiletten zu entleeren und ihre Grundreinigung vorzunehmen.

Als sie den Bahnhof erreichten, staunten sie wie immer über den sogenannten Schmid-Peoplemover, eine Anlage, die vier bis acht Personen sowie Rollstühle und Kinderwagen innerhalb von 30 Sekunden in einer Kabine quer über das nördliche Streckengleis der S-Bahn auf den Bahnsteig brachte. Es war immer ein komisches Gefühl, in dieser Mischung aus Fahrstuhl und Seilbahn transportiert zu werden. Über einen alten verrosteten Steg, über den schon Ogorzow gegangen war, erreichten sie die ICE-Wartung.

Mirko Kroppach bekam seinen Zug zugewiesen und machte sich daran, eine Toilette nach der anderen aufzusuchen und das zu tun, was ihm aufgetragen worden war. Alles verlief nach Plan, bis er an eine Toilette kam, die noch besetzt war, wie ihm das Rot an der Klinke verriet. Er staunte. Wahrscheinlich ein Kollege, der dringend gemusst hatte. Vielleicht auch eine Kollegin. Er wollte nicht unhöflich sein und ging erst einmal weiter. Als er nach zehn

Minuten zurückkam, war die Toilette immer noch besetzt. Sein Vater erinnerte sich in solchen Fällen immer an den Film *Der Hauptmann von Köpenick*, da hatte man gerufen: »Wer scheißt denn hier solange?«, aber das war nicht sein Niveau und so fragte er ganz freundlich: »Kollege, bist du fertig?« Als Antwort erwartete er das, was sie als Kinder immer gerufen hatten: »Ja, nur noch abwischen!« Aber in diesem Fall kam keine Antwort. Er schlug mit der Faust gegen die Tür. »Hallo, ist dir nicht gut, brauchst du Hilfe?« Ein Herzinfarkt bei einem Kollegen war immer möglich.

Noch immer keine Antwort.

Mirko Kroppach war mit seiner Geduld am Ende und zog einen Dreikantschlüssel aus der Tasche, mit dem sich die Tür trotz der Verriegelung von außen öffnen ließ. Die Tür ließ sich nur schwer nach innen aufdrücken.

Kein Wunder, in der Toilette lag ein Toter inmitten einer riesigen Blutlache.

Gunnar Schneeganß hatte sich den Vormittag freigenommen, um endlich mit dem Bau seines Carports voranzukommen.

»Das Ding soll stehen, ehe es Winter wird«, verkündete er am Frühstückstisch.

»Dann wirf eine Packung Viagra auf die angelieferten Bretter«, riet ihm Silke. Sie war Physiotherapeutin, hatte eine Weile die Fußballer eines Vereins der Zweiten Liga betreut und war nicht auf den Mund gefallen.

Schneeganß lachte. »Na wenigstens ist alles schon angeliefert.« Er hatte den Carport per Internet in Ihlow bestellt, weil er geglaubt hatte, das sei nahebei im Landkreis Märkisch Oderland (MOL) gelegen, der Lieferant hatte aber in einem anderen Ihlow gesessen, dem im Landkreis Aurich.

Nun lag aber alles hinterm Gartentor. Die Steine waren mit Hilfe von Freunden und Nachbarn schon verlegt, und auch die Anker für die H-Pfosten hatte man einbetoniert.

»Was nun?«, fragte Schneeganß.

Seine Frau beugte sich über die Bauanleitung. »Nun musst du die Pfetten an die Pfosten schrauben.«

»Meinst du, unsere Nachbarn lassen das mit sich machen?«

»Pfetten mit Pf!«

»Und dann?«

»Dann werden Kopfbänder auf der Innenseite an der Pfette und am Pfosten verschraubt – steht jedenfalls hier. Schließlich sind die Pfostenreihen aufzurichten und sofort gegen das Umstürzen zu sichern.«

»Dazu bist du unentbehrlich.«

»Ich kann aber nicht, ich muss mich mit meiner Anwältin treffen, denn Christoph will, dass ich nun Miete zahle, obwohl ich immer davon ausgegangen bin, dass er mir alles geschenkt hat, bevor er nach Australien gegangen ist.« Christoph war ihr Ex.

Schneeganß stöhnte laut und vernehmlich. »Wenn du ihn umbringen willst, dann bitte mit einem perfekt verdeckten Mord.«

»Keine Angst, ich weiß, was ein Dunkelfeld ist.«

In diesem Augenblick klingelte das Festnetztelefon.

»Das wird er sein«, sagte Schneeganß. »Er hat einen Räumungsbefehl gegen uns erwirkt.«

Er ging und nahm das Gerät von der Aufladestation. Es war aber nicht der Ex seiner Frau, sondern der Koordinator aller Berliner Mordkommissionen.

»Gunnar, ich weiß, du hast Hunderte von Überstunden und heute deinen freien Vormittag, aber hier ist Not am Manne, und wir haben einen Toten im ICE-Werk in Rummelsburg, also in einem ICE aus Köln, der gestern kurz nach 23 Uhr hier in Berlin angelandet ist. Jessica sage ich Bescheid, die Spurensicherung, ein Staatsanwalt und Dr. Viellechner sind auch schon auf dem Weg. Der Mann liegt in einer Toilette …« Man nannte Schneeganß noch die Nummer vom ICE und Waggon.

»Gut, dann will ich mich alsbald zu unserem Trupp gesellen.« Schneeganß hatte das Blatt seines Abreißkalenders vor sich liegen. »Weißt du eigentlich, dass es auch im *Wilhelm Tell* einen Toten in der Bahn gibt?«

»Nein … wie?«

»Na steht doch da: *Rasch tritt der Tod den Menschen an, / Es ist ihm keine Frist gegeben; / Es stürzt ihn mitten in der Bahn, / Es reißt ihn fort vom vollen Leben.*«

»Los, ab!«

Schneeganß sagte seiner Frau schnell Bescheid, dann machte er sich auf nach Rummelsburg, das zum Glück relativ nahe an Rudow gelegen war. Laut Navy waren es auf der schnellsten Route nur 9,7 km gleich 23 Minuten – Stubenrauchstraße, Sterndamm, Südostallee, Rixdorfer Straße, über die Spree hinweg und schließlich die ewig lange Rummelsburger Landstraße hinauf. Manchmal wünschte er sich, in Paderborn zu leben. Da hätte er stets kürzere Wege gehabt und einen Fußballverein, der siegte und nicht – wie Hertha – zu den *Losern* zählte.

Auf dem riesigen Bahngelände musste er sich nicht erst mühsam zum Fundort der Leiche durchfragen, denn alle hatten schon vom Highlight des Tages gehört und konnten ihm den Weg zum richtigen ICE-Waggon weisen. Er war der letzte Profi, der sich einfand. Jessica Schamp, ein Staatsanwalt, die Kollegen der Spurensicherung und Dr.

Viellechner von der Gerichtsmedizin diskutierten schon miteinander.

»Hallo, alle miteinander!«, rief Schneeganß. »Ich sei, gewährt mir die Bitte, in eurem Kreise der Dritte, nee, der Zehnte.«

»Du bist immer die Nummer Eins!«, suchte ihn Jessica Schamp in die richtige Laune zu versetzen.

»Danke, danke.« Schneeganß sah in die Toilette hinein, um sich einen ersten Überblick zu verschaffen. Der Tote hatte eine gewisse Ähnlichkeit mit Eckart von Hirschhausen, aber nein, der konnte es nicht sein, der hätte eine rote Clownsnase auf der Nase gehabt. Der Mann hier hatte aber ein Loch in der rechten Schläfe. Klassischer Kopfschuss also. Er mochte um die 30 sein, machte den Eindruck eines Intellektuellen, der auf einer Dienstreise gewesen war, vielleicht eines Journalisten, der irgendwen irgendwo zwischen Köln und Berlin interviewt hatte. Vom Fernsehen konnte er nicht sein, jedenfalls hatte Schneeganß ihn noch nie auf dem Bildschirm gesehen. In der Nähe der Kloschüssel lag eine Pistole.

»Sieht ganz nach Selbstmord aus«, sagte Schneeganß und sah Jessica Schamp und Dr. Viellechner an. »Habt ihr schon einen Abschiedsbrief gefunden?«

»Nein, weder bei ihm hier in der Toilette noch in den angrenzenden Waggons«, lautete die Antwort seiner Assistentin.

»Und in seinem Jackett?«

»Da stecken weder Ausweis noch EC-Karte noch Portemonnaie drin und auch kein Abschiedsbrief.«

»Ein Raubmord scheint also auch nicht ausgeschlossen«, befand Schneeganß. Er wandte sich an einen Bundesbahner, der im Hintergrund stand. »Haben Sie ein

Gepäckstück gefunden, das ihm zugeordnet werden könnte?«

»Mir ist nichts bekannt. Unser zentrales Fundbüro befindet sich in Wuppertal. Wer auf der Reise etwas verloren oder gefunden hat, benötigt einen Nachforschungsantrag. Diesen bekommt man an den Service Points an den Bahnhöfen oder auf der Internetseite der Bahn. Den ausgefüllten Nachforschungsantrag schickt man dann an das zentrale Fundbüro, DB Station&Service.«

Schneeganß lächelte. »Danke, das ist sehr hilfreich, besonders für einen Toten.«

Dr. Viellechner hatte das Beamtenhafte des DB-Bediensteten besonders genervt, und er fragte, was er wohl machen sollte, wenn er sich einmal selbst vergessen hätte.

Der Staatsanwalt sah ihn tadelnd an. »Doktor, das hilft uns jetzt doch auch nicht weiter.«

»Was hilft uns denn weiter?«, fragte Schneeganß, um sich gleich selbst die Antworten zu geben. »Abwarten, was die Spurensicherung und die Obduktion ergeben. Hat der Mann sich selbst in den Kopf geschossen, Einschusswinkel, Schmauchspuren, Fingerabdrücke und so weiter. Dann müssen wir über die Platzreservierung und Internetbuchungen herausbekommen, wer alles im Zug gesessen hat, und die Leute nach zweckdienlichen Beobachtungen befragen, allen voran das Personal, das im fraglichen ICE gewesen ist. Vor allem aber müssen wir herausfinden, wer der Mann überhaupt ist. Sein Portrait in die Zeitung, Text: ›Wer hat in der Zeit von bis im ICE von nach usw.?‹, die Vermisstenanzeigen durchgehen.« Er sah zu Jessica Schamp hinüber. »Habe ich noch etwas vergessen?«

»Dass wir vielleicht über sein Gepäck vorankommen …«

»Und wenn es der Täter mitgenommen hat? Ich an seiner Stelle hätte es jedenfalls.« Es war immer gut, sich in den Täter hineinzuversetzen. »Ist das hier die 1. oder die 2. Klasse?«

»Die 2.«

»Ein Raubmord in der 2. Klasse, da suchte ich mir doch mein Opfer in der 1. Klasse aus, und wie ein Millionär sieht der Mann hier nun wirklich nicht aus. Also spricht nicht viel für einen Raubmord. Und ein Selbstmord auf einer Toilette im ICE – ich weiß nicht …«

Jessica Schamp kam mit einem gewichtigen Gegenargument. »Aber warum sollte jemand diesen Nobody von Mann hier erschießen?«

Schneeganß schüttelte den Kopf. »Nach deinen Worten dürften ja nur Prominente umgebracht werden und nie ein Hausmeister oder Taxifahrer.«

»Stimmt auch wieder, und das hier weist eher auf eine Beziehungstat hin.«

»Ja«, wandte Dr. Viellechner ein. »Aber vielleicht war er ja doch ein Journalist, der an einem zweiten Watergate dran war.«

»Und die IS-Terroristen nicht zu vergessen«, höhnte der Staatsanwalt.

»In welcher Talkshow sind wir hier?«, fragte Schneeganß. »Jetzt gibt es doch nur eins: abwarten und Tee trinken.«

»Wir haben hier ein vorzügliche Kantine«, sagte der Bahnbeamte.

Da setzte Dr. Viellechner an: »Wer in einem ICE etwas essen oder trinken möchte, benötigt einen Verpflegungsantrag. Diesen bekommt man an den Service Points der Bahnhöfe oder auf der Internetseite der Bahn. Den ausgefüllten Verpflegungsantrag schickt man dann an die DB – Station&Service.«

»Der Ermordete würde gern mitlachen«, sagte Jessica Schamp. »Geht's auch ein bisschen ernster?«

»Man merkt doch, dass du aus der DDR kommst«, brummte Schneeganß, »und wir uns hier auf dem Gebiet der Hauptstadt dieser DDR befinden.«

»Das war ja nun voll daneben«, fand der Staatsanwalt.

15.

Karlheinz Evers versuchte wieder einmal, die Gebrauchsanleitung seines elektrischen Rollstuhls zu lesen, wobei er wegen seines Grauen Stars und einer nicht mehr optimalen Brille große Schwierigkeiten hatte.

Je größer die körperliche Einschränkung ist, desto wichtiger sind selbst kleinste Schritte, die Mobilität bedeuten. Unsere Elektro-Rollstühle haben in den vergangenen Jahren vielen Menschen geholfen, eigenständig mobil zu bleiben. Mit unseren Produkten haben wir den Vorteil, individuell auf die unterschiedlichsten Anforderungen von behinderten und älteren Menschen einzugehen.

Hm … Sehr schön, aber das half ihm auch nicht sonderlich weiter.

Der Elektromotor, der die großen Räder direkt antreibt, bezieht seine Energie aus einem Akkumulator … Ach nee, und er hatte immer gedacht, das ginge wie beim O-Bus mit einer Oberleitung.

… die Steuerung der Richtung und der Geschwindigkeit erfolgt meist mit einer Joystick – Steuerung.

Dieser verdammte Joystick, der war es doch, der ihm immer wieder Schwierigkeiten bereitete. Schön, er hatte bei der AOK sozusagen eine Führerscheinprüfung ablegen müssen, aber da hatte er einen seiner seltenen guten Tage gehabt. Immerhin hatten sie ihm gestattet, 6 km/h schnell sein zu dürfen. Das hatte er früher spielend zu Fuß geschafft.

Es war schönes Wetter, und er wäre gern eine Stunde im Freien gewesen. Aber seine Frau hatte sich an einem Roman von Rosamunde Pilcher festgelesen und keine Lust, ihn zu begleiten.

»Schade«, brummte er. Zu gern hatte er es, wenn sie seinem Rollstuhl hinterher hechelte. »Nun gut, kann ich wenigstens ungestört mit Frau Kunert flirten.« Indem er sie eifersüchtig machte, hoffte er, seine Frau doch noch zum Mitkommen zu bewegen.

Sie lachte nur und wurde auch ein wenig gemein. »Wenn's ein Junge wird, dann nennt ihn Waldemar, weil es im Wald geschah.«

»Und bei einer Tochter?«

»Keine Ahnung. Jedenfalls viel Spaß mit deinem Joystick.« Ihr Enkel hatte ihr erzählt, wie das wörtlich zu übersetzen war, mit ›Stab oder Stecken der Freude‹ nämlich. »Gut, dass ich dir deinen Joystick vorhin so schön gewaschen habe.«

»Danke, danke, zu gütig und so selbstlos.« Er ließ sich die Wohnungstür öffnen und rollte zum Fahrstuhl. Es klappte alles bestens. Fröhlich kam er unten an und fuhr durch den Grüngürtel, der sich von der Wutzkyallee bis zum Schloss Britz über mehrere Kilometer durch das südliche Neukölln zog.

Und wen traf er am Wildmeisterdamm: Ute Kunert, die wieder einmal mit ihrem Rollator unterwegs war.

»Na so ein Zufall!«, rief er.

»Wieso Zufall?«, fragte sie. »Wir treffen uns doch jeden Tag. Wo steckt denn Ihre Frau?«

»In Cornwall«, lachte er, wobei er das, weil er in der Schule nie Englisch gehabt hatte, nicht kɔːnwɔːl aussprach, sondern so, als handle es sich um eine mit Korn bewachsene Wallanlage irgendwo in Deutschland.

»Kornwall, wo liejten ditte?«, fragte Ute Kunert, während sie sich auf die Bank setzte, neben die Karlheinz Evers gerollt war.

»Na in England. Aber sie ist nicht richtig da, sondern liest nur einen Roman, der da spielt.«

»Ach so. Und ick hatta ma schon jefreut, det Sie nu 'ne sturmfreie Bude ham«, scherzte sie.

»Wie geht es Ihnen denn so, Frau Kunert?« Karlheinz Evers war an sich ein ernsthafter Mensch.

»Nächste Woche, da jeht et in't Krankenhaus, da krieje ick 'n neuet Hüftjelenk. Und anschließend kann ick wieda durch die Jejend pesen und überhole Ihnen spielend.«

»Na dann alles Gute für die Operation. Kommt denn Ihre Tochter aus München, um Ihnen beizustehen?«

»Nee, is ja noch keene Beerdigung. Wenn man sich uff seine Kinda valässt, is man valassen jenuch, oda?«

Karlheinz Evers ging darauf nicht ein, sondern winkte zum Wildmeisterdamm hinüber. »Da geht doch unser Nachbar, der Florian Hasenfier.«

»Ah ja, ick weeß: der mit die Fledamäuse.«

»Genau.«

»Eene solla ja bei sich in't Badezimma ham. Und et is 'n feina Kerl, sowat möchte man zum Sohn oda zum Schwiegersohn haben. So hilfsbereit und jebildet, wie der is. Na, wenna mal Professor is, wern seine Studenten imma rufen: Hasenfier, wir lieben dir!«

Im Hauptgebäude des Instituts für Biologie in der Invalidenstraße warteten etwa 30 Studierende mit Ziel Biologie-Lehramt auf ihren Dozenten. Klar, das akademische

Viertel war eine heilige Kuh, aber um 10.20 Uhr hätte Dr. Callenberg schon an Ort und Stelle sein dürfen. Ausfallende Stunden waren bei dem vollgepackten Lehrplan à la Bologna immer ein Ärgernis, allerdings hatte man vorher in der Schule immer gejubelt, wenn etwas ausgefallen war und man hatte nach Hause gehen können oder sich bei der Vertretung absolut stressfrei einen Film ansehen dürfen. Man begann zu spekulieren und zu lästern.

»Vielleicht hat er geglaubt, am Müggelsee eine neue zu uns eingewanderte Art zu entdecken und sich auf sie gestürzt – bis er gemerkt hat, dass es eine Frau aus Ghana war.«

»Einige erzählen ja, dass er mal in der Psychiatrie gewesen ist.«

»Freitag hat er erzählt, dass er zum Modernen Fünfkampf nach Hagen fährt.«

»Gibt es auch einen Unmodernen Fünfkampf?«

»Ja, den Pentathlon bei den alten Griechen: Speer, Diskus, Sprung, Lauf und Ringen.«

»Mann, du bist wirklich der geborene Lehrer.«

»Na hoffentlich kommt der Callenberg heute noch und leert sich hier aus.«

Es wurde 10.45 Uhr, und ihr Dozent war immer noch nicht eingetroffen. Sie schickten ihren geborenen *leader* ins Sekretariat, um Erkundigungen einzuziehen. Dort versuchte man, Callenberg telefonisch zu erreichen, doch man bekam nur die Ansagen auf seinem AB und seiner Mailbox zu hören.

Für Christian Wurchow und Anna Thaler war es ein schwarzer Montag. Sie standen gegenüber vom Reifenwerk am Adlergestell und mussten mit ansehen, wie die Bauarbeiten an der Wohnanlage ›Seeglück‹ begannen. Die Baustelle wurde mit transportablen Zäunen, Toilettenhäuschen und Containern für Arbeiter und Architekten eingerichtet. Bagger und Abrissbirnen wurden auf Tiefladern herangefahren. Zugleich war man dabei, eine breite Zugangsstraße mit einer Asphaltdecke und zwei Bürgersteigen vom Adlergestell zum Ufer des Langen Sees zu bauen.

»Es ist alles so unaufhaltsam, wie es schon bei Nietzsche steht«, sagte Wurchow.

Anna Thaler blickte in Richtung der Bauarbeiter und wütete mit Matthäus 23, 33: »*Ihr Schlangen, ihr Otterngezüchte! Wie wollt ihr der höllischen Verdammnis entrinnen?*«

Martin Nehmer hatte wieder einmal in der großen Lostrommel des Lebens keine Niete gezogen, sondern eine Lesung in einer kleinen Buchhandlung in Wilmersdorf. Mit einem Hauptgewinn wie im Lotto hatte er nicht gerechnet, aber wenigstens mit einem kleinen Honorar zwischen 50 und 200 €, doch man hatte ihm gesagt, dass die Lesung im Rahmen eines sozialen Projekts stattfinden würde, um auch älteren Menschen mit geringem Einkommen einmal einen literarischen Genuss zu bieten, sodass sich auch das Erheben eines Eintrittsgeldes verbieten würde. Sein Name erschiene ja auf Flyern und Plakaten und in der ›Berliner Woche‹, und dieses hohe Maß an kostenloser Werbung sei für ihn schließlich Gold wert.

»Arschlöcher!«, hatte Martin Nehmer gerufen. »*Ihr* arbeitet ja auch nicht umsonst.« Aber abgesagt hatte er die Lesung auch nicht, um nicht als abgehobener Intellektueller ohne Herz für die Bedürftigen dazustehen. Außerdem, was wusste er denn schon, was der Herr – oder das

Schicksal – mit ihm vorhatte. Vielleicht saß seine große Liebe von Morgen in der ersten Reihe und himmelte ihn an, vielleicht kam ein Filmproduzent, der Gefallen an der ICE-Geschichte zeigte und sie ins Kino brachte. Er kam sich vor wie bei einem Besinnungsaufsatz auf dem Gymnasium: *Vergleichen Sie die Spruchweisheiten ›Die Hoffnung stirbt zuletzt‹ und ›Hoffen und Harren macht manchen zum Narren‹ miteinander*. Aber einmal ganz pragmatisch: Immerhin war es weniger deprimierend, den Abend vorlesend in einer kleinen Buchhandlung zu verbringen, als vor dem Fernseher zu sitzen und sich über irgendeinen Schwachsinn zu ärgern.

Von der Spandauer Zitadelle her war er ein wenig verwöhnt, was die Anzahl seiner Zuhörerinnen und Zuhörer betraf, denn hier in der Nähe des Heidelberger Platzes schien es, als er an der Veranstaltungsstätte angekommen war und durch die Glastür in das Innere des kleinen Saales sehen konnte, eher eine Nullnummer zu werden. Kein Geld, und niemand da. Er hatte Mühe, nicht wehleidig zu werden. Doch einer seiner Zuhörer kam gerade von der Toilette und ging den Flur entlang. Es war sein alter Schmöckwitzer Bekannter Christian Wurchow. Man hatte sich oft bei Segelregatten heftige Kämpfe geliefert.

»Keine Chance, noch einen Platz zu kriegen!«, rief Martin Nehmer ihm zu. »Wegen Überfüllung geschlossen.«

Das hörte die Buchhändlerin, die gerade aus der Tür ihres Büros getreten war. »Es werden schon noch welche kommen. Aber wenn die Lesung umsonst ist, was soll die schon wert sein?«

»Schön, dass Sie gekommen sind«, sagte Martin Nehmer zu Wurchow. Obwohl sie sich schon seit Ewigkeiten kannten, duzten sie sich nicht.

»Ich muss mich doch wegen des Ärgers bei uns in Schmöckwitz ein wenig ablenken.«

Martin Nehmer wurde neugierig. »Was ist denn passiert?«

»Unsere Proteste waren umsonst, sie fangen an zu bauen.«

Die Buchhändlerin verstand das ganze Ballyhoo um das Schmöckwitzer Projekt nicht. Sie wohnte in einem Neubaublock am Rummelsburger See und fühlte sich keineswegs so, als wäre sie an der Abholzung des brasilianischen Regenwaldes beteiligt gewesen. Berlin hatte ringsum so viel Mark Brandenburg, wo alles ebenso naturbelassen wie menschenleer war, dass man sich an Tausenden von unbebauten Seen erholen konnte. Natürlich sagte sie das nicht so offen, aber ein bisschen Spott konnte sie sich nicht ganz verkneifen.

»Ist denn auch ein ICE-Bahnhof vorgesehen?«

»Das fehlte uns noch!«, rief Wurchow, der mit Schrecken daran dachte, dass man im vorigen Jahrhundert einmal an die Verlängerung der S-Bahn nach Schmöckwitz gedacht hatte. Vom Gleis zwischen Grünau und Eichwalde hatte es einen Abzweig geben sollen, doch dann hatte man lieber die Uferbahn gebaut.

Länger konnten sie aber nicht darüber diskutieren, ob ein S-Bahnhof Schmöckwitz sinnvoll war oder nicht, denn in diesem Augenblick traf Orlando mit seiner Freundin Enola ein. Man begrüßte sich mit Umarmung und angedeutetem Küsschen auf die Wange.

»Was gibt's denn Neues aus der Hirnforschung«?, fragte Martin Nehmer die Neurobiologin.

»Ich war letzte Woche auf einer *stroke unit* in der Charité, und da hatten die einen Mann mit seltsamen Phänomenen nach einem Schlaganfall: Für den schmeckten Himbeeren auf einmal blau, und Schriftzüge haben Ekel bei ihm ausgelöst.«

Martin Nehmer lachte. »Hoffentlich hat er nicht etwas von mir gelesen! Und Orlando, was machst du so?«

»Ich kämpfe weiterhin mit der Ersatzvornahme: Die voraussichtlichen Kosten der Ersatzvornahme können auch vor Durchführung der Maßnahme im Wege der Vorschussklage gegenüber dem Auftragnehmer geltend gemacht werden.«

»Da sollte dich Enola bald mal zur MRT-Untersuchung mit dem Kopf in die Röhre schieben, damit ihr seht, ob dein Gehirn noch genügend Speicherplatz hat.«

»Wir sprechen da von der Langzeitpotenzierung«, erklärte ihm Enola. »Zahllose Nervenzellen verbinden sich beim Lernen zu komplexen Netzen. Und jedes Netzmuster entspricht vermutlich einem Gedächtnisinhalt.«

Martin Nehmer lachte. »Ich brauche heute mein Gedächtnis nicht, ich kann ablesen, erst eine Kurzgeschichte, in der ein ICE nur indirekt eine Rolle spielt, dann den Romananfang mit der ICEskalation.«

Orlando flüsterte Enola ins Ohr, dass in einen ICE ein paar mehr Leute reingingen, als heute zu Nehmers Lesung erschienen waren. Immerhin waren inzwischen an die 20 Leute eingetrudelt, sodass die kleine Buchhandlung gut gefüllt aussah. Man konnte loslegen. Die Buchhändlerin stellte Martin Nehmer lang und breit vor, was den ein wenig beleidigt sein ließ, weil er zwar lange nicht so prominent war wie der letzte nervtötende Wichtigtuer aus der Serie *Promidinner*, aber immerhin auch nicht mehr als No-Name-Autor gelten konnte. Endlich durfte er beginnen. Er bedankte sich bei der Buchhändlerin für die Einladung und bei seinen Gästen für ihr Kommen. Dann nahm er einen Schluck Selterswasser.

»Das muss man seit Loriots *Papa ante portas* tun, um als Dichter zu gelten, siehe Lothar Frohwein. Aber nun zu meinen eigenen Texten. Zuerst eine kleine Kurzgeschichte, dann etwas aus meinem noch unveröffentlichten Roman ICEskalation, von dem es aber auch schon einiges an Vorabdrucken gegeben hat ... Also: *Der Lüttjepütt.*«

Nadja hatte mir geschrieben, sie würde mich mit offenen Armen und Beinen am Bahnhof empfangen, doch als ich dann in Bramme aus dem Intercity sprang, war sie nicht erschienen. Natürlich brach ich nicht in Tränen aus, denn als 25-jähriger Diplom-Kaufmann und Topmanager von morgen tat man das nicht, doch mir war schon verdammt weinerlich zumute. Noch schlimmer wurde es, als ich auf den Vorplatz kam, der so voller Staub und Hitze war und so verlassen, dass ich unweigerlich die Highnoon-Melodie zu hören glaubte: Do not forsake me now and ever. *Meine erste Reaktion war: Rein in den Zug und nach Berlin-Hauptstadt zurück, doch eine schnelle Kosten-Nutzen-Analyse ergab, dass das falsch gewesen wäre, denn nur in der Buth KG in Bramme – ›Wohne gut mit Buth‹ – bekam ich die empirischen Daten zusammen, die für meine Dissertation über das Thema ›Autopoietische Elemente im System eines mittelständischen Betriebes‹ unabdingbar waren. Sicher war noch nichts, aber Nadja, zuständig für Buths Public Relations, hatte mir für den späten Nachmittag einen Termin beim Chef verschaffen können.*

Da Stadt- und Landstreicher auf sämtlichen Bänken hockten oder lagen, blieb mir nur mein Koffer. Ich setzte mich in den Schatten und wartete, legte das verschwitzte

Gesicht in die Schale meiner Hände und döste leise schimpfend vor mich hin.

»Hallo, Jan!« Ein mehr als kleiner Wagen hielt vor mir, und Nadja sprang heraus, riss mich hoch, umarmte mich. »Entschuldigung, aber die Beerdigung hat länger gedauert, als wir angenommen hatten … Das ist mein Bruder Natsch … Und das Auto hier, das ist der Lüttjepütt.« Aus dem babyblauen Gefährt stieg ein ziemlich unrasierter Jüngling in Turnschuhen, dunkelblauen Jeans und schwarzer Lederweste, band sich ein rotes Piratentuch um Stirn und Hinterkopf und begrüßte mich mit einem »Hey, Alter, alles okay!«

Wir fuhren zu dritt im Lüttjepütt nach Wietzenbruch hinaus, wo die Natschinskis ein vor Jahrzehnten geerbtes Einfamilienhaus bewohnten.

Nadjas Vater war Lokführer bei der Deutschen Bundesbahn, und die einsamen Tage und Nächte im Führerstand hatten ihn wortkarg und fast autistisch werden lassen, sodass das »Herzlich willkommen!«, mit dem er mich begrüßte, fast schon als eine Rede anzusehen war. Ihre Mutter, Haus- und Putzfrau, war dagegen das, was die Berliner eine Quasselstrippe nannten, sie erzählte mir beim Mittagessen mit nervtötender Ausführlichkeit von Tante Agnes' Tod. »Kommt aus der DDR in den Westen,um hier in Freiheit und Wohlstand ihre letzten Lebensjahre zu verbringen … Werden ja alle über 80 in unserer Familie mütterlicherseits … Nimmt das erste Bad bei uns und stirbt dabei … Herzschlag, das Wasser viel zu heiß … Hatte nicht gewusst, wie das so geht mit 'ner Mischbatterie … Die Ärmste die …! Aber so ist wenigstens die Mansarde oben frei für Sie.«

»Erst muss er mal den Buth herumgekriegt haben, dass der ihn bei sich forschen lässt«, warf Nadja ein. »Aber wenn

Jan hier wohnt, brauchen wir auf alle Fälle 'n größeren Wagen, da reicht der Lüttjepütt nicht mehr.«

»Genehmigt!«, sagte ihr Vater, und ihre Mutter fügte hinzu, dass sie sehnsüchtig auf neue Familienmitglieder warteten, um endlich einen einsehbaren Grund zu haben, sich mal so einen richtigen Straßenkreuzer zuzulegen. »Unser Sohn hätte den Lüttjepütt ja gerne als Zweitwagen behalten, aber das ist bei unserem bisschen Einkommen nicht drin. Der wird in Zahlung gegeben!«

Natsch stand auf. »Dann fahr ich noch 'n bisschen mit …«

Seine Mutter sah ihm nach, wie er das Haus verließ und draußen in den kleinen babyblauen Wagen stieg. »Selber Geld verdienen, nee, is nicht drin bei ihm! Die Schule fertig, und damit denkt er, hat er genug geleistet im Leben. Nur durch die Gegend kutschieren und die Zeit vertrödeln, trinken, quatschen und … naja … Sie wissen schon!«

»Gute Idee!«, sagte Nadja und nahm mich in ihr Zimmer mit, wo wir so lange menschelten, bis die Zeit gekommen war, mich für das alles entscheidende Gespräch mit Günther Buth in Schale zu werfen.

Nadja hatte mich so in Schwung gebracht, dass ich brillant war. »Das ist der letzte Schrei der Organisationswissenschaft: die Autopoiesis, die Idee vom sozialen System, das sich selber strukturiert und steuert. Wenn ich das bei Ihnen nachweisen kann und die Ergebnisse dann veröffentliche, bringt das gewiss erhebliche PR-Gewinne für Ihr Unternehmen und Sie.«

Buth lachte und bemerkte, dass seine Na-Na, also die Nadja Natschinski, dafür schon Sorge tragen werde. »Dann forschen Sie mal schön! Das Geld ist da, und der Vertrag kommt morgen! Aber verschwinden Sie nicht auch so plötzlich wie letztes Jahr Nadjas Verwandte aus … aus … na: Sibiu!«

»Wer?« Ich konnte ihm nicht folgen.

»Eine Tante und ein Onkel von ihr, Rumäniendeutsche … Sibiu gleich Hermannstadt. Da hatte sie mich auch gebeten, die in der Möbelfabrik hier unterzubringen … Hatte ich auch, trotz der vielen Leute ohne Job in Bramme selbst, aber schon nach 14 Tagen sind sie nicht mehr am Arbeitsplatz erschienen. Beide ab nach Bochum!«

»Na bei mir ist die Interessenlage ja nun doch eine gänzlich andere«, beschwor ich ihn, und er glaubte es auch.

So zog ich denn in das Mansardenzimmer ein, das noch angefüllt war mit den Sachen, die Tante Agnes aus Potsdam mitgebracht hatte. Sie war ja längst unter der Erde, und was machte es da, wenn ich ein wenig in ihren Hinterlassenschaften wühlte. In alten Briefen zu lesen, war eh eine meiner stillen Leidenschaften. Was obenauf lag, war wenig ergiebig, dann aber stieß ich auf einen Brief, in dem Nadja per Laserdrucker ihrer Tante die Mitteilung machte, dass sich ein gewisser Henning, ihr Verlobter, oh, vor den Zug geworfen hätte und gestorben sei. Ich eilte zu ihr hinunter, denn bis dahin hatte ich von alledem nicht das Geringste gewusst.

»Ja leider.« Nadja senkte den Blick. »Einen Tag, bevor er hier einziehen sollte. Da muss ihn die große Depression gepackt haben, dass es nun vorbei ist mit seiner über alles geliebten Autonomie … Die Angst vor dem Leben zu zweit.«

»Die habe ich nicht, im Gegenteil!« Ich umarmte sie, und wir menschelten zum dritten Mal an diesem Tage.

Natsch klopfte an Nadjas Zimmertür. »Jan, du wolltest mit ins Weserstadion! Werder wartet mit dem Anpfiff nicht extra auf dich!«

»Noch nicht!«, betonte ich. »In zehn Jahren hab ich 'ne eigene Firma und die ganze Mannschaft aufgekauft! Da warten sie dann.«

Fünf Minuten später, so lange dauerten Abschiedsküsse bei Nadja und mir, saßen wir im Lüttjepütt und fuhren Richtung Bremen, auf Wirtschaftswegen quer durchs Brammer Moor. Natsch erzählte mir, dass sein Spitz- und Quasirufname nicht allein vom Natschinski herkäme, sondern vom jungen Helden einer australischen Fernsehserie, der Nudge hieße.

»Was machen denn da deine Freunde, wenn sie dir schreiben?«

»Ich habe keinen«, erwiderte Natsch. »Nur einen, den ich liebe: den Lüttjepütt hier.« Er küsste das Lenkrad seines kleinen Wagens. »Ihn wasche ich jeden Tag … Wie mein Baby … Und ihm habe ich gerade ein schönes Haus gebaut.«

Ich guckte etwas irritiert. »Du meinst: die Garage vorm Haus?«

Natsch stöhnte auf, denn in dieser Sekunde begann der Motor ein wenig zu stottern. »Sein Herz! Oh Gott!«

Er bremste und sprang auf die Straße hinaus, um die Motorhaube aufzureißen, hatte heraus getropftes Öl am Finger. »Blut!«

»Hör auf zu spinnen!«, sagte ich. »Lass ihn verschrotten, dein Vater kauft dir doch 'n großen Wagen.«

*»Der stirbt mir nicht!«, schrie Natsch und küsste das blaue Blech neben den fein aufgemalten Buch*staben. *»Eher sterbt ihr alle!«*

Ich lachte. »Du bist ein großartiger Schauspieler, Natsch, aber ich will zum Fußballspiel!«

Da riss er eine Pistole aus der Innentasche seiner schwarzen Lederweste und hielt mir den Lauf entgegen. »Keiner nimmt mir meinen kleinen Wagen weg, meinen Lüttjepütt! Keiner von euch Schweinen. Immer wollt ihr mehr werden, damit Vater einen großen Wagen kauft – aber ihr werdet nie mehr werden in Wietzenbruch! Vier passen in den Lüttjepütt – und nie werden wir mehr sein als vier!«

Ich wurde bleich. »Sag bloß, du hast …?«

»Ja!«, schrie er mit entgegen. »Ich habe! Tante Agnes ist am Herzschlag gestorben, aber nicht, weil das Wasser so heiß war, sondern weil ich sie an den Beinen hochgerissen und so lange gehalten haben, bis sie … na ja. Und Henning, als der bei uns einziehen wollte, der hat sich nicht vor den Zug geworfen, den habe ich gestoßen! Und die beiden Verwandten aus Rumänien, als die bei uns wohnen wollten, die sind nicht ab nach Bochum, sondern hier im Moor verschwunden … So wie du in der nächsten Minute … bei uns gibt es niemals einen großen Wagen!«

Dann schoss er.

Die Buchhändlerin bat nun um eine kleine Pause. Dies, weil sie für ihre Stammkundschaft ein paar Schmalzstullen geschmiert hatte, vor allem aber, weil da wesentlich mehr Leute Bücher des Autors kauften und signieren ließen als am Ende der Veranstaltung, wo alles nur schnell nach Hause wollte, denn mit jeder Viertelstunde später wuchs die Angst vor einem Überfall ebenso wie dessen Wahrscheinlichkeit. Martin Nehmer liebte solche *breaks* gar nicht, denn hinterher war es immer schwer, die Leute wieder in seinen Bann zu ziehen. Ein wenig erschöpft, wie er doch schon war, wollte er ein wenig Ruhe haben und nur schweigen und nicht auch noch mit den Freunden plaudern, und so flüchtete er sich auf die Toilette und schloss sich dort ein. Das Fenster war nicht vergittert, und für einen Moment verspürte er den Impuls, jetzt einfach abzuhauen. Das würde für erhebliches Aufsehen sorgen, und wenn Orlando bei den Zeitungen anrief, konnte diese Aktion einen erheblichen PR-Gewinn für ihn bedeuten. *Die Angst vor der zweiten Halbzeit – Autor flüchtet während einer Lesung aus Wilmersdorfer Buchhandlung.* Aber brachte das wirklich neue Käufer? Nein, da hätte er es schon wie Pfarrer Brüsewitz machen und sich auf dem Alexanderplatz in Brand stecken müssen. Also kehrte er an sein Tischchen zurück. Das wackelte ebenso wie der Stuhl, auf dem er saß. Jetzt kam die ICE-Geschichte an die Reihe.

Draußen gab es inzwischen ein Unwetter, wie es die norddeutsche Tiefebene seit Jahrzehnten nicht erlebt hatte. Es war im Nu so dunkel geworden, dass sich die Blitze am Himmel in allen Verästelungen erkennen ließen.

Der Zugbegleiter schrie um Hilfe, und Schköna wollte ihm zu Hilfe eilen, da brach die Schwarze, die ihm beim Einsteigen wegen ihrer Ähnlichkeit mit Miriam Makeba aufgefallen war, plötzlich zusammen, stürzte auf den Gang und versperrte ihm den Weg.

»Sie kommt aus Nigeria und hat hohes Fieber«, rief jemand. »Ebola!«

»Wir kommen alle auf die Quarantänestation der Charité!«

Sekunden später gab es eine weitere Notbremsung, viel heftiger als die erste, und alle, die standen, fanden sich auf dem Boden des Gangs wieder. Einige hatten sich die Handgelenke, andere die Rippen gebrochen. Schköna war auf den recht voluminösen Körper der Schwarzen gestürzt und unverletzt geblieben. Aber er spürte ihren Schweiß und ihr Sputum auf seinen Lippen. Was hatte er gestern gelesen und im Kopfe abgespeichert: Eine Mensch-zu-Mensch-Übertragung der Ebolaviren erfolgt durch direkten Körperkontakt und bei Kontakt mit dem Blut, Organen oder anderen Körperflüssigkeiten infizierter Personen. *Er hetzte zu seinem Platz zurück. Der Laptop! Auf dessen Festplatte gab es Daten, die nicht zu ersetzen waren.*

Als Martin Nehmer am Ende angekommen war, schwiegen erst einmal alle, die seine ICE-Geschichte noch nicht kannten, denn eine gelinde Panik hatte sie erfasst, dann aber gab es einigen Beifall. Er bedankte sich, hob sein Glas, um auf das Wohl seiner Gäste zu trinken und fragte, ob es noch Fragen gab. Die fürchtete er, denn manche gingen ihm zu sehr ins Intime, andere waren einfach dämlich. So die erste.

»Herr Martin Nehmer, ist das Ihr richtiger Name oder haben Sie sich nach Meinhard Nehmer so genannt?«

»Wer ist Meinhard Martin Nehmer?«

»Ein Bobfahrer aus der DDR. Mehrere olympische Goldmedaillen und x Europa- und Weltmeisterschaften. Darf ich einmal nach Ihren Preisen fragen?«

Das war zwar einigermaßen bösartig, aber Martin Nehmer hatte die Lacher sofort auf seiner Seite, als er antwortete, dass man ihm 2020 den Nobelpreis für Literatur verleihen werde.

Die nächste Frage traf ihn ebenso bis ins Mark. »Haben Sie keine Angst, dass Ihre Geschichte Nachahmer findet?

In einem abgestellten ICE in Rummelsburg ist ja gerade eine Leiche gefunden worden.«

»Natürlich habe ich die Angst und mache mir auch Vorwürfe, aber … Hier, die Freundin meines Freundes ist Neurobiologin …«, er zeigte dabei auf Enola, »… und die würde sagen: Was kann ich dafür, dass eine Reihe von Menschen Schäden an ihrem Frontal- und Temporallappen haben und ihnen dadurch jede Empathie abgeht.«

»Das ist doch bei einem Mörder eher Folge einer misslungenen Sozialisation!«, rief ein jüngerer Mann, offensichtlich ein Student der Sozialpädagogik. »Missbrauch in der Kindheit, Vernachlässigung, Erziehung mit Schlägen …«

Martin Nehmer winkte ab. »Jaja, aber wir sind hier nicht an der FU, die ist nebenan. Und wir Schriftsteller sind durchaus nicht so dumm, wie Sie denken. Darum schaffen es die meisten von uns auch nicht auf die Bestsellerlisten.«

»Das ist mir zu polemisch!«

Martin Nehmer hatte das Gefühl, für die 0,00 €, die er bekam, genug gearbeitet zu haben und zeigte auf die Gehilfin der Buchhändlerin.

»Ich glaube, aus gewerkschaftlichen Gründen sollten wir nun Schluss machen.«

Dem widersprach niemand, alles brach auf, und er packte seine Sachen zusammen. Nun war aber doch noch einiges zu signieren. Es waren zumeist Kundinnen, die ihm seine Bücher hinhielten. Das kam ihm komisch vor, denn irgendwie war er der Ansicht, dass es nur ein Exemplar von allem gab, so etwa, wie es bei einer Hausarbeit in der Schule war. Und nun lagen seine Romane bergeweise herum.

»Was darf ich denn schreiben?«, lautete seine Standardfrage.

»Was Sie wollen.«

»Na, lieber nicht!« Die Dame, die ihn das gefragt hatte, war erstaunlich jung und durchaus begehrenswert.

Normalerweise hatte er vier Varianten zur Auswahl (eine jedes Mal mit seinem »Friedrich Wilhelm« am Ende und zumeist mit »Für …« und dem Vornamen des Käufers/der Käuferin am Anfang):

1. Zur Erinnerung an die Lesung in der …-Buchhandlung/-Bibliothek am …

2. Eine vergnügliche Lektüre wünscht Ihnen Ihr …

3. Mit herzlichem Dank für die Wertschätzung meiner Werke …

4. Viel Spaß und Spannung!

Er brachte alles mit Routine und Zuwendung hinter sich und stand dann noch einen Augenblick mit Wurchow, Orlando und Enola beisammen.

»Setzen wir uns noch irgendwo zum Italiener und trinken was?«, fragte Orlando, dem deutlich anzumerken war, dass er das gern so gehabt hätte. Doch die anderen zeigten wenig Begeisterung dafür und wollten lieber nach Hause.

Wurchow spürte das und hatte eine Idee. »Na, dann kommt doch alle am nächsten Sonnabend raus nach Schmöckwitz zum Segeln. Bevor meine Hütte abgerissen wird.«

»Prima!«, riefen Martin Nehmer und Enola, nur Orlando zögerte etwas.

»Ich bin schon mit meinem Opa verabredet …«

»Na, dann bringen Sie den mit. Passen alle bei mir rein, mein Boot ist noch lange nicht voll.«

16.

Das Foto des Toten aus dem ICE hatte ein so nicht erwartetes starkes Echo ausgelöst. Gunnar Schneeganß und Jessica Schamp konnten sich gar nicht mehr retten vor Anrufen. Unerwartet viele Berlinerinnen und Berliner glaubten, den Mann erkannt zu haben.

»Und das Erstaunlichste ist«, fasste Schneeganß ihre ersten Erkenntnisse zusammen, »dass er unter x Namen aufgetreten ist.«

»Es muss also viele Männer seines Alters geben, die sein Typ sind: leicht gewelltes Haar, schlank, Brille, nicht ganz sauber rasiert und herrlich intellektuell. Wahrscheinlich haben die Anrufer sämtliche Filme mit dem jungen Woody Allen gesehen.«

»Also kollektive Fixierung auf einen bestimmten Menschentyp. Woody Allen persönlich wird's aber nicht sein.«

Jessica Schamp ging die Liste mit den genannten Namen durch und las sie laut vor: »Knau, Dreba, Edelmann, Hasenfier, Kunze, Eibenstock, Knau, Wiebesdorf, Hasenfier, Ruppersdorf, Mühltroff, Hasenfier …«

Schneeganß horchte auf. »Hasenfier liegt eindeutig in Führung, da könnten wir ja mal nachhaken.«

»Es waren viele Studenten dabei, die ihn erkannt haben wollen, also muss er irgendwo aus dem akademischen Milieu kommen«, folgerte Jessica Schamp. »Rufen wir doch mal bei der HU, TU und FU an, ob er bei denen Dozent oder Prof ist.«

Sie taten das, hörten aber immer nur: »Tut uns leid, einen Hasenfier haben wir nicht.«

Gleich darauf kam ein Anruf vom rbb. Eine ältere Journalistin mit der Stimme einer Adele Sandrock aus seligen Zeiten war ein wenig überagiert.

»Hermine Meyer meine Name. Wir haben gerade für die ›Abendschau‹ einen Film über den Mann gedreht, und ich habe ihn direkt vor mir, das ist der helle Wahnsinn.«

»Den hellen Wahnsinn haben wir gerade als Show im Wintergarten«, unterbrach Schneeganß sie. »Aber Ihr Kandidat hat nichts damit zu tun?«

»Nein, das ist ein völlig normaler Biologe, der auf Fledermäuse spezialisiert ist, aber nicht nach denen heißt, sondern nach einem Hasen – Hasenfier, Florian Hasenfier.«

»Bingo!«, rief Jessica Schamp.

Schneeganß bedankte sich und rief beim Einwohnermeldeamt an. »Ja, einen Dr. Florian Hasenfier haben wir. Adresse: Fritz-Erler-Allee 120, Postleitzahl 12351 oder 12353, das kann ich so schnell nicht herausfinden.«

»Macht nichts, einen Brief wollten wir ihm ja ohnehin nicht schreiben. Herzlichen Dank jedenfalls.«

Sekunden später meldete sich Hasenfiers Vater am Telefon. Er sei das Wochenende über in Prag gewesen und habe gerade eben von den Nachbarn erfahren, was geschehen sei. »Schrecklich!« Sie sprachen ihm ihr Beileid aus, dann spulten sie ihr vorgesehenes Programm weiter ab.

»Wer bringt aus welchem Grund einen jungen Biologen aus der Gropiusstadt um?«, fragte sich Jessica Schamp.

Schneeganß fasste die letzten Erkenntnisse der Psychologie, der Soziologie und der Neurobiologie in einem Satz zusammen: »Zum Morden gibt es immer einen Grund.«

Die nächste Anruferin stellte sich als Ann-Kathrin Grapitz vor.

»Ich bin die Verlobte von Florian Hasenfier … gewesen. Er wollte gestern am späten Abend von einem Vortrag in Hannover zurückkommen, ist er aber nicht.«

»Verstehe … Unser herzliches Beileid auch.« Er machte eine kleine Pause, ehe er fortfuhr. »Sie sind so wichtig für uns, Frau Grapitz, dass wir Sie unbedingt länger und von Angesicht zu Angesicht sprechen möchten. Können wir zu Ihnen kommen, kommen Sie zu uns?«

»Ich komme zu Ihnen.«

»Prima, Schöneberg, Keithstraße 30.«

»Das trifft sich gut, denn ich wohne auch in Schöneberg, bei meiner Mutter noch in der Ebersstraße. Florian und ich wollten erst zusammenziehen, wenn …« Sie brach ab und legte auf.

Auch Schneeganß musste schlucken. Natürlich waren sie nach so vielen Dienstjahren hart genug im Nehmen, aber jeder Mord barg soviel an Tragischem in sich, dass es ohne eine gewisse Erschütterung nicht abging. So schwiegen sie erst einmal eine Weile und blätterten in Tagesspiegel und Morgenpost. Die Überschriften waren allerdings auch nicht so, dass sie das sonderlich aufgemuntert hätte.

IS-Terrorist in Berlin festgenommen

Lage im Nahen Osten – Orientalische Kernschmelze

Bezirke: Wir sparen uns kaputt – Pauschale Kürzung von Stellen kommt uns teuer zu stehen

»Irgendwann privatisieren sie die Kripo auch noch«, befürchtete Schneeganß.

Leyen sucht Freiwillige für Kampf gegen Ebola.

»Schade, dass wir nicht die Bundeswehr sind«, sagte Jessica Schamp. »Ich würde nach Westafrika gehen.«

Lungenkrebs früher erkennen.

Schneeganß musste anhaltend husten, als er das gelesen hatte.

Es weihnachtet zu früh – schon jetzt gibt es Zimtsterne in den Regalen – ein Drittel der Deutschen will, dass das verboten wird.

»Sorgen haben die Leute.« Jessica Schamp konnte nur den Kopf schütteln. »Wenn ich da an die Tausende von Flüchtlingen aus Syrien und dem Irak denke.«

Bei Eckart von Hirschhausens ›Kleiner Humorkunde‹ gab es endlich etwas zu lachen: *Was macht eine Frau, wenn ihr Mann beim Kartoffelholen die Kellertreppe herunterfällt und sich das Genick bricht? – Nudeln!*

Mit der Heiterkeit war es vorbei, als Ann-Kathrin Grapitz bei ihnen erschien und Platz genommen hatte.

»Wenn Sie uns ein bisschen von Florian Hasenfier erzählen würden, damit wir uns ein Bild von ihm und seinem Milieu machen können …«

»Ja, er war Biologe und ist am Freitagmittag zu einem Vortrag nach Hannover gefahren«, begann Ann-Kathrin Grapitz. »Freitagabend an der Uni.«

Jessica Schamp schrieb mit, und da fiel ihr sofort etwas auf. »Aber er ist nicht gleich am Sonnabend nach Berlin zurückgekommen, sondern erst am späten Sonntagabend – wie das?«

»Weil er sich noch mit einem alten Studienfreund aus Springe getroffen hat. Und mit dem hat er sich dann auch noch ein Fußballspiel ansehen wollen.«

Schneeganß hakte ein. »Könnten wir bitte den Namen dieses Mannes haben?«

»Ja …« Ann-Kathrin Grapitz musste einen Augenblick nachdenken. »Den Nachnamen kenne ich nicht, aber der hat einen so komischen Vornamen … Jente glaube ich, gibt es so was?«

Schneeganß wusste es nicht und google schnell. »Jente? Ja, das ist aber ein weiblicher Vorname, haha.« Er suchte weiter im Internet. »Jenne vielleicht?«

»Nein, eher Jonte.«

»Ja, das gibt es: Jonte, kommt aus dem Schwedischen und bedeutet ›Gott ist gnädig‹.«

Jessica Schamp notierte sich: nach Jonte??? in Springe suchen und ihn befragen.

»Und? Könnte dieser Jonte ein Motiv haben, Florian Hasenfier umzubringen?«

Wieder dachte Ann-Kathrin Grapitz einige Sekunden nach. »Keine Ahnung … Florian hat nichts angedeutet, aber wer weiß, ob da aus ihrer gemeinsamen Studienzeit noch alte Rechnungen zu begleichen waren.«

»Nun«, Jessica Schamp glaubte, sich da sofort einmischen zu müssen, »da hätte er doch in Hannover genügend Zeit zu gehabt und musste nicht erst in den Zug nach Berlin steigen.«

»Stimmt auch wieder«, gab Schneeganß ihr recht. »Aber trotzdem sollten wir mit diesem Jonte mal reden, vielleicht hat er Hasenfier in Hannover noch zum Zug gebracht und jemanden einsteigen sehen, der ihm irgendwie aufgefallen ist.«

Jessica Schamp war schon auf einer anderen Spur. »Sagen Sie, Frau Grapitz, hat Ihr Verlobter einmal von Selbstmord gesprochen?«

»Nein, wieso sollte er, er ist ja gerade bei einer Anhörung an der FU auf Platz eins der Dreierliste gelandet und hatte allergrößte Chancen auf eine Professur. Und haben Sie denn schon einen Abschiedsbrief gefunden?«

Jessica Schamp verneinte das. »Aber wir waren auch noch nicht bei ihm in der Wohnung.«

»Nur 30 Prozent aller Selbstmörder schreiben einen Abschiedsbrief«, sagte Schneeganß. »Das muss also noch nichts zu bedeuten haben. Trotzdem würden wir uns gern einmal in Ihrer Gegenwart in seiner Wohnung umsehen. Sie haben doch einen Schlüssel?«

»Ja …«

»Gut, da sparen wir uns dann den ganzen Aufwand, der sonst …« Er unterbrach sich selbst. »Eine Professur in Aussicht, sagten Sie … hm …« Das ließ einen Suizid in der Tat als sehr unwahrscheinlich erscheinen. Und als hätte es dafür noch eine Bestätigung gebraucht, rief in dieser Sekunde noch ein Kollege von der Spurensicherung an und teilte ihm mit, dass aufgrund der Lage des Einschusswinkels am Kopf und der Schmauchspuren ein Selbstmord nahezu 100-prozentig ausgeschlossen sei. Schneeganß sah Ann-Kathrin Grapitz an. »Um ganz sicher zu gehen, möchten wir Sie bitten, nun mit uns in die Gerichtsmedizin zu fahren. Und erst im Anschluss daran nach Neukölln.«

Ann-Kathrin Grapitz war noch eine Spur bleicher geworden. »Ins Leichenschauhaus? Das hatte ich von Anfang an befürchtet.«

»Es muss halt sein.«

Nach einer Stunde konnten sie dann absolut sicher sein, dass der Tote im ICE wirklich Florian Hasenfier war, und machten sich zu dritt auf nach Neukölln in die Fritz-Erler-Allee 120.

Auf der Rampe zum Hauseingang kam ihnen ein Rollstuhlfahrer entgegen, der eine so gute Witterung haben musste, dass er Gunnar Schneeganß und Jessica Schamp sofort als Kriminalbeamte erkannte.

»Ich hätte fast bei Ihnen angerufen, denn ich bin mir sicher, Herrn Dr. Hasenfier noch am Montagmorgen am Wildmeisterdamm gesehen zu haben, obwohl ja in der Zeitung steht, dass er schon vorher ermordet worden ist.«

Jessica Schamp schenkte dem alten Herren das wärmste Lächeln, das ihr zur Verfügung stand. »Nach Lage der Dinge könnte das ja nur ein Wiedergänger oder ein Doppelgänger gewesen sein.«

»Nein!«, rief der Rollstuhlfahrer. »Ein Untoter war er nicht, dazu war er ein viel zu lieber Mensch.«

Schneeganß konnte sich mit seinem Spott nicht zurückhalten. »Und ein Nachzehrer kann es auch nicht gewesen sein, denn das geht nur, wenn einer schon im Grab liegt.«

»Bleibt also nur der Doppelgänger!«, rief Jessica Schamp, um eine Versachlichung des Gesprächs bemüht, und gab einige der Namen wieder, die sie vorhin notiert hatte. »Dreba, Eibenstock, Ruppersdorf, Mühltroff, Knau, …«

»Knau, ja, der wohnt auch hier in der Siedlung, Norbert Knau. Na, dann hat sich das ja aufgeklärt.« Damit gab er Gas und rauschte die Rampe hinunter.

Schneeganß, Jessica Schamp und Ann-Kathrin Grapitz gingen zum Fahrstuhl. Keine drei Minuten später standen sie in Hasenfiers Wohnung.

»Die wird er nun nie wieder betreten«, sagte Ann-Kathrin Grapitz leise und so bedeutungsschwer wie im Erstlingswerk einer Absolventin der Filmhochschule Babelsberg.

Schneeganß mit seiner langen Berufserfahrung hatte genau hingehört und fand den Ton ein wenig falsch. Hm …

Sie sahen sich um. Es sah alles etwas verkramt aus. Eben typisch Junggesellenbude eines Wissenschaftlers.

Ann-Kathrin Grapitz stieß völlig unvermittelt einen kleinen Schrei aus. »Hoffentlich lebt der Nepomuk noch!«

Schneeganß schreckte hoch. »Hatte er schon ein Kind oder einen Hund?«

»Nein, Nepomuk ist die Fledermaus, die er mal gerettet hat.« Sie stürzte zum Bad. »Gott sei Dank, er hat sie schon fliegen lassen.«

Schneeganß interessierte sich mehr für Hasenfiers Computer. »Der ist sozusagen beschlagnahmt. Was da alles auf der Festplatte drauf ist, das sehen wir uns mal zusammen mit unserem IT-Spezialisten in aller Ruhe an.«

Er befreite den Computer von allen Zuleitungen, dann sahen sie sich kurz in der Wohnung um, überflogen seine Briefe und staunten über die Berge von Büchern und Fachzeitschriften, die auf seinem Schreibtisch lagen.

»Damit hat er sich auf die Anhörung an der FU vorbereitet«, erklärte ihnen Ann-Kathrin Grapitz.

Schneeganß fiel spontan eine Frage dazu ein. »Wer waren denn seine Hauptkonkurrenten?«

Ann-Kathrin Grapitz musste nicht lange nachdenken. »Die Herren Doctores Marvin Schocksdorf und Curt Callenberg. Der eine kommt aus Bremen, der andere wohnt hier in Berlin.«

Schneeganß bedankte sich und sah sie nachdenklich an. »Trauen Sie denen zu, dass sie ein bisschen *corriger la fortune* gespielt haben?«

»Was gespielt?«

»Dass sie ihrem Glück ein wenig auf die Sprünge geholfen haben. Ist die Nummer 1 eliminiert, rückt die Nummer 2 nach, meinetwegen auch die Nummer 3, das soll es auch schon gegeben haben.«

Jessica Schamp lachte. »Wie sagte doch der große Gunnar Schneeganß vorhin: Zum Morden gibt es immer einen Grund.«

»Gut, dann versuchen wir doch, über die FU etwas mehr über die beiden Herren herauszubekommen.«

Das taten sie dann auch, nachdem sie sich von Ann-Kathrin Grapitz verabschiedet hatten und mit Hasenfiers Computer zurück in die Keithstraße gefahren waren. Beim Fachbereich Biologie wurde Schneeganß so lange immer wieder weiter verbunden, bis er schon vor Wut zu kochen begann, bekam dann aber die Adressen von Marvin Schocksdorf und Curt Callenberg genannt.

»Der eine wohnt in Bremen, der andere in Berlin.«

»Danke, aber das haben wir auch schon auf dem Schirm.«

Jessica Schamp dachte kurz nach, bevor sie einen ersten Kommentar abgab. »Der Berliner hätte nicht extra in den Zug zu steigen brauchen, um Hasenfier zu erschießen, also bleibt der Bremer unser Tatverdächtiger Nummer Eins. Er wird in einer Fachzeitschrift gelesen haben, dass Hasenfier zu einem Vortrag nach Hannover kommt, und von Bremen nach Hannover wird es mit dem ICE nicht viel länger dauern als bei uns mit der S-Bahn von Potsdam nach Oranienburg, rund anderthalb Stunden vielleicht.«

Schneeganß nickte. »Okay. Und was ist mit Hasenfiers Freund in Springe, dem Jonte?«

»Den sollten wir uns auch mal genauer ansehen.«

Sie besprachen sich mit ihrem Vorgesetzten, und es wurde ihnen eine Dienstreise per DB nach Hannover, Springe und Bremen genehmigt.

»Aber seht das nicht als Betriebsausflug an, meine Lieben. Und passt schön auf, wenn ihr im ICE auf die Toilette geht.«

Schneeganß feixte. »Ich kann mir ja leicht einen Urinauffangbeutel anlegen, aber wie funktioniert das bei den Damen eigentlich?«

»Raus! Das Land Berlin ist ohnehin zu arm, um euch auch noch Urinauffangbeutel zu finanzieren, und so sonderlich sexy ist das wohl auch nicht.«

Jessica macht das wie ich immer: Ich suche mir im Internet die besten Verbindungen heraus und gehe damit zu meinem Reisebüro, damit die mir die Fahrkarten bestellen. »Ich denke, wir fangen in Bremen an und fahren von dort nach Hannover und weiter nach Springe. Mit einer Übernachtung in Hannover könnte das zu schaffen sein.«

»Aber bitte zwei Einzelzimmer!«, rief Schneeganß. »Sonst erschlägt mich deine Frau noch.«

»Okay.« Jessica Schamp setzte sich an den Computer und studierte die Fahrpläne der DB. »Nach Bremen kommt man über Hannover und über Hamburg. Aber es wäre irgendwie hirnrissig, über Hannover zu fahren und dann nach dem Termin in Bremen wieder dorthin zurück. Was meinst du denn?«

»Ich meine, dass wir das nicht ohne Gutachten beim Wissenschaftszentrum Berlin oder eine Dissertation zum Thema Optimale Routenplanung entscheiden können.«

»Da spricht der pure Neid aus dir. Dr. Schneeganß wäre doch auch ganz schön.«

»Lange Rede kurzer Sinn: Erst nach Bremen, vorher den Termin dort mit diesem Schockgefrostet ausmachen, dann in Hannover die Recherche bei der Uni und im Hotel und sehen, wo wir diesen Jonte Wieauchimmer treffen können.«

»Zu Befehl!« Jessica Schamp machte sich ans Werk und hatte alsbald eine günstige Verbindung nach Bremen herausgefunden. »Berlin Hbf. (tief) ab 8.16, Hamburg Hbf. an 9.57, weiter nach Bremen 10.15, an Bremen 11.24.«

»Sehr schön.«

Im Lauf des Tages fanden sie dann auch noch heraus, dass sie den Zugbegleiter des ICE, in dem Hasenfier erschossen worden war, am morgigen Tage am Abend in Hannover treffen und sprechen konnten. Der Mann hieße Arne Retschan.

»Der kommt mir irgendwie bekannt vor?« Jessica Schamp geriet ins Grübeln.

Schneeganß lachte. »Klar, deine Vorfahren kommen doch auch aus MeckPomm, und vielleicht bist du auch eine Retschane, denn die Retschanen waren ein slawischer Stamm, der in dieser Gegend gesiedelt hat.«

Jessica Schamp klatschte Beifall. »Gott, wer hätte so viel Bildung bei der Kripo vermutet!«

Schneeganß kam mit einer einleuchtenden Erklärung für die Herkunft seines Wissens. »Ich habe einen Cousin in Zehdenick, und der hat uns Anfang Juli mitgenommen zum Retschanen-Spektakel im Freilufttheater. Da waren wir, uns Berliner eingerechnet, ganze 15 Besucher. Im Olympiastadion ist es meist ein bisschen voller.«

»Und was für 'n Volksstamm lebt in Bremen?«

»Die Werderaner wahrscheinlich. Grüne Hemden, weiße Hosen.«

»Mal sehen, ob der Schocksdorf wirklich so daherkommt.«

Nein, kam er nicht, er hatte sich sogar einen Anzug

angezogen, als sie ihm im Bremer Polizeipräsidium im Stadtteil Neue Vahr gegenüber saßen.

Der Bremer Meeresbiologie versuchte, seine Anspannung dadurch zu überspielen, dass er sich ostentativ heiter gab. »Ja, meinem Namen entsprechend war ich geschockt, als ich vom Tod Hasenfiers im ›Weser-Kurier‹ gelesen habe. Wir hatten uns ja in den Stunden zwischen Probelehrveranstaltung und Anhörung bei einem gemeinsamen Spaziergang durch den Botanischen Garten ein wenig angefreundet.«

»Angefreundet?«, wiederholte Jessica Schamp. »Kann man das bei der Konkurrenzsituation zwischen ihnen beiden eigentlich?«

»Ja, das ist so wie bei der Nationalmannschaft. Die Dortmunder und die Bayern bekriegen sich, wenn die Vereine gegeneinander spielen, aber dann, wenn es gegen Brasilien oder Argentinien geht, sind sie doch ein Herz und eine Seele. Und Hasenfier und ich sind – waren – mit ganzem Herzen Biologen.«

Schneeganß hakte ein. »Und im Berliner Botanischen Garten haben Sie Hasenfier zum letzten Mal gesehen?«

Schocksdorf zögerte mit einer Antwort. »Ja, wahrscheinlich, aber … Könnte ich jetzt meinem Anwalt Bescheid sagen, bevor alles Weitere gegen mich verwendet wird?«

»Ja natürlich.«

Schocksdorf telefonierte, und eine Viertelstunde später war ein Dr. Vierig zur Stelle. Nach dem Ritual des Sichmiteinanderbekanntmachens ging es weiter.

Schneeganß fixierte Schocksdorf. »Nun sind wir aber gespannt, warum Sie ohne Anwalt nicht weiter mit uns reden wollten.«

»Weil … Nun gut, ich habe Hasenfier letzten Sonntag noch in Hannover getroffen.«

»Oh!« Jessica Schamp hatte diesen Ausruf nicht unterdrücken können. »Da waren Sie mit ihm verabredet gewesen?«

»Nein, wir haben uns durch Zufall im Stadion getroffen: 96 gegen den HSV. Und da bin ich hin, weil wir Bremer den HSV so gern verlieren sehen.«

Schneeganß nickte. »Okay, das leuchtet mir ein. Und nachher haben Sie mit Hasenfier noch beim Bier zusammengesessen?«

»Nein, er war mit einem Studienkollegen aus Springe da, dem Jonte, Jonte Broistedt, dem ich früher auch mal über den Weg gelaufen bin, und da wollte ich nicht stören.«

Jessica Schamp nahm abermals das Wort. »Hasenfier ist um 22.31 Uhr in den ICE nach Berlin gestiegen – aber da waren Sie schon längst wieder in Bremen?«

»Das sieht mir sehr nach einer Suggestivfrage aus«, ging der Anwalt dazwischen.

Schneeganß wurde förmlich. »Lassen Sie mich das so definieren: *Eine Suggestivfrage ist eine Frageform, bei der der Befragte durch die Art und Weise der Fragestellung beeinflusst wird, eine Antwort mit vorbestimmtem Aussageinhalt zu geben, die der Fragesteller erwartet. Die Art und Weise der Frage hat den Zweck, auf das Denken, Fühlen, Wollen oder Handeln einer Person einzuwirken und den Befragten von einer rational bestimmten Antwort abzuhalten.*« Er lächelte in Richtung von Dr. Vierig. »Ich glaube aber nicht, dass meine Kollegin das Denken, Fühlen, Wollen oder Handeln von Herrn Dr. Schocksdorf in eine bestimmte Richtung lenken wollte, wenn sie herauszufinden sucht, was Ihr Mandant nach dem Schlusspfiff, der so gegen 17.20 Uhr erfolgt sein muss und der Abfahrt des ICE nach Berlin um 22.31 Uhr alles getan hat.«

Schocksdorf sah seinen Anwalt an und versuchte, als dieser genickt hatte, eine Antwort zu geben, die den gegen ihn gerichteten Verdacht irgendwie entkräften konnte, aber das fiel ihm schwer. »Ja also … Ich bin etwas durch die Stadt gebummelt und wollte noch ins Kino gehen, aber da gab es nichts, was mich interessiert hätte, und dann bin ich irgendwann zurück nach Bremen.«

»Wenn Sie das bitte etwas präzisieren könnten?«

»Das muss so gegen acht gewesen sein.«

»Hat Sie da jemand gesehen, der Sie gekannt hat?«

»Nein.«

»Und Sie sind wann in Bremen angekommen?«

»So Viertel vor zehn etwa. Das war ein RE über Wunstorf, Neustadt am Rübenberge und Verden. Und da bin ich dann mit einer Taxe nach Hause.«

»Schön. Aber noch besser für Sie wäre, wenn Sie dafür Zeugen hätten.«

»Ich bin zurzeit Single!«, rief Schocksdorf.

Schneeganß wagte es nicht, eine seiner ironischen Bemerkung zu machen, um den Anwalt weiter zu reizen und vielleicht noch dahin zu bringen, sich in Berlin zu beschweren.

Jessica Schamp war da couragierter. »Nun, Herr Dr. Schocksdorf, Herr Dr. Vierig, wir werden alles tun, den wahren Mörder von Florian Hasenfier zu finden, aber solange uns das nicht gelungen ist, werden Sie mit dem Tatverdacht leben müssen, zumal wenn Sie nun wirklich vom Platz Zwei auf der Dreierliste auf den Platz eins vorrücken.«

»Solange der Mörder von Dr. Hasenfier nicht hinter

Schloss und Riegel sitzt, wird mein Mandant den Ruf nach Berlin nicht annehmen, sollte er wirklich erfolgen«, erklärte der Anwalt.

Schneeganß lächelte. Das war ein Schachzug, wie er hätte klüger nicht sein können, alle Achtung. Sie machten sich auf den Weg nach Hannover.

Jessica Schamp hatte ein Dutzend Hotels abtelefoniert und herausbekommen, wo Hasenfier übernachtet hatte, im ›Ernst August‹ nämlich nahe dem Hauptbahnhof. Das traf sich gut, denn dort konnten sie gleich einchecken und sich zudem im Foyer mit Jonte Broistedt verabreden, der gern nach Hannover kam. Und in den DB-Diensträumen im Hauptbahnhof waren sie um 20 Uhr mit Arne Retschan verabredet.

An der Rezeption des Hotels galt ihre erste Frage den reservierten Einzelzimmern. Nachdem sie die Chipkarten, die neuerdings die Schüssel ersetzten, in den Händen hielten, fragten sie nach Dr. Florian Hasenfier. Eine junge Hotelfachfrau konnte sich, nachdem man ihr sein Foto gezeigt hatte, gut an den ermordeten Biologen erinnern.

»War er allein?« Jessica Schamps erste Frage lag auf der Hand.

»Ja.«

»Schade.«

Sie nahmen sich eine Taxe und fuhren zur Uni hinaus, um da mit den Leuten zu reden, die Hasenfier zu seinem Vortrag eingeladen hatten.

»Über Fledermäuse und Artenschutz, ja, aber da ist uns niemand aufgefallen, der aggressiv gewesen wäre.«

»Und ist er mit wem gekommen und wieder gegangen?«

»Unseres Wissens: ja.«

»Können Sie uns diese Person beschreiben?«

»Nein, so leid es uns tut.«

Schneeganß und Jessica Schamp mussten ohne das erhoffte Erfolgserlebnis ins Hotel zurückfahren. »Wie hat mein Vater immer gesagt: Außer Spesen nichts gewesen.«

Jessica Schamp wollte ihnen Hoffnung machen. »Wir haben ja noch zwei Karten auszuspielen: Jonte Broistedt und Arne Retschan, vielleicht sind das zwei Trümpfe, die stechen.«

»Wir hatten im letzten Jahr in Deutschland bei Morden eine Aufklärungsquote von 96,3 %«, sagte Schneeganß mit einer gewissen Skepsis. »Und was ist mit den restlichen 3,7 %? Und nimmt man das Dunkelfeld hinzu, verdoppelt sich diese Prozentzahl sicherlich noch. Und guck mal bei Hans-Dieter Otto im *Lexikon der ungesühnten Morde* nach, da findest du eine Menge an perfekten unaufgeklärten und unentdeckten Morden.«

»Schade, dass ich dich an der HWR nicht als Dozenten hatte.«

Im Hotel wartete Jonte Broistedt auf sie, aber nach der Begrüßung war schon sein erster Satz nicht dazu angetan, große Hoffnungen in ihnen zu wecken.

»Ich habe Florian nicht einmal zum Zug gebracht, kann Ihnen daher auch nicht sagen, ob er noch jemanden auf dem Bahnsteig getroffen hat, ich musste schon vorher wieder nach Springe, denn den Abend wollte meine Frau mit mir zu Hause vor dem Sofa und im Bett verbringen.«

Schneeganß nickte. »Womit Sie uns sagen wollen, dass Ihr Alibi hieb- und stichfest ist und Sie keineswegs noch in den ICE gestiegen sind?«

Jonte Broistedt nickte. »Genau. Damit Sie gar nicht erst auf den Gedanken kommen, ich könnte …«

Jessica Schamp lächelte. »Aber wissen Sie nicht, dass Sie sich dadurch erst recht verdächtig machen?«

»So ist das also!? Diese Berliner! Aber ich kann Sie beruhigen, es haben mich in Springe auch noch andere Leute gesehen. Ich habe da einen Naturkostladen und kenne Hinz und Kunz.«

Schneeganß hob beschwichtigend die Hände. »Herr Broistedt, bitte, so war das nicht gemeint, und Sie haben mit allem angefangen, nicht wir. Nun einmal ganz sachlich: Wir sind hier in Hannover, um von Ihnen als Freund des Toten zu erfahren, wer denn womöglich ein gesteigertes Interesse an seinem vorzeitigen Ableben gehabt haben könnte?«

Jonte Broistedt schloss die Augen, um besser nachdenken zu können. »An die beiden Kollegen auf der Dreierliste hinter ihm haben Sie schon gedacht, an Schocksdorf und Callenberg?«

»Ja, haben wir beziehungsweise tun wir noch. Aber wie sah es denn bei ihm im Beziehungsbereich aus?«

»Nun, wenn ich seine Bemerkungen richtig verstanden habe, dann hat er sich hier in Hannover mit einer alten Freundin aus Uni-Zeiten getroffen, der Nele Nienhuys. Die wohnt jetzt in Jever, aber …«

»Aber …?« Jessica Schamp war hellhörig geworden.

»Florian ist ja verlobt, aber als die Nele hier war, da …« Wieder zögerte er.

»Ist es nicht bei einem Händedruck geblieben?«, wollte Schneeganß ihm auf die Sprünge helfen. »Sondern, – nun werden wir alle drei einmal rot – es ist wahrscheinlich zu einem Quickie gekommen?«

Jonte Broistedt rang die Hände. »Ich war ja nicht dabei, aber es muss wohl so gewesen sein.«

Jessica Schamp dachte an die arme betrogene Verlobte zu Hause. »Und es könnte bei Ann-Kathrin Grapitz zu einem Ausbruch von Eifersucht gekommen sein?« Dabei ging ihr Blick eher in die Richtung des Kollegen.

Schneeganß wehrte ab. »Eine Frau erschießt im Eifersuchtswahn ihren untreuen Verlobten in der Toilette eines ICE. Nein, das gäbe es nicht einmal im schlechtesten ›Tatort‹ oder gedruckten Krimi.«

Jessica Schamp lachte. »Bei einer Frau wie mir und im Falle meiner Lebenspartnerin könnte ich mir das schon vorstellen, aber bei einer Studentin wie der Grapitz kaum.«

»Sie studiert Psychologie«, erklärte Jonte Broistedt ihnen. »Und wer das tut, der tut es ja im Allgemeinen in der Hoffnung, sich einmal selbst therapieren zu können.«

»Eine interessante Theorie«, sagte Schneeganß. »Und warum bin ich dann zur Kripo gegangen? Klar, um Leute auf der Flucht erschießen zu können.«

»Gunnar, bitte!« Jessica Schamp versuchte, ihn zu bremsen.

»Es tut mir leid, dass ich Ihnen nicht so richtig helfen kann«, sagte Jonte Broistedt mit einem Blick auf seine Armbanduhr. »Darf ich …? Mein Zug nach Springe geht in zehn Minuten.«

»Selbstverständlich.« Sie bedankten sich bei ihm und ließen in wieder ziehen.

Schneeganß sah Jessica Schamp an. »War wohl nichts mit dem Triumph.« Er war so frustriert, dass er sich einen *Manhattan* bestellte. »Ein Hoch auf die totale Verwirrung! Nun also auch noch eine heimliche Geliebte aus Jever.«

»Und die sollte zu ihm in Hannover in den Zug gestiegen sein, um ihn zu erschießen? Das ist doch ebenso unwahrscheinlich wie bei der Grapitz.«

»Ja sicher, aber wenn sie sich nun in ihrem Hass auf Hasenfier einen Killer gekauft hätten?«

Jessica Schamp schüttelte den Kopf. »Wie amüsant. Geh zu Karstadt und kauf dir einen Killer. Im Sommerschlussverkauf sind die jetzt besonders günstig zu haben, Rumänen, Bulgaren und so weiter.«

»Es gibt nichts, was es nicht gibt.«

»Doch, doch. Zeig mir mal einen Außerirdischen auf dem Kudamm oder einen Stadtstreicher, der gerade seine erste Millionen zusammen hat.«

»Auf zu unserem Zugbegleiter!«

Arne Retschan saß schon in der 1. Klasse DB Lounge und wartete auf sie. Er ließ ebenso wie sie den Blick umherschweifen, sodass sie auf ihn zugingen und sich miteinander bekannt machten. Der vergleichsweise junge Zugbegleiter war schwarzhaarig und hatte sich einen solchen Bart wachsen lassen, als wollte er – wie weiland Karl May – zur Hadsch nach Mekka reisen und nicht auf den ersten Blick als deutscher Christ erkannt werden. Schneeganß und Jessica Schamp dachten instinktiv an einen IS-Terroristen. Der Zugbegleiter bemerkte ihre Störgefühle und lächelte.

»Ich habe natürlich die ICE-Geschichte von Martin Nehmer gelesen und will unsere Bahnkunden nicht enttäuschen. Aber im Ernst: Meine Freundin ist Reiseleiterin auf Bali, und ich dachte, so auszusehen kann nichts schaden, da wird man nicht so leicht entführt.«

»Wir haben uns keinen Bart zugelegt und uns nicht irgendwie verkleidet«, begann Schneeganß ihr Gespräch. »Wir sind echt von der Berliner Kriminalpolizei und wollen herausfinden, wer den Biologen Dr. Florian Hasenfier bei Ihnen im ICE am späten Sonntagabend in einer Toilette erschossen hat. Eingestiegen ist er aller Wahrscheinlichkeit nach hier in Hannover, Abfahrt des Zuges nach Berlin 22.31 Uhr. Ist Ihnen auf der Fahrt nach Berlin etwas aufgefallen, haben Sie einen Schuss gehört.«

Arne Retschan schüttelte bedauernd den Kopf. »Weder noch.«

Jessica Schamp holte ein Foto von Hasenfier hervor. »Erkennen Sie ihn wieder?«

»Ja … er muss im Wagen 21 am Fenster gesessen haben, Platz 91 könnte das gewesen sein, und hat in einem Buch gelesen, etwas mit Biologie, wenn ich mich recht erinnere.«

Schneeganß nickte. Das konnte stimmen, denn in einer Toilette des Wagens 21 hatte man Hasenfier gefunden.

Jessica Schamp sah Arne Retschan an. »Und ist Ihnen nicht aufgefallen, dass er später nicht mehr an seinem Platz gesessen hat? Der Zug war doch ziemlich leer.«

»Nein, ich achte doch nicht auf jeden der Fahrgäste. Da gehen welche in den Speisewagen, da wandern welche durch den Zug, um von vorn oder hinten auf die Schienen zu gucken. Bei manchen ICE-Baureihen kann man das. Andere suchen Kollegen und Freunde auf, die in einem Wagen weiter hinten oder weiter vorne sitzen, oder sie sind auf der Toilette.«

»Verstehe.« Jessica Schamp hatte keine große Hoffnung mehr, dass ihnen Arne Retschan weiterhelfen konnte. »Und ein möglicher Täter ist Ihnen nicht aufgefallen?«

»Nein.«

Schneeganß dachte, in einem Kriminalroman könnte in diesem Falle nur einer der Mörder sein: Arne Retschan selbst. Entweder, er hatte Hasenfier berauben wollen oder einer beziehungsweise eine hätte bei ihm den Mord in Auftrag gegeben: Schocksdorf oder Ann-Kathrin Grapitz. Aber in der Realität? Ausgeschlossen. Da zuckte er zusammen, denn als Jessica Schamp den Zugbegleiter gefragt hatte, woher er denn käme, hatte die Antwort gelautet: »Aus Jever.«

»Aber Nele Nienhuys kennen Sie nicht zufällig?«

»Nein. Wir haben schließlich fast 14 000 Einwohner.«

Natürlich kannte er die Lehrerin, man sah es ihm an. Warum stritt er das ab? Egal, sie hatten keine Chance, ihn weiter auszuquetschen. Ein Blick auf die Uhr zeigte ihnen, dass sie den Zug um 22.31 Uhr noch dicke schafften und gar nicht mehr in Hannover übernachten mussten. Sie bedankten sich bei Arne Retschan, sagten Auf Wiedersehen und liefen zum Hotel ›Ernst August‹, um ihre Rollkoffer zu holen. Man nahm es gelassen hin, dass sie nicht bleiben wollten, und verlangte nicht einmal Geld für die ausgefallenen Übernachtungen. Rechtzeitig standen sie dann auf dem Bahnsteig am Gleis 9 und warteten auf den Zug aus Köln.

»Diese Fahrt im ICE wird bestimmt ein Erlebnis«, sagte Jessica Schamp. »Zumindest wird jemand ermordet, aber vielleicht geht es auch so zu wie bei Martin Nehmer.«

Schneeganß reichte ihr ein Blatt Papier. »Hier – für dein Testament.«

Doch außer dass der Zug 20 Minuten Verspätung hatte, passierte reinweg gar nichts. Sie waren regelrecht enttäuscht, als sie am Hauptbahnhof wieder Berliner Boden betraten. Sie kamen früh genug ins Bett, um am nächsten Morgen relativ ausgeruht im Büro zu sitzen.

Schneeganß blickte auf seinen Terminplaner. »Fehlt uns

in der Sammlung unserer Tatverdächtigen nur noch der Herr Dr. Curt Callenberg.«

»Laden wir ihn vor oder fahren wir zu ihm hin?« Sie hatte schon herausgefunden, dass der Biologe am Montagmorgen eine Lehrveranstaltung im Langhansbau hatte. »Philippstraße 12.«

Also machten sie sich auf den Weg in die frühere Hauptstadt der DDR. Laut Navi sollten sie nach 15 Minuten am Ziel sein, in Wirklichkeit dauerte es wegen der vielen Staus mehr als doppelt so lange. Callenberg stand schon im Hörsaal und ließ sich über Waschbären aus, doch sie nahmen sich die Freiheit, ihn für eine paar Minuten auf den Flur zu bitten. Worum es ging, war schnell erklärt.

»Herr Dr. Callenberg, da gibt es welche, die Sie der Tat verdächtigen. Tut uns leid, aber wir müssen auch Sie danach befragen, wo Sie zu der Zeit gewesen sind, als Ihr Kollege Florian Hasenfier in einem ICE zwischen Hannover und Berlin erschossen worden ist.«

Callenberg lächelte. »Da habe ich auch in einem ICE gesessen. Ich bin vom Modernen Fünfkampf aus Hagen zurückgekommen, Hagen ab 19.34 Uhr, Berlin an so zehn nach elf.«

Schneeganß rechnete. »Von Hagen nach Hannover müssen es rund zwei Stunden sein, da sind Sie also genau eine Stunde früher von Hannover abgefahren als Hasenfier und konnten ihm gar nicht begegnen.«

»Genau so ist es. Darf ich jetzt wieder zurück zu meinen Studierenden?«

»Aber ja.«

Als Schneeganß und Jessica Schamp ins Büro zurückkamen, hatten sie eine E-Mail der DB auf dem Bildschirm, und im Anhang war aufgelistet, wer sich im dem ICE, in dem Hasenfier erschossen worden war, per Internet einen Sitzplatz hatte reservieren lassen. Sie gingen die Namen durch und schrien zur gleichen Zeit auf.

»Hier … Callenberg! Wagen 24, Platz 78, Gang, Hagen ab 20.34 Uhr. Das ist dann genau der Zug, in dem auch Hasenfier gesessen hat, Hannover ab 22.31 Uhr. Hat er uns also angelogen! Warum wohl?«

17.

Hansjürgen Mannhardt hatte von seinem Enkel erfahren, dass der Berliner Schriftstellerverband alle Vierteljahre im Literaturhaus in der Fasanenstraße zu seiner Reihe ›(Fast) vergessene Schriftsteller‹ einlud, und war dadurch auf die Idee gekommen, in der HWR eine Vorlesung mit der Überschrift ›(Fast) vergessene Serienmörder‹ anzubieten. Als Heike das gehört hatte, war sie fast ausgerastet.

»Damit setzt du Leuten ein Denkmal, die eigentlich in der Hölle schmoren sollten! Und die weibliche Form hast du auch wieder vergessen.«

Also hatte Mannhardt seine Überschrift verändert in ›Weniger bekannte SerienmörderInnen in Deutschland‹. Das hatte dazu geführt, dass nun bedeutend weniger Studierende im Hörsaal saßen, als wenn er sich über Fritz Haarmann, Karl Denke, Karl Großmann, Peter Kürten oder Jürgen Bartsch ausgelassen hätte.

»Ich möchte Sie heute mit Christa Lehmann bekannt machen«, begann er.

Sofort fühlte sich ein Witzbold angeregt. »Ah, die Mutter von Jens Lehmann!«

»Ja, die hat mit Kürbissen und Wassermelonen gehandelt und immer nach ihm geworfen, wenn er etwas ausgefressen hatte. Dadurch ist er dann zum Weltklassetorhüter geworden. Nein, Christa Lehmann hat nicht in Essen gelebt, sondern in Worms.«

»Ah, Wormatia Worms!«, rief einer, der die Regionalliga Südwest gut kannte.

»Kommen wir doch endlich mal vom Fußball los! Das gelingt am besten, wenn wir an Hertha denken.«

»Pfui!«

»Nun endlich zu Christa Lehmann, bei der ich immer das Gefühl habe, als hätte sie nie gelebt, sondern sei ein Produkt von Autoren, die ein Lehrbuch über Kriminalsoziologie und Kriminalpsychologie geschrieben haben, Untertitel: wie deviantes und delinquentes Verhalten entsteht. Was braucht man dazu, um eine Serienmörderin zu werden? Erstens eine fürchterliche Kindheit. Die hatte sie. Vater unbekannt, Mutter lebte in einer Heilanstalt, als sie 1922 als Christa Ambros auf die Welt gekommen ist. Zweitens müssen die gesellschaftlichen Umstände verheerend sein. Und das waren sie in den Jahren nach dem Ersten Weltkrieg und der Weltwirtschaftskrise. Die Saat ist also gelegt, es dauert aber ein paar Jahre, bis sie aufgeht. Christa Lehmann besucht zuerst die Volksschule, arbeitet dann in einer Lederwarenfabrik, später bei den Farbwerken Hoechst. Sie begeht den ersten Diebstahl, ist also von nun an ›gelabelt‹, obwohl sie mit einer Bewährungsstrafe davonkommt. Es scheint ihr die zu erwartende kriminelle Karriere erspart zu bleiben, denn sie lernt bei Hoechst Karl Franz Lehmann kennen, der nicht in den Krieg muss, weil er magenkrank ist und hinkt. 1944 heiraten sie. Nach Kriegsende kommen sie mit einem Fliesenlegergeschäft und Geschäften auf dem Schwarzen Markt ganz gut über die Runden, aber dann gibt es Streitigkeiten und Schlägereien mit ihrem Mann und heftige Auseinandersetzungen mit ihren Schwiegereltern. Sie hält es zu Hause nicht mehr aus und gibt sich mit amerikanischen Besatzungssoldaten und anderen Männern ab. Ihr eigener Mann beginnt zu trinken und stirbt 1952. Der herbeigerufene Arzt gibt als

Todesursache den Durchbruch eines Magengeschwürs an. Da haben wir den dritten Tatbestand, ohne den es keinen Serienmörder gibt: die Fahrlässigkeit beim Ausstellen von Leichenscheinen. Nun ist es ihr Schwiegervater, mit dem sie nicht klarkommt, Valentin Lehmann. Der macht ihr andauernd Vorwürfe wegen ihres liederlichen Lebenswandels, bis er im Oktober 1953 tot vom Rad fällt. Der herbeigerufene Arzt stellte den Tod durch Herzversagen fest. Danach stirbt Annie Hamann, eine Freundin, deren Mutter ihr im Wege gestanden hatte, eine gewisse Eva Ruh. Die für sie bestimmten Pralinen hatte ihre Tochter gegessen. Die wird nun in die Gerichtsmedizin nach Mainz gebracht, wo man eine Vergiftung mit E 605 feststellt. Also werden die Leichen von Karl Franz Lehmann und Valentin Lehmann exhumiert. Bei beiden lässt sich E 605 nachweisen. Am 20. September 1954 beginnt der Prozess gegen Christa Lehmann. Sie wird zu lebenslanger Haft verurteilt, ist aber inzwischen wieder draußen und lebt heute irgendwo mit einer fremden Identität.«

»Mensch!«, rief der Spaßvogel vom Dienst. »Jetzt weiß ich endlich, warum meine Schwiegermutter immer so komisch ist.«

»An wen erinnert uns Christa Lehmann?«, fragte Mannhardt und sah seine Studierenden der Reihe nach an. »Die 100.000-Euro-Frage: Wer ist die bekannteste deutsche Giftmischerin aller Zeiten: A. Gerda Gänsicke, B. Gudrun Germer. C. Gesche Gottfried oder D. Gisela Gantenbein?«

»Kann ich meinen Joker anrufen?«

»Ja, und wer ist das?«

»Hansjürgen Mannhardt.«

»Gut. Tun Sie das.« Man kannte seine Handynummer, und Sekunden später klingelte es bei ihm. »Ja hallo, Herr

Jauch, ich würde einmal sagen: C. Gesche Gottfried, Bremen. Hat von 1785 bis 1831 gelebt. Hat 15 ihr nahestehende Menschen mit Arsen vergiftet.«

Man diskutierte noch darüber, warum Giftmorde als typisch weibliche Delikte angesehen wurden, dann war Schluss, und Mannhardt konnte sich auf den Heimweg machen. Da er Lust nach einer kleinen Plauderei hatte, ging er erst einmal in die Mensa und sah sich nach Leuten um, die er kannte. Viele aus seinem Jahrgang waren es nicht mehr, die noch immer in den Hörsaal strebten. Und von den jüngeren Kollegen kannte er nur die wenigstens näher, Gunnar Schneeganß zum Beispiel, und der stand auch gerade an der Essensausgabe, um sich mit einer Bratwurst zu versorgen.

»Na, Herr Kollege, nicht auch eine Büchse Red Bull?«

»Zum Teufel mit Rasenballsport Leipzig!«

Mannhardt lachte. »Klar, wenn schon eine Firma hinter allem stehen muss, dann Bayer Leverkusen. Und vielleicht würde Hertha mit Gasprom vom 14. Tabellenplatz wegkommen.« Er holte sich eine Tasse Kaffee und ein Stück Käsekuchen und setzte sich zu Schneeganß. »Na, was macht Ihr Fall mit dem Mord im ICE?«

»Den Täter haben wir, auch ein Biologe, Dr. Curt Callenberg, der hat hier gleich nebenan im Institut für Wildtierforschung gearbeitet. Er hat mit Hasenfier im selben ICE gesessen und ein Motiv hat er auch: Ausschaltung eines Rivalen im Kampf um eine Professur an der FU.«

»Na gratuliere! Und – hat er schon ein volles Geständnis abgelegt?«

»Nicht einmal ein halbes.«

Mannhardt lachte und zeigte auf seinen Käsekuchen. »Dann probieren Sie es doch einmal mit der Methode Ernst Gennat – mit einem Stück Torte und viel Sahne.«

»Bei dem eher mit einem Stück Hirschkeule.«

»Viel Erfolg jedenfalls!«

»Danke, danke. Ich werde alles tun, um Ihnen und Ihrem Enkel den Spaß am Hobby zu verderben!«

»Ich bin gespannt …«

Mannhardt machte sich auf den Nachhauseweg, um sich noch ein wenig auszuruhen, bevor das familiäre Abendprogramm seinen Anfang nahm, Schneeganß eilte in die Untersuchungshaftanstalt Berlin-Moabit, um dort mit Callenberg zu reden.

Die JVA Moabit war zwischen 1877 und 1881 erbaut worden und auch noch nach der Zerstörung im Krieg ein mächtiges Bauwerk, vor allem durch das bogenförmige Hintergebäude des Altbaus, aber auch die diversen Neubauten. 1290 Haftplätze gab es hier.

Auf der Fahrt nach Moabit dachte Schneeganß noch einmal über die Rechtslage nach. Untersuchungshaft bedeutete, dass man den Beschuldigten einer Straftat in Haft nahm, bevor er durch ein Gericht wegen der ihm vorgeworfenen Tat verurteilt wurde. Deshalb durfte Untersuchungshaft auch nur unter ganz bestimmten Voraussetzungen und in ganz bestimmten Fällen angeordnet werden. Der Hauptgrund der Anordnung von Untersuchungshaft war die Annahme einer Fluchtgefahr – und davon war bei Callenberg auszugehen, da er bei einer Verurteilung eine Freiheitsstrafe von mehr als zwei Jahren zu erwarten hatte. Callenberg hatte schnell nach einem Anwalt verlangt, der aber hatte trotz aller Cleverness den Erlass des Haftbefehls nicht verhindern können, aber sofort den Antrag auf eine sogenannte mündliche Haftprüfung gestellt. Und die lag nun bald an, sodass für Schneeganß und Jessica Schamp ein Geständnis Callenbergs immer wichtiger wurde.

Als Schneeganß vor der Pforte ankam, wurde er schon von Jessica Schamp erwartet.

»Dein Ex-DDR-Herz müsste doch hier höher schlagen«, sagte Schneeganß, nachdem sie sich begrüßt hatten.

»Wieso denn das?«

»Weil hier viele eurer Größen eingesessen haben: Georgi Dimitrow, Ernst Thälmann, Karl Liebknecht, Ernst Busch …«

»Haha, du solltest nicht jeden Morgen Hischhausens Witzkolumne lesen.«

Sie meldeten sich an, und Schneeganß regte sich darüber auf, dass er behandelt wurde wie »jeder x-beliebige Hansel« und Ausweis und Handy abgeben musste, ehe sie ›durchgeschlossen‹ wurden und man ihnen Callenberg in einem besonderen Raum ›zuführte‹.

Schneeganß versuchte, ihn mit einem kleinen Scherz heiter zu stimmen und sozusagen ›aufzuschließen‹. »Nun, Herr Dr. Callenberg, welche Wildtiere haben Sie hier schon entdecken können: Mücken, Wanzen, Läuse, Ratten …?«

»Außer Bullen noch keine«, brummte Callenberg. »Aber von der Haftentschädigung, die ich zu erwarten habe, kann ich mir sicher einen kleinen Privatzoo anlegen. Haben Sie den wirklichen Mörder Hasenfiers inzwischen gefunden?«

Schneeganß lächelte und fixierte den Biologen. »Ich glaube schon.«

Callenberg ging nicht darauf ein. »Soviel ich weiß hatte Hasenfier auch immer Ärger mit seinen Partnerinnen.«

Jessica Schamp fühlte sich angesprochen. »Mag ja sein,

die haben aber nicht in dem ICE gesessen, in dem Hasenfier erschossen worden ist.«

Callenberg spielte weiter den eigenen Strafverteidiger. »Und haben Sie mal seinem Freund Martin Nehmer auf den Zahn gefühlt, der hat doch diese Horrorgeschichte von der ICE-Eskalation geschrieben. Vielleicht wollte er alles einmal testen?«

»Sie meinen, Nehmer sei reif für die Psychiatrie?« Schneeganß nahm den Ball gerne auf. »Weshalb, Herr Dr. Callenberg, sind Sie eigentlich jede Woche zu Ihrer Psychologin gegangen?«

»Das ist doch wohl meine Privatsache!«

»Nun«, versuchte Jessica Schamp, abzuwiegeln, »natürlich geht das nicht in Richtung übler Nachrede, und wir kämen sofort in Teufels Küche, wenn wir jedem psychisch kranken Menschen unterstellten, er sei automatisch ein Straftäter, aber in Ihrem Falle wird das für den Gutachter, den das Gericht bestellt, doch ein wichtiger Punkt sein: Gab es Aggressionsschübe bei Ihnen, haben Sie Mordgedanken Hasenfier gegenüber gehabt – und so weiter.«

»Gott, ich war lediglich im falschen Augenblick am falschen Ort!«

Schneeganß nickte. »Ja, ich weiß: Der Zufall macht vor keinem halt. Auch vor dem nicht, der im Modernen Fünfkampf gelernt hat, mit der Pistole genau zu zielen und zu treffen.«

»Wir schießen jetzt mit Laserwaffen!«

»Was Sie aber nicht wesentlich entlastet, Herr Dr. Callenberg. Aber wir können warten, Sie kennen doch die alte Kripoweisheit: Gesteht er heute nicht, gesteht er morgen.«

Mannhardt maulte. »Müssen wir uns *Monsieur Claude und seine Töchter* wirklich ansehen, wir haben doch einen Sohn.«

Heike lachte. »Aber wenn der einmal mit einer Araberin, einer Jüdin oder einer Schwarzen als zukünftige Schwiegertochter ankommen würde, dann möchte ich dich mal jubeln hören.«

»Meinetwegen, Hauptsache, er muss nicht noch beschnitten werden.«

»Na klar doch, und sein Vater gleich mit!« Heike hörte nicht auf, ihn ins Visier zu nehmen. »Ein bisschen mehr Toleranz würde dir jedenfalls nichts schaden.«

»Nur weil ich kein so absoluter Gutmensch bin wie du. Übrigens kenne ich die tolle Ranz: Gerda Ranz, x-fache deutsche Meisterin über 1 500 Meter, so um 4:20 rum.«

»Ah, willst du jetzt auch unter die Comedians gehen?«

»Klar, wenn ich damit das Olympiastadion vollkriege. Immer nur die paar Leutchen im Hörsaal, wie soll man da glücklich werden?«

Orlando, der in Tegel bei einem Rechtsanwalt zu tun gehabt hatte, klingelte. Dreimal lang. Das stand im Morsealphabet für O. Er wollte mit ihnen ins Kino gehen, aber auch die Gelegenheit nutzen, von Mannhardt und Heike quasi nach Hause gebracht zu werden, denn Monsieur *Claude und seine Töchter* spielten sie abends nur noch in den kleineren Häusern und peripheren Stadtteilen, so auch bei ihm um die Ecke in der Blissestraße in den Eva-Lichtspielen. Erneut – – –. Damit war das kleine Geplänkel zwischen Mannhardt und der Gefährtin seines Lebens erst einmal beendet. Mannhardt öffnete die Wohnungstür und begrüßte seinen Enkel.

»Seid ihr bereit?«, fragte Orlando.

»Immer bereit!«, schmetterte Mannhardt. »Wir Jungpioniere lieben unsere Deutsche Demokratische Republik.«

»Lieber Opi, HaJott, du warst nie ein Junger Pionier und wirst auch nie einer werden.«

»Und bei der HJ war ich auch nicht!«, rief Mannhardt. »Ich bin der Opa Hansjürgen – der Vorname in einem Wort. Du kannst mich aber gerne jederzeit zum Uropa machen.«

»Ich hoffe doch, dass ich das kann. Die Frage ist nur, ob Enola auch will.«

»Gott, ist die Welt kompliziert heute!«

Heike war mit der Schminkprozedur noch nicht ganz fertig und bat sie, noch für ein paar Minuten im Wohnzimmer Platz zu nehmen.

»Stunden später …«, brummte Mannhardt.

Orlando sah den Tagesspiegel auf dem Tisch liegen. Offenbar hatte sein Opa gerade die letzte Seite gelesen, wo von einem genialen Profiler in München berichtet wurde. Das brachte ihn auf den Gedanken, einmal nachzufragen, ob der mutmaßliche ICE-Mörder schon ein Geständnis abgelegt habe.

»Dieser Callenberg? Nein, hat er noch nicht. Hat mir Schneeganß jedenfalls erklärt, als ich ihn heute Vormittag in der HWR getroffen habe.«

Orlando tat entsetzt. »Wie? Du hast auf deinen Nachfolger geschossen?«

»Ja. Sollte ich nicht?«

»Nein, das Motiv ist zu offensichtlich.«

»Gut, dann ziehe ich meine Kugel wieder zurück, Herr Gerichtsvorsitzender.«

»Aufhören!«, rief Heike vom Korridor aus, wo sie

immer noch weitere Minuten vor dem Spiegel verbrachte. »Geht's nicht auch einmal etwas gehobener?«

»Doch, doch, liebe Zieh-Oma. *Vernommen werden kann jeder, der etwas als Verdächtiger, Beschuldigter, Angeschuldigter, Angeklagter, Betroffener oder Zeuge zur Aufklärung einer Sache beitragen kann. Als Auskunftsperson bezeichnet man bei der Polizei einen Menschen, der nebensächliche Informationen zur Aufklärung einer Tat im polizeilichen Ermittlungsverfahren geben kann (beispielsweise Fluchtrichtung, Aufenthaltsorte, benutzte Fahrzeuge, Kontaktpersonen). Die Aussage bei Vernehmungen stellt später im Gerichtsverfahren einen Personenbeweis dar und ist die Grundlage der kriminalistischen Ermittlungsansätze, die für die Klärung eines Falles notwendig sind.*«

Mannhardt wollte dem nicht nachstehen. »*Als Mordserie werden mehrere Morde bezeichnet, die eine Person, der Serienmörder, in einem nicht genau bestimmbaren zeitlichen Abstand voneinander verübt. Im weiteren Sinne fallen unter den Begriff Mordserie auch äußerst seltene Phänomene, die nicht von Einzeltätern, sondern von Gemeinschaften, Geheimbünden, der Mafia und anderen in gezielter Abfolge oder gezielter Auswahl mit ähnlichem Ziel und Vorgehen ermordet werden.*«

»Zum Beispiel die sogenannten Leopardenmorde in Afrika«, ergänzte Orlando. »Meinst du denn, dass im ICE-Fall auch ein Serienmörder am Werke ist?«

Mannhardt verneinte das. »Wie denn, der Callenberg sitzt doch in Moabit in seiner Zelle.«

»Eigentlich hätte er ja auch den Schocksdorf umbringen müssen, um die Professorenstelle wirklich zu bekommen. So lächerlich das klingt, aber ...«

»Der Schneeganß wird schon wissen, was er macht. Ich will ihm da nicht ins Handwerk pfuschen.«

»Du bist so fair, Opi Hansjürgen, dass du dafür 'ne Medaille kriegen solltest.«

Heike war nur fertig hergerichtet, aber gerade, als sie gehen wollte, kam Silvio nach Hause und musste von seiner Mutter erst noch mit dem vertraut gemacht werden, was er zu tun und zu lassen hatte.

»Wir verpassen noch die Werbung«, sagte Mannhardt. »Und ich habe mir meine Ohrenstöpsel wieder umsonst eingesteckt.«

Orlando winkte ab. »Hauptsache, wir sind morgen pünktlich um zehn zum Segeln in Schmöckwitz, Martin will auch kommen.«

18.

»Wurchows letzte Fahrt«, sagte der Lehrer und Segler oder Segler und Lehrer, als sie am Steg vor dem Bootshaus in Schmöckwitz ablegten, und sang dabei wie weiland Hans Albers: »*Vor mir die Welt, / so treibt mich der Wind des Lebens, / wein' nicht, mein Kind, / die Tränen, sie sind vergebens. La Paloma ohe – einmal muss es vorbei sein!* – Im nächsten Jahr ist hier alles verschwunden. Die Wohnanlage, SIEG für die anderen!«

»Man müsste eine Theorie, eine Philosophie des Vergeblichen entwickeln«, sagte Orlando.

Martin Nehmer lachte. »Die hat ein gewisser Rainer Marten aus Freiburg schon entworfen. Ich hab's aus dem Internet und will's im Roman verwenden. Das geht etwa so …« Er zog einen Zettel hervor und zitierte: »*Das Leben hasst sich in seiner Vergeblichkeit selbst. Und warum eigentlich? Antwort: Weil es nur Leben ist. Dem Leben wird hier überraschenderweise allein darum seine Nichtigkeit voller Hass nachgesagt, weil es nichts als Leben ist, das aber heißt, weil es als Leben zwar im Augenblick ein Am-Leben-Sein ist, aber auf Dauer kein Am-Leben-Bleiben verspricht.*«

»Na du mit deiner ICE-Eskalation hast doch große Chancen, unsterblich zu werden.«

»Danke, aber wie sagt der echte Berliner: Vascheißan kann ick ma selba.«

Heike mischte sich ein. »Herr Wurchow, achten Sie als Kapitän bitte darauf, dass ein bestimmtes Niveau nicht unterschritten wird.«

»Gern.« Christian Wurchow ließ sich diese Vorlage nicht entgehen und zeigte auf die Große Krampe hinüber. »Eine Frage an die ganze Klasse: Wer ist dort 1905 beim Baden ertrunken?«

Weder Mannhardt und Orlando noch Heike und Martin Nehmer hatte eine Ahnung, wer gemeint war und gaben teilweise so dumme Antworten wie »der Hauptmann von Köpenick« oder »Theodor Fontane«.

Wurchow schmunzelte. »Wilhelm Voigt war wohl nie hier in der Gegend und ist auch erst 1922 gestorben, und Fontane war zwar hier – und zwar im Juli 1874 auf der ›Sphinx‹ –, aber gestorben ist er schon sieben Jahre vorher, 1898 also.«

»Wer ist denn nun wirklich hier ertrunken?«

»Der Schriftsteller Curt Grottewitz, eigentlich Max Curt Pfütze aus Grottewitz in Sachsen. Naturwissenschaftler, Germanist und Schriftsteller. Begründer der Arbeiter-Wanderbewegung.«

Der Wind war nicht eben stark, und so bewegte sich die *Santa Maria* nicht schneller als ein Wasserläufer in Richtung Schmöckwitzer Brücke. Dass Wurchow seine Jolle nach dem Flaggschiff des Christoph Columbus benannt hatte, schien den hiesigen Wassergeistern nicht zu gefallen.

Wurchow spielte weiterhin den Cicerone. »Auf der Steuerbordseite, da wo jetzt die Bootswerft ist, hatten wir früher die beliebte Ausflugsgaststätte ›Zur Palme‹. Da habe ich immer gerne gesessen und auf den Seddinsee hinausgesehen.«

Heike war ein wenig irritiert. »Der liegt doch aber hinten bei Potsdam.«

»Das ist der Seddiner See, unserer ist der in einem Wort und ohne er dazwischen.«

»Und woher kommt der Name?«, wollte Martin Nehmer wissen.

Da musste auch Wurchow passen. »Tut mir leid, aber gleich hier Backbord hinter der Brücke haben wir die Schmöckwitzer Badewiese und ein paar Hundert Meter weiter den Campus der japanischen Teikyō-Universität. Früher war hier Harry Tisch zu Hause, Mitglied des Politbüros der SED und Vorsitzender des FDGB.«

»Heute nur noch durch sein Tennis bekannt«, kalauerte Orlando.

Wurchow war durch nichts mehr zu bremsen. »Wir kommen nun auf den Zeuthener See. Rechts vorne am Zeuthener Ufer haben wir die Hertzog-Villa. Rudolph Hertzog war damals der Berliner Kaufhaus-König und hat sie 1909/1910 für seine Verlobte Wally bauen lassen. Eine schöne Mischung aus Neobarock und Rokoko. Nach Kriegsende waren die Russen drin, und der sowjetische Botschafter hat hier residiert. Ende der 70er Jahre ist sie dann an die DDR gekommen, und das Ministerium für Staatssicherheit hat hier hochrangige ausländische Besucher untergebracht. 1991 hat Peter Dussmann alles gekauft und lässt jetzt hier seine Mitarbeiter schulen.«

Martin Nehmer war beeindruckt. »Das wäre ein schöner Stoff für einen Roman. *Wenn eine Villa erzählt.*«

Wurchow hatte noch eine kleine Ergänzung parat. »Hertzog war es auch, der sich mit dem Kaiser wegen einer Autonummer angelegt hat. Hertzog hatte für seinen Horch die Nummer IA-I bekommen, die wollte aber der Kaiser für seinen Mercedes haben. Es kam zu einer Gerichtsverhandlung – und da hat Hertzog gewonnen.«

Sie glitten eine Weile schweigend über das Wasser hin, bis Martin Nehmer Wurchow fragte, wo denn hier nun am Zeuthener See Hankels Ablage sei.

»Fontane, *Irrungen Wirrungen.* Die Liebe zwischen dem Baron und Offizier Botho von Rienäcker und der Schneidermamsell Lene. Hier im Gasthaus am Zeuthener See verbringen sie eine wunderbare Liebesnacht, und Lene gibt sich den schönsten Hoffnungen hin. Dann aber erscheinen Bothos Kameraden – an ihrer Seite Flittchen, gekaufte Frauenzimmer, und Lene begreift, dass ihre Liebe nicht standesgemäß ist. Beide heiraten schließlich einen anderen Partner und werden nicht recht glücklich. Und Fontane schreibt: *Die Sitte gilt und muss gelten, aber dass sie's muss, ist mitunter hart.*«

»Gott, wie ist er da schrecklich konservativ!«, rief Orlando.

»Hankels Ablage ist ja auch völlig verschwunden«, sagte Wurchow. »Heute ist da der Segelverein Neander e. V.«

Heike zeigte zum fernen Horizont. »Das ist ja ein gewaltiges Windrad da hinten!«

Wurchow lächelte milde. »Das ist die alte Sendestation Königs Wusterhausen. Von der gibt es nur noch ein technisches Denkmal, diesen 210 Meter hohen Sendemast mit zwei sogenannten Langdrahtantennen.«

»Da wäre aber unser Florian Hasenfier froh«, sagte Martin Nehmer. »Der hat nämlich Windräder gehasst, weil sie Todesfallen für seine Fledermäuse sind. Das sollen gar nicht mal die Rotorblätter sein, die die Tierchen zerschreddern, die Luftdruckschwankungen hinter den Spitzen zerreißen bereits ihre Lungen. Darum hat er auch mal gefordert, dass die Windräder in der Abenddämmerung, wenn die Fledermäuse auf Jagd sind, stillstehen sollen.«

Sie tauschten noch ihre Erinnerungen über Hasenfier aus, dann ging es auf den Großen Zug und den Krossinsee hinaus. Rechts hatte früher die eigentliche DDR begonnen, jetzt lag da das mit Berlin nicht immer befreundete Bundesland Brandenburg. Nach ein paar Minuten mäßig schnellen Dahingleitens zeigte Wurchow nach rechts.

»Meine sehr verehrten Damen und Herren, dort im ›Sporthaus Ziegenhals‹ haben wir die Gedenkstätte Ernst Thälmanns. Hier hat am 7. Februar 1933 eine illegale Tagung des ZK der KPD stattgefunden.«

Martin Nehmer spielte das nach, was auf den innerstädtischen Schiffstouren, den sogenannten Stadtkernfahrten, Usus war.

»Ladies and gentlemen, here to see a memorial to Ernst Thälmann. Here, on February 7, 1933 an illegal meeting of the SED occurred.«

Orlando tat erstaunt. »Martin, was ist denn das für eine Fremdsprache, die du da sprichst?«

Es entstand eine kleine Balgerei, die Wurchows *Santa Maria* fast kentern ließ.

In Wurchow brach der Lehrer durch. »Wenn das nicht aufhört, bekommen eure Eltern einen Blauen Brief von mir!«

»Bei mir können Sie ihn gleich meinem Opa geben«, sagte Orlando.

Wurchow ging darauf nicht ein, weil er dabei war, einem grauhaarigen Mann zuzuwinken, der nach Guru-Art am Wermsdorfer Ufer saß und meditierte.

»Das ist mein Freund Prof. Manfred Heinicke. Der lang gestreckte Bau dahinter nennt sich Pension und Seminarhaus am Krossinsee. Manfred ist hier in Wernsdorf aufgewachsen, aber dann in den Westen gegangen, hat studiert,

Karriere gemacht und nicht schlecht verdient. Nach der Wende hat er sich einen Kindheitstraum erfüllt und das Erholungsheim eines thüringischen Betriebs gekauft und sein Seminarhaus daraus gemacht.«

»Auch eine schöne Geschichte für einen Roman«, sagte Heike.

»Jedes Leben ist ein Roman«, stellte Martin Nehmer klar.

Sie kamen in die enge Durchfahrt zum Oder-Spree-Kanal, und Wurchow musste seinen Motor anwerfen. So tuckerten sie durch Wernsdorf hindurch.

»Links haben wir die Hotel-Akademie Berlin-Schmöckwitz.« Er warf einen Blick auf Heike und Martin Nehmer. »Hier können sich unsere beiden Freien aus der Kreativwirtschaft umschulen lassen – zur Fachkraft im Gastgewerbe, zum Hotelfachmann oder zum Koch.«

Der Schriftsteller formte seine Hände, als wollte er ihn erwürgen. »Sein nächstes Opfer war Christian Wurchow.«

Orlando lachte. »Um es zu einer solchen Eskalation kommen zu lassen, müsste der aber erst in deinen ICE steigen.«

»Ich finde das alles gar nicht so lächerlich«, sagte Heike.

Mannhardt wagte es, aufzumucken. »Gut, warten wir schweigend auf die Wasserleiche, die Wurchow uns versprochen hat.«

Der traute sich jetzt auch nicht mehr, lange Erklärungen zum nicht mehr befahrbaren Wernsdorfer See, zur nahen Müllkippe und Schleuse und zum Oder-Spree-Kanal abzugeben. Erst als sie den Seddinsee erreicht hatten, konnte er nicht mehr an sich halten.

»Der Seddinsee, eigentlich eine große Bucht der Dahme, ist rund drei Kilometer lang und reicht von Schmöckwitz bis nach Gosen.«

Orlando staunte. »Was, das sollen nur drei Kilometer sein, Herr Lehrer? Gosen, das liegt doch im Gebiet von Hebron, und das sind von hier doch rund 3000 Kilometer.«

»Zum biblischen Gosen ja, aber zu unserem brandenburgischen Gosen-Neu-Zittau nicht ganz. Aber bleiben wir beim Historischen. Uns genau gegenüber sehen wir eine Art Kaimauer. Das war einmal ein Verladehafen für die Sand- und Kiestransporte aus der Seddingrube. Und ein Stückchen weiter liegt eine Bucht, die einmal der Anfang der Kleinen Krampe war. Die ist nach dem Krieg mit Trümmerschutt aufgefüllt worden und von der Landkarte verschwunden.«

»Besser, als wenn ganz Berlin es wäre«, brummte Mannhardt.

»Bist du dir da ganz sicher?«, fragte ihn Heike. »In manchem Bundesland sieht man das anders.«

»Ruhe bitte in den hinteren Reihen!«, rief Wurchow, der mit dem Setzen seines Segels und der Arbeit an der Pinne nicht ganz ausgelastet war. »Ich wollte noch etwas zu den Gosener Bergen sagen …«

»Müssen wir das mitschreiben?«, fragte Martin Nehmer.

»Du ja, damit du es mal in einem deiner Romane unterbringen kannst, die anderen nicht. Also: Die Gosener Berge sind rund 80 Meter hoch …«

»Fehlen ja zum Achttausender nur zwei Nullen«, merkte Mannhardt an.

»Hansjürgen, hältst du mal deinen Schnabel! Also … Früher war da alles kahl, und man hat hier Quarzsand abgebaut und mit einer Werkbahn bis Eichwalde gebracht.

Zu DDR-Zeiten hat die Stasi im Inneren des Berges einen atombombensicheren Bunker für Markus Wolff gebaut. Und in meiner Jugend stand oben noch die Schillerwarte, 1905 zum ersten Todestag unseres zweitgrößten Dichters errichtet.«

Von munteren Reden begleitet, ging es dann nach Schmöckwitz zurück. Als sie wieder anlegten, warf Orlando einen Fünfeuroschein in Wurchows abgesetzte Mütze.

»Mit Dank für die schöne Fahrt und Ihre Erklärungen.«

»Ich gebe nichts«, sagte Mannhardt. »Wir haben ja nicht einmal eine Wasserleiche entdeckt.«

Nachdem sie wieder an Land geklettert waren, machten sie sich auf zum Italiener an der Endhaltestelle der 68. An den Baufahrzeugen der SIEG vorbei kamen sie zum Adlergestell, warteten aber nicht auf eine Straßenbahn, sondern liefen den knappen Kilometer zum Dorfanger von Alt-Schmöckwitz hinunter. Die ›Villa Toscana‹ lag an der Straße nach Wernsdorf und gegenüber der alten Straßenbahnremise, Feuerwehr und Schule, alles schöner, roter wilhelminischer Backstein, und der gelb-grau verputzten Dorfkirche. Bei deren Anblick fiel Wurchow ein, dass er vorhin auf dem Seddinsee vergessen hatte, den Gästen die Geschichte vom Fischer Kahnis zu erzählen.

»Fontane … Kahnis hat auf einer Anhöhe am nördlichen Ende des Seddinsees gewohnt und eine hübsche blonde Kossätentochter aus Schmöckwitz zur Frau gehabt. Als nun 1806 die Franzosen Preußen besetzt hatten und ihre Soldaten, alles schicke Kerle, auf die umliegenden Dörfer verteilt wurden, bekam er es mit der Eifersucht zu tun und flüchtete sich mit Weib und Kind auf eine einsame Insel im Seddinsee. Da blieb er dann aber auch nach Abzug der

Franzosen …« Er zitierte nun aus dem Kopf Fontane. *»So gingen die Jahre. Die Kinder wuchsen heran, verließen Haus und Insel; endlich starb auch die Frau. Kahnis stellte den Sarg auf sein bestes Boot und fuhr quer über den See, um der Toten auf dem Schmöckwitzer Kirchhof ein christliches Begräbnis zu geben.«*

Man war beeindruckt, und Mannhardt fragte sich, was er denn tun würde, wenn die Russen nach der Krim nun auch Berlins besetzten.

»Inseln bei uns im Tegeler See haben wir ja genug. Haselwerder, Lindwerder, Scharfenberg, Reiswerder, Baumwerder, Valentinswerder, Marienwerder, Reiherwerder … Such dir was aus.«

»Zum Glück haben wir ja noch die NATO!«, rief Heike.

Martin Nehmer lachte. »Die mit ihren kaputten Flugzeugen.«

Da kam der Ober, um ihre Bestellungen aufzunehmen, und ihre Gedanken kreisten erst einmal um das Essen und ob man Rot- oder doch lieber Weißwein ordern sollte.

»Lieber Rotwein als tot sein«, sagte Mannhardt.

»Mensch, Opa!«, rief Orlando. »Komm doch endlich mal von deinen Toten weg.«

In der Tür erschien Anna Thaler und wurde jubelnd begrüßt.

Es wurden drei sehr gemütliche Stunden, und die Dämmerung war schon hereingebrochen, als sie sich auf den Weg zu ihren Autos machten, die sie am alten Bunker geparkt hatten.

Als sie dort ankamen, konnten sie Dutzende von Fledermäusen beim Jagen beobachten.

»Das wäre was für Hasenfier gewesen«, sagte Martin Nehmer.

19.

Bei der SIEG in Schmöckwitz hatte man sich, was den Fortschritt des Bauens betraf, dem allgemeinen Berliner Tempo angepasst, siehe Flughafen BER, konnte sich aber auch auf die Hamburger Elbphilharmonie, Stuttgart 21 oder gar den Kölner Dom berufen, an dem man ja von 1248 bis 1880 gebaut hatte, also über 600 Jahre.

Damit tröstete Björn Jembke seinen Boss, den Chief Executive Officer (CEO) der SustainInvest, als sie wieder einmal nach Schmöckwitz gefahren waren, um auf ihrer Baustelle nach dem Rechten zu sehen. Noch nicht einmal der alte Bunker war angerissen und abgetragen worden.

Greg Mernmack lachte. »Was habe ich einmal auf der Highschool gelernt, soll aus dem Griechischen kommen: Der Anfang ist die Hälfte des Ganzen.«

»Ja, das müsste Aristoteles sein, um allen Menschen Mut zum Beginnen zu machen, zum Tun!«

»Wer auch immer es war, Björn, Sie haben das mit dem Bauprojekt hier grandios hinbekommen, alle Proteste abgeschmettert und für ein offenes Ohr beim Bausenator gesorgt. Gratuliere! Sie haben unseren deutschen Ableger vor dem Konkurs gerettet, und Sie sollen dafür dadurch belohnt werden, dass wir Sie zum COO, also Chief Operating Officer, der SustainInvestment India in Mumbai machen, wo wir am Ufer des Thane Creek eine riesige Wohnanlage bauen wollen. Haben Sie Lust auf Indien?«

»Na klar!« Jembke strahlte und wurde sofort übermütig. »Ich werde sofort anfangen, Indisch zu lernen.«

Selbstverständlich wusste er, dass es eine solche Sprache nicht gab, sondern an die 100 Sprachen der unterschiedlichsten Ethnien, und die indische Verfassung Hindi und Englisch als Amtssprachen vorsah. Und dass sein Englisch besser war als das vieler Inder, davon konnte ausgegangen werden.

Indien ... Jembke hätte jauchzen können vor Glück. Seine Ex hatte angedeutet, von Stade nach Berlin zu ziehen, um ihm nahe zu sein und noch einmal über alles zu reden. Oh Gott, bloß schnell die Flucht ergreifen!

Viel war in Schmöckwitz nicht mehr zu tun. Sie redeten mit ihrem Polier und gaben ihm neue Anweisungen und sprachen mit den Verantwortlichen einiger Subunternehmer, dann ging es wieder zurück nach Halensee. Von den Protestierern ließ sich keiner mehr sehen, die hatten längst aufgegeben.

Fragte man ihn später, wie er denn darauf gekommen sei, nicht Callenberg für den ICE-Mörder zu halten, sondern einen Mann, an den vorher niemand gedacht hatte und der als total integer gegolten hatte, dann war Hansjürgen Mannhardt nicht imstande, eine rational klingende Antwort zu geben. Orlandos Freundin Enola kommentierte seine Erklärungsversuche mit einem Satz Karl Bühlers, den sie gerade im Hörsaal mitgeschrieben hatte, und der das sogenannte Aha-Erlebnis so definiert hatte: *ein eigenartiges, im Denkverlauf auftretendes lustbetontes Erlebnis, das sich bei plötzlicher Einsicht in einen zuerst undurchsichtigen Zusammenhang einstellt.*

Es begann damit, dass eine Berliner Tageszeitung die Journalistin Heike Hunholz gebeten hatte, für ihre Kolumne einen Nachruf auf Florian Hasenfier zu schreiben, da sie ihn doch von Angesicht zu Angesicht gekannt habe. Sie hatte Ja gesagt, obwohl ihr klar war, dass man nur auf sie gekommen war, weil der dafür vorgesehene Kollege krank geworden war. Bei ihren Recherchen hatte sie nicht nur alle möglichen Leute befragt, natürlich auch Ann-Kathrin Grapitz, seine Verlobte, sondern war auch zum Theodor-Heuß-Platz gefahren, um sich beim rbb den Film anzusehen, den sie über Hasenfier gedreht hatten. Dann hatte sie sich an den Computer gesetzt und losgelegt. Als sie fertig geworden war, hatte sie die Rohfassung ihres Nachrufs Mannhardt zum Gegenlesen gegeben. Der hatte alles überflogen und dabei die folgenden Sätze besonders aufmerksam gelesen:

Fledermäuse hatten Florian Hasenfier von Kind an fasziniert, und sie hatten ihn nicht mehr losgelassen, sie waren sein Schicksal geworden. Er hatte quasi von ihnen gelebt, indem er für Baufirmen durch Berlin und das Umland gezogen war, um in Haus-, Bunker- und Fabrikruinen nach Fledermäusen zu suchen, denn nach § 44 Bundesnaturschutzgesetz und der Flora-und-Fauna-Habitat-Richtlinie der EU zum Artenschutz darf da nicht gebaut werden, wo sich Fledermäuse zum Winterschlaf niedergelassen haben. Und, so vermutet es die Kriminalpolizei, waren die Fledermäuse auch sein Tod, denn mit ihnen und dem Artenschutz als Thema war Hasenfier auf den Platz 1 einer Berufungsliste der FU für eine Professorenstelle im Fach Biologie gekommen. Sein Nachrücker sitzt nun wegen Mordverdachts in U-Haft. Er hat im selben ICE nach Berlin gesessen, in dem Hasenfier erschossen worden ist.

Heikes Nachruf war also der eine Auslöser von Mannhardts Aha-Erlebnis geworden. Als Zweites waren es die

Bilder gewesen, die ihm am Vorabend beim Einschlafen durch den Kopf gegangen waren: Da hatte er die Fledermausgeschwader vor Augen gehabt, die sie am Schmöckwitzer Bunker beim Einsteigen in ihre Autos gesehen hatten.

Als Drittes war die Erinnerung an das Theater um den Bau der Waldschlösschenbrücke in Dresden dazugekommen, an das er sich noch genau erinnern konnte: Da hatte man 2007 einen Baustopp verhängt, um eine Fledermausart zu schützen, die Kleine Hufeisennase.

Das alles hatte Mannhardt zu seiner gewagten Hypothese gebracht, ein vom Bauinvestor SIEG gekaufter Killer habe Hasenfier im ICE erschossen. Als er sie beim gemeinsamen Frühstück mit Heike, Silvio, Orlando und Enola vortrug, erntete er erst einmal ziemliches Gelächter. Alle hatten etwas dagegen einzuwenden.

Den Anfang machte sein Sohn. »Papa, hast du wieder mal ›Tatort‹ gesehen?«

Heike und Orlando kamen mit demselben Einwand. »Aber Schneeganß hat doch den Täter schon! Dass Callenberg ein Geständnis ablegt, ist doch nur noch eine Sache von Stunden.«

Enola kam ihm mit einigen leicht spöttischen Definitionen von Fantasie. »Aristoteles hat unter *phantasia* die Vorstellung als Nachwirkung der Wahrnehmung verstanden, die auch ohne Wahrnehmung auftritt, und die Stoiker und Epikureer sprechen von *Phantasma*, dem Trugbild.«

»Danke, danke!«, rief Mannhardt, ein wenig eingeschnappt.

Orlando zeigte Mitgefühl und fragte seinen Großvater, wie er denn vorzugehen gedenke, um des Phantommörders habhaft zu werden.

Mannhardt musste nicht lange nachdenken. »Ich besorge mir von seiner Verlobten ein Foto von Hasenfier, fahre damit nach Schmöckwitz und frage die Leute, ob sie ihn in der Nähe der Bunkerruine gesehen haben.«

Enola lachte. »Und wenn die nun alle unter Prosopagnosie leiden?«

»Worunter?«

»Der Gesichtsblindheit, dass sie sich keine Gesichter merken können.«

»Na, alle bestimmt nicht«, wandte Orlando ein. »Mehr als fünf Prozent aller Menschen werden es bestimmt nicht sein, und da Schmöckwitz Oberlehrer Wurchow zufolge etwa 4.000 Einwohner hat, ist das eine zu vernachlässigende Größe.«

»Gut.« Mannhardt sah seinen Enkel an. »Dann macht sich also die Firma M&O morgen an die Arbeit. Wir fahren zuerst zu der Verlobten, ein Foto besorgen, Heike hat die Adresse, und dann auf zur SIEG, um mal zu hören, für wie verrückt die Leute mich da halten.«

Orlando stimmte zu, und so suchten sie zuerst Ann-Kathrin Grapitz bei deren Mutter in Schöneberg auf. Da sie vorher mit ihr telefoniert hatten, bedurfte es keiner großen Worte mehr, sie bekamen schnell mehrere Handy-Fotos von Hasenfier überreicht.

»Und noch etwas, Frau Grapitz«, Mannhardt versuchte es mit einem charmanten Altherrenlächeln. »Sie haben ja sicherlich noch den Schlüssel zur Wohnung Ihres Verlobten – und wir hätten uns gern einmal in dessen Wohnung umgesehen.«

»Gern, aber die wird jetzt sicherlich versiegelt sein.«

»Okay, aber ich habe noch meine Beziehungen zur Polizei, und da wird sich sicherlich ein Weg finden lassen. Hätten Sie morgen Vormittag noch einmal Zeit für uns? Sagen wir, so um neun?«

»Ja natürlich. Wie heißt es seit Fritz Teufel so schön: »*Wenn's der Wahrheitsfindung dient.*«

Sie bedankten sich und zogen wieder von dannen. Da sie Heikes Wagen wegen Eigenbedarfs nicht bekommen hatten, mussten sie mit der S-Bahn nach Halensee fahren. Aber bis zum Bahnhof Schöneberg war es nicht allzu weit, und mit der S41 brauchten sie keine Viertelstunde bis Halensee. Das Büro der SIEG lag ja unmittelbar am Bahnhof. Dort angekommen schickte man sie zum Chef, und bald saßen sie im Besucherzimmer Björn Jembke gegenüber.

Mannhardt gab sich als Privatdetektiv aus, der von Hasenfiers Vater gebeten worden war, eigene Ermittlungen anzustellen, da die Kriminalpolizei den Mörder seines Sohnes offensichtlich nicht finden könne.

Jembke war sichtlich verblüfft. »Ich denke, den haben sie längst, diesen Dr. Callenberg.«

»Ja schon, aber der will und will kein Geständnis ablegen.«

Jembke nickte. »Das mag ja sein. Aber was hat die SIEG mit der Sache zu tun?«

Mannhardt erklärte ihm die Zusammenhänge. »Sie hätten mit den Bauarbeiten und insbesondere mit dem Abtragen der Bunkerruine nicht beginnen dürfen, wenn und weil es dort Fledermäuse gibt.«

»Gott, meine Leute haben mir doch versichert, dass es dort nichts gibt, was unter den Artenschutz fällt!«, rief Jembke.

»Vielleicht gab es im Sommer dort im Bunker noch keine Fledermäuse«, sagte Orlando. »Die kommen ja erst im August aus dem Osten und suchen sich ihre Winterquartiere.«

»Gut, dass Sie mir das sagen, ich werde sofort Order geben, den Bunker vorerst nicht anzurühren!« Jembke griff sofort zum Telefon und setzte das in die Tat um, was er gesagt hatte. Dann wandte er sich wieder Mannhardt und Orlando zu. »Sie sehen, die SIEG hat ein absolut reines Gewissen.«

Das glaubten M&O wirklich, als sie wieder unten auf dem Kurfürstendamm standen.

Orlando sah seinen Großvater zweifelnd an. »Und da willst du wirklich noch nach Schmöckwitz fahren?«

Mannhardt zögerte zuerst, zeigte aber dann doch das, was die Politiker klare Kante nannten. »Ja …«

»Enola würde sagen, dass das in die Rubrik ›anankastische Persönlichkeitsstörung‹ fällt. Besondere Starrheit im Denken und Handeln.«

20.

»Opa«, hatte Orlando schließlich gesagt, »natürlich lasse ich dich nicht alleine nach Schmöckwitz fahren, denn mit deinem Rollator kommst du doch schwer die sandigen Wege entlang.«

»Du Bürschlein du!«, hatte Mannhardt gerufen und einen herumliegenden Besenstiel wie ein Schwert in die Hand genommen.

Jetzt saßen sie in der 68 und bogen schon ein ins Adlergestell. Von Tegel bis Alt-Schmöckwitz waren es mit U-, S- und Straßenbahn fast genau anderthalb Stunden, von daher also ein Wahnsinn.

»*Startup* ist doch gerade *in* in Berlin. Gründet doch wirklich das Detektivbüro M&O, dann kommt ihr billig zu einem Firmenwagen.«

Das hatten sie noch im Ohr, als sie an der Haltestelle Reifenwerk aus der 68 stiegen, die Gleise und die zweite Fahrbahn überquerten und sich auf der nun weithin fertiggestellten Stichstraße Richtung Wasser in Marsch setzten. Überall waren Bauarbeiter am Werke, aber mit dem Abtragen der Bunkerruine war niemand beschäftigt.

»Wenn der Bunker stehen bleibt, ist ihr Projekt nur noch halb so viel wert«, stellte Orlando fest. »Wenn es sich überhaupt noch lohnt.«

Mannhardt holte das Foto mit Hasenfier hervor, das 17,0 x 11,5 cm groß war, und zeigte es einem der herumwuselnden Bauarbeiter.

»Entschuldigung, eine kleine Sekunde ... Haben Sie diesen Mann in der letzten Woche hier gesehen?«

»Nee, ist dit 'n Pilzsammler?«

»Nein, ein Biologe, der auf Fledermäuse spezialisiert war.«

Das Gesicht des Mannes hellte sich auf. »Is det nich der, der inna Zeitung war und den se im ICE aschossen ham?«

»Ja, das ist er.«

»Wie jesacht: Hier hab ick den nich jesehn.«

Als sie weitergingen, warf Orlando einen mitleidigen Blick zu seinem Großvater hinüber. »Damit hattest du wohl nicht gerechnet, dass die Leute Hasenfier aus der BILD-Zeitung kennen. Und finden wir hier wirklich einen, der ihn gesehen haben will, dann würde ich als Verteidiger des Täters sofort ausrufen: ›Klar hat ihn der Zeuge gesehen, aber nicht in Schmöckwitz, sondern in der Zeitung.‹«

Mannhardt konnte nicht umhin, ihm recht zu geben, blieb aber bei seiner Linie. »Trotzdem!«

Sie klingelten bei Wurchow, um ein kleines Schwätzchen zu halten, doch der war nicht zu Hause. Sie beschlossen, in den Ort zu gehen, um im Supermarkt, im Eiscafé und beim Italiener nach Hasenfier zu fragen. Vielleicht hatte der in Schmöckwitz etwas gekauft oder war eingekehrt. Auf dem Weg zurück zum Adlergestell sah Orlando das Schild ›-> Zur Fähre‹, und sofort packte ihn der Urtrieb aller Berliner: Mal wieder Dampfer fahren!

»Opa, nur mal schnell nach Krampenburg rüber und wieder zurück!«

»Kind, wir sind doch gerade mal 'n ganzen Tag mit Wurchows Segelboot unterwegs gewesen!«

»Ein Segelboot ist kein Dampfer«, argumentierte

Orlando. »Und ich war noch nie in Krampenburg, bitte, bitte Opi Hansjürgen!«

Mannhardt gab schließlich nach. »Na schön …«

Sie gingen zur Straße Zum Seeblick und zum Anlegesteg der Fähre. Spontan begann Orlando das Lied *Hol über, Fährmann* von Klaus Groß zu singen: »*Träume der Freude, der Liebe / Bringen mir Glück im Voraus / Im späten Abendleuchten / Seh ich der Liebsten Haus / Hol über Fährmann, hol über / Du fühlst ja die Liebe wie ich …«*

Mannhardt hätte sich am liebsten die Ohren zugehalten, wollte aber den Enkel nicht kränken. Bald legte die F21 auch an. Sie gingen an Bord, und während der kurzen Fahrt konnte Mannhardt nicht anders, als dem Kapitän Hasenfiers Foto zu zeigen, obwohl sich sein Enkel unverhohlen an die Stirn tippte.

Doch zu beider Überraschung konnte sich der Fährmann gut an Hasenfier erinnern. »Klar doch, der war letzten Donnerstag oder Freitag bei mir hier an Bord. Hin und zurück.«

Mannhardt strahlte so, wie Olympiasieger strahlen. »Wunderbar, danke, und hat er ihnen auch erzählt, warum er unterwegs war?«

»Nein, das nicht, aber an Bord war er 100-prozentig.«

Mannhardt ließ sich sicherheitshalber Name und Anschrift des Mannes geben. Als sie zurück in Schmöckwitz waren, lud er seinen Enkel in die ›Villa Toscana‹ ein. »Das muss gefeiert werden!«

»Schön und gut«, sagte Orlando und gab sich ganz als Jurist. »Dass Hasenfier auf der Fähre war, beweist doch noch lange nicht, dass er wegen der Fledermäuse im Bunker in Schmöckwitz war, Herr Staatsanwalt.«

»Aber warum sollte er denn sonst hier gewesen sein?«

»Der Schönheit des Ortes wegen.«

»Ach, quackie!«

Sie saßen lange beim Italiener, und alle paar Minuten kam eine Straßenbahn an oder fuhr, nachdem sie die Wendeschleife auf dem Dorfanger umrundet hatte, wieder nach Köpenick zurück.

»Ein Auto hatte Hasenfier als großer Naturfreund nicht«, begann Mannhardt zu sinnieren. »Also wird er mit der 68 gefahren sein, und da könnte er doch einer Fahrerin oder einem Fahrer beim Ein- oder Aussteigen aufgefallen sein?«

»Ja, vor allem nach seinem Tod im ICE«, spottete Orlando.

Doch Mannhardt ließ sich, nachdem sie gut gegessen und getrunken hatten, nicht davon abhalten, allen BVGlern, die in der Wendeschleife ihre Pausenzeit nahmen, Hasenfiers Foto hinzuhalten und zu fragen, ob sie den jungen Mann irgendwann in der letzten Woche gesehen hätten. Orlando setzte sich inzwischen auf das Kriegerdenkmal vor der kleinen Dorfkirche und döste vor sich hin, warm genug war es noch. Er war gerade etwas eingenickt, als er von unten her den Jubelschrei seines Großvaters hörte.

»Komm schnell, wir können zurückfahren, die Fahrerin hier hat ihn gesehen!«

Orlando gab sich geschlagen und gratulierte seinem Großvater. »Aber du weißt, dass wir damit noch nicht die Beweise dafür haben, dass Hasenfier a wirklich des Bunkers wegen hier war und er b die SIEG von den Fledermäusen im Bunker informiert hat, Jembke streitet das ja ab.«

Mannhardt nickte. »Jaja, ich weiß: further research is needed, und ohne Schneeganß werden wir nicht ans Ziel kommen, aber noch will ich nicht auf ihn zugehen, sondern es erst mal allein versuchen, das heißt, mit deiner Hilfe?«

»Und was gedenken Eure Majestät, zu tun?«

»Ich muss meine Beziehungen spielen lassen, dass wir mit seiner Verlobten in die Wohnung können, dann beim Bausenator nachfragen, ob die etwas von den Fledermäusen im Bunker wissen, und schließlich bei der SIEG herausfinden, ob jemand Hasenfier im Büro in Halensee gesehen hat.«

»Und wenn er nun mit Jembke nur telefoniert hat?«, warf Orlando ein.

»Mensch!«, rief Mannhardt. »Umso besser, mit der Hilfe von Schneeganß und der Telekom bekommen wir ja viel sicherer heraus, ob es eine Kontaktaufnahme zwischen Hasenfier und Jembke gegeben hat, bevor er ab ist nach Hannover.«

»Packen wir's an!«, rief Orlando. »Wie war das noch mal mit der Theorie der Vergeblichkeit?«

Mannhardt ließ sich nicht beirren, führte x Gespräche mit seinem Handy und betrat zwei Stunden später Hasenfiers Wohnung in der Fritz-Erler-Allee 120, an seiner Seite Orlando und Ann-Kathrin Grapitz sowie ein früherer Kollege, der die Siegel erbrechen durfte.

Der ältere Herr im Elektrorollstuhl ließ sich das nicht entgehen, freute er sich doch über jedes bisschen *action* vor seiner Haustür.

Mannhardt war so in Fahrt, dass er auch ihn zum Thema Hasenfier in Schmöckwitz befragte. »Hat Ihnen Ihr Nachbar erzählt, dass er noch vor seiner Reise nach Hannover nach Schmöckwitz will?«

»Jaja …«

»Keine Suggestivfragen!«, rief Orlando.

Dann konnten sie die Wohnung betreten. Ann-Kathrin Grapitz begann zu weinen, und sie mussten einen Augenblick innehalten. Als sie sich wieder etwas gefangen hatte, konnten sie mit ihrer Suche beginnen. Gab es etwas, was als wirklich hieb- und stichfester Beweis dienen konnte, dass Hasenfier die Fledermäuse im Schmöckwitzer Bunker entdeckt und die SIEG darüber informiert hatte?

Was sie dann nach einer Stunde intensiver Suche eingefahren hatten, war viel und wenig zugleich. An Hasenfiers Pinnwand fand sich ein Zettel mit der Aufschrift: Freitag SB, was mit einiger Fantasie als Schmöckwitz Bunker gedeutet werden konnte, aber auch einen Anruf oder eine Reise nach Saarbücken, den SB-Lagerkauf oder ein SB-Portal verschiedener Hochschulen bedeuten konnte, was ihnen gar nicht einmal so unwahrscheinlich vorkommen musste. Mehr brachte da womöglich ein Fahrschein, der zerknüllt im Papierkorb gelegen hatte. Dem war zu entnehmen, dass er am fraglichen Freitag in einem Zug der Linie 68 abgestempelt worden war. Ob die Code-Nummer der Haltestelle wirklich auf Schmöckwitz verwies, konnten sie nicht sofort wissen, aber ein Anruf bei der BVG brachte die Antwort ›Reifenwerk‹.

»Das scheint ja wirklich astrein zu sein«, musste Orlando zugeben.

»Dann können wir ja den nächsten Schritt tun«, sagte Mannhardt. »Auf zur Bauverwaltung!«

Orlando lachte. »Seit 1880 kann man in Berlin telefonieren, wie wär's denn damit?«

Mannhardt winkte ab. »Du Naseweis, meinst du denn, die Spitze einer Senatsverwaltung lässt sich so einfach von einem privaten Ermittler ans Telefon holen? Denkste! Der Senator schon gar nicht, und Käbschütz auch nicht, da muss ich erst mit dem einen oder anderen reden, den ich von der SPD her kenne. Meine alten Netzwerke. Ohne die kommst du nicht weit, auch nicht als Einser-Jurist, haha!«

Orlando tat so, als hätte sein Großvater einen mächtigen Wirkungstreffer gesetzt, und ließ sich rückwärts aufs Sofa fallen. »Acht – neun – aus! Der Schlag hat gesessen.«

Mannhardt tat seine Bemerkung leid, und er setzte sich zu seinem Enkel aufs Sofa und umarmte ihn. »Auch wenn's nur eine Dreikommanull wird, du schaffst es schon, durchs Leben zu kommen, aber in die CDU solltest du trotzdem eintreten.«

Ann-Kathrin Grapitz hatte ihr Geplänkel mit Interesse verfolgt, auch wenn sie nicht so recht darüber schmunzeln konnte. Sie bot an, Mannhardt und Orlando zur Bauverwaltung zu fahren.

Die beiden bedankten sich, nahmen sich aber doch lieber ein Taxi, und bei der Senatsverwaltung für Stadtentwicklung und Umwelt in der Württembergischen Straße angekommen, musste Mannhardt erst einige Freunde und Genossen aufsuchen, ehe Sascha Käbschütz ein paar Minuten Zeit für sie hatte. Mannhardt beeilte sich, ihm den Sachstand in wenigen Sätzen zu vermitteln.

Der Beamte nickte. »Ja, verstehe. Ein Herr … warten Sie … Jembke von der SIEG war hier und hat alles eingefädelt. Das Projekt ist dann auch schnell durchgewunken worden, und von einem Bunker, in dem Fledermäuse nisten, war nie die Rede. Ehe die Sache restlos geklärt ist und wir mächtigen Ärger mit den Naturschützern bekommen, müssen die Bauarbeiten natürlich gestoppt werden.«

»Das hat Herr Jembke wohl schon veranlasst«, erklärte Mannhardt.

»Nun dann …« Käbschütz stand auf und ging zur Tür. »Ich werde die Sache im Auge behalten und würde Sie herzlich bitte, alles nur auf kleiner Flamme zu kochen, denn was mein Senator im Augenblick am wenigsten gebrauchen kann, sind negativ Schlagzeilen.«

Mannhardt nickte verständnisvoll. Klar, der Mann wollte Klaus Wowereits Nachfolger als Regierender Bürgermeister werden. Aber eine Frage hatte er noch.

»Der Dr. Hasenfier war nicht bei Ihnen?«

»Nein, bestimmt nicht.«

Sie bedankten sich und zogen wieder von dannen. Unten auf der Straße waren sie sich einig, dass ihnen dieser Besuch herzlich wenig gebracht hatte.

»Was nun, großer Meister?«, fragte Orlando dann auch.

»Ob wir noch einmal zur SIEG fahren und herauszufinden versuchen, ob Hasenfier wirklich da war?«

Orlando rang die Hände. »Gott, ich wiederhole mich nur ungern: Vielleicht hat er auch nur mit Jembke telefoniert!«

»Ja schon, aber … Es ist wie beim Fußball: Man muss den Druck auf den Gegner erhöhen – und das schaffen wir am besten, wenn wir bei Jembke im Bürogebäude auftauchen und mit dem Foto in der Hand überall nach Hasenfier fragen.«

»Hm …«

Es schien so, als würde Orlando das einleuchten. Außerdem kam man vom Fehrbelliner Platz seiner Schätzung nach in zehn Minuten nach Halensee. Mit der U3 bis Heidelberger Platz, dann umsteigen in die S41, die Ringbahn. Alles klappte 100-prozentig, und bald traten sie wieder in das Bürogebäude, in dem die SIEG eine Etage angemietet hatte. Es hatten wohl in letzter Zeit die Diebstähle aus den Büroräumen zugenommen, und man fürchtete anscheinend auch, dass Flüchtlinge und ihre Unterstützer das Haus besetzen könnten, wie es unlängst beim DGB geschehen war, sodass man jetzt unten vor den Fahrstühlen einen Pförtner platziert hatte. Von dem ließen sie sich nicht nur bei der SIEG anmelden, sondern Mannhardt zeigte ihm auch das Foto von Hasenfier.

»Kennen Sie den Mann hier, war der letzte Woche schon einmal hier im Haus?«

»Weeß ick nich, da war ick noch nich hier.«

Orlando bemühte wieder einmal den alten Goethe. *»Da steh ich nun, ich armer Tor, und bin so klug als wie zuvor.«*

»Als wie ist aber kein schönes Deutsch«, fand Mannhardt. »Auch wenn es vom Dichterfürsten stammt.«

Sie fuhren hinauf zur SIEG, aber Jembke war nicht im Hause, und Jens Seelitz und Linda Kathlow, seine beiden engsten Mitarbeiter, versicherten ihnen, Hasenfier nie in ihrem Hause gesehen zu haben.

Seelitz sah sie ebenso böse wie ungläubig an. »Das alles könnte den Eindruck erwecken, dass sie Björn Jembke zutrauen, Hasenfier erschossen zu haben?«

Orlando bemühte sich, die Situation dadurch zu entschärfen, dass er durchblicken ließ, sein Großvater sei wohl schon ein wenig spinnert. »Nach so vielen Dienstjahren bei der Kripo …«

»Klar, wenn Fledermäuse da überwintern, darf nicht weitergebaut werden«, mischte Linda Kathlow sich ein. »Und als Björn davon erfahren hat, da hat er ja sofort angeordnet, dass der Bunker nicht angetastet werden darf.«

»Und geht denn durch den Baustopp Ihr ganzes Projekt den Bach runter?«, wollte Orlando wissen.

Die beiden von der Investmentfirma zögerten mit einer Antwort so lange, bis Mannhardt annehmen konnte, dass dem wohl so sei. Man redete noch kurz über einige Belanglosigkeiten wie die schöne Lage am Langen See und Schmöckwitz als solches, dann traten auch hier M&O den Rückzug an, ohne das Lächeln des Siegers auf dem Gesicht zu haben.

»Ich glaube, ohne Schneeganß kommen wir hier nicht weiter«, musste Mannhardt sich eingestehen.

Orlando lachte. »Wenn ein Heinrich nach Canossa gehen konnte, dann kann ein Hansjürgen das auch.«

»Also auf in die Keithstraße!«

Sie gingen zur Haltestelle des M29 und waren dann mit dem Bus in 40 Minuten am Ziel.

Schneeganß war erstaunt, seinen Vorgänger an dieser Stelle zu erblicken. »Hier ist unser Dienstgebäude in Schöneberg und nicht die HWR in Alt-Friedrichsfelde.«

Mannhardt gab sich alle Mühe, verwirrt zu erscheinen. »Ach so, meine Demenz wieder, ich bitte um Entschuldigung, Herr Kriminalrat, aber vielleicht kann ich Ihnen mein Anliegen auch hier vortragen.«

»Was liegt denn an?« Schneeganß bat sie, Platz zu nehmen, holte Jessica Schamp hinzu und hörte sich dann Mannhardts Hypothese an.

»Hm …« Schneeganß war sich nicht im Klaren darüber, wie er professionell zu reagieren hatte. »Für mich ist der Fall Hasenfier an sich ja abgeschlossen, und ich erwarte jede Minute Callenbergs Geständnis, aber nur Dummköpfe ändern ihre Meinung nicht, und so will ich auch gern dieser Spur nachgehen. Aber, lieber Mannhardt, so richtig ist mir das alles noch nicht verifiziert. Schön, dass Hasenfier wirklich in Schmöckwitz war, will ich einmal als gesichert annehmen, aber hat er da wirklich Fledermäuse im Bunker entdeckt – und vor allem: Hat er die SIEG davon unterrichtet? Und woher konnte Jembke wissen, in welchem ICE Hasenfier gesessen hat und das mit den Schüssen auf der Toilette alles einfädeln? Fragen über Fragen.«

»Aber der Tatverdacht gegen Jembke ist schon irgendwie plausibel«, fand Jessica Schamp. »Und das alles kommt mir viel wahrscheinlicher vor, als dass sich bei den Biologen einer den Spitzenplatz auf einer Dreierliste sozusagen freischießt.«

»Gut, wenn wir auf Jembke losgehen, dann muss das aber sorgfältig vorbereitet werden«, sagte Schneeganß, und man machte sich daran, eine To-do-Liste aufzustellen:

Mit dem Untersuchungsrichter und der Staatsanwaltschaft Kontakt aufnehmen und das Placet für unsere Ermittlungen einholen.

Jembke aufsuchen und nach einem Alibi fragen.

Frage klären, wie Jembke herausgefunden hat, dass Hasenfier an einem Freitag den Vortrag an der Uni Hannover hält?

Frage klären, wie Jembke erfahren hat, in welchem ICE nach Berlin Hasenfier sitzt?

Bei der DB nachfragen, ob Jembke per Internet eine Fahrt nach Hannover und zurück mit dem ›Mord-ICE‹ gebucht hat.

Bei den Hotels in Hannover nachfragen, ob Jembke da übernachtet hat.

Mit Fotos von Jembke Zugbegleiter und andere Reisende fragen, ob sie ihn gesehen haben.

Von Jembke DNA-Material einsammeln und sehen, ob es mit dem identisch ist, was wir in der ICE-Toilette und auf den Patronenhülsen gefunden haben.

Nur langsam begann die Maschinerie anzulaufen, aber sie lief an. Mannhardt und Orlando konnten jetzt nichts anderes tun, als nach der alten Berliner Devise zu verfahren: »Abwarten und Tee trinken«.

Schneeganß hätte seinen Vorgesetzten gegenüber am liebsten so getan, als wäre er auf Björn Jembke als möglichen ›ICE-Mörder‹ selbst gekommen, aber bei dessen Vernetzung in Berlin war ja damit zu rechnen, dass die Oberen die Wahrheit irgendwie erfuhren. Außerdem schien es ihm sehr nützlich zu sein, frühzeitig auf Mannhardt als den Ideengeber hinzuweisen, denn sollte sich das Ganze als großer Irrtum erweisen, dann war Mannhardt der Gelackmeierte und hatte mit dem Spott der anderen zu leben, nicht er. Also machte er sich mit Jessica Schamp zusammen sofort daran, alles abzuarbeiten, was auf ihrer Liste stand. Punkt 1 war schnell abzuhaken, denn das Ganze mit dem Artenschutz und einem zu befürchtenden Baustopp klang viel zu plausibel, als dass man gezögert hätte, ihnen die nötigen Vollmachten zu erteilen.

So zogen sie dann los, um Jembke unter die Lupe zu nehmen. Schneeganß hatte Mühe, bei seinem Anblick ›nicht *so* klein zu werden mit Hut‹, wie seine Mutter immer gesagt hatte, dabei mit Daumen und Zeigefinger eine Spanne von vielleicht zehn Zentimetern andeutend, denn der Manager wirkt auf ihn wie ein Klon der Herren von Deutscher Bank, Siemens oder Lufthansa, eine eindrucksvolle Persönlichkeit mit viel Macht und vielen Millionen. Jessica Schamp schien Ähnliches zu empfinden. Zugleich aber registrierte Schneeganß bei sich ein gewisses Störgefühl, denn Jembke war gleichzeitig der typisch eiskalte Macher, der ohne jede Empathie war und über Leichen ging.

Schneeganß begann mit aller Vorsicht. »Herr Mannhardt war ja schon bei Ihnen, mein Vorgänger im Amt und jetzt Hobby-Detektiv, und wird Ihnen erzählt haben, worum es geht: den möglichen Zusammenhang der Ermordung von Florian Hasenfier und den Fledermäusen in der Bunkerruine in Schmöckwitz, da, wo die SIEG ihre große Wohnanlage errichten will.«

»Ja, ich weiß Bescheid.«

»Dann werden Sie auch wissen, wonach Kriminalbeamte bei ihren Verdächtigungen immer zuerst fragen?«

»Nach einem Alibi, nehme ich einmal an.« Jembke blieb kurz angebunden und so cool, dass Jessica Schamp beinahe bedauerte, nicht auf Männer zu stehen.

Schneeganß fand langsam zu seiner Form zurück. »Ja, in der Tat. Wie sieht es denn mit Ihrem Alibi aus, sagen wir einmal: von Freitagnachmittag bis Sonntagnacht.« Er nannte noch die entsprechenden Daten und wartete dann.

»Sie werden lachen: Da war ich zu Hause.«

»Allein?«

»Nein, mit der Dame, die Sie womöglich beim Eintreten in meinem Büro gesehen haben: mit Linda, Linda Kathlow.«

Jessica Schamp staunte. »Sexuelle Beziehungen zu Untergebenen – ist denn das statthaft?«

»Solange es niemand weiß. Und daher möchte ich Sie bitten, Frau Kathlow auch erst nach Feierabend in ihrer Wohnung zu befragen.« Er schrieb ihnen die Adresse auf einen kleinen Zettel.

Mit der Zusage, bis zum Abend zu warten, ehe sie Linda Kathlow die entscheidende Frage stellten, verabschiedeten sie sich wieder von Jembke.

»Na?« Schneeganß sah Jessica Schamp fragend an, als sie wieder unten im Wagen saßen.

Sie zuckte mit den Schultern. »Ich würde nicht ausschließen, dass sie ihm hörig ist, zumindest aber um ihren Job fürchtet, wenn sie ihn nicht deckt.«

»Ganz meine Meinung. Trotzdem sollten wir heute Abend zu ihr fahren. Schon um beide etwas zu verunsichern und eher dazu zu bringen, Fehler zu machen. Vorher aber hängen wir uns ans Telefon.«

Das taten sie dann auch, als sie in die Keithstraße zurückgekehrt waren und wieder in ihrem Büro saßen. Doch ihre Telefonate endeten durchweg frustrierend.

Bei der DB hatte kein Björn Jembke per Internet Fahr- und Platzkarten gebucht, und in keinem der Hotels in Hannover stand er auf der Gästeliste. Immerhin ergab die Nachfrage bei der Universität Hannover, dass der Vortrag von Dr. Florian Hasenfier aus Berlin im Internet schon lange angekündigt gewesen war. Da fanden sie ihn dann auch.

»Könnte also Jembke durchaus gewusst haben, wann Hasenfier in Hannover ›aufgetreten‹ ist«, stellte Schneeganß fest, »und seine Zugfahrt danach eingerichtet haben. Die Fahrkarte kann er sich am Automaten gekauft haben.«

»Aber Hasenfier hat doch ganz überraschend noch einen Tag in Hannover und Springe angehängt«, wandte Jessica Schamp ein. »Das setzt doch voraus, dass er Hasenfier irgendwie beobachtet und belauscht hat.«

»Ja warum denn nicht?«

»Und du meinst, Hasenfier wäre das nicht aufgefallen?«, fragte Jessica Schamp.

»Wie denn?«, lachte Schneeganß. »Wenn er vorher nur mit Jembke telefoniert hat und gar nicht bei ihm in Halensee gewesen ist.«

»Klar, da hast du recht. Aber wenn Jembke wirklich im ICE gesessen hat, dann muss er doch dem Zugbegleiter aufgefallen sein, so wie der aussieht.«

Schneeganß gab ihr recht. »Gut, auf der Homepage der SIEG habe ich vorhin ein Foto von Jembke gesehen, schicken wir das doch mal der DB-Zentrale mit der Bitte um Amtshilfe, dass sie es dem Zugbegleiter im ›Mord-ICE‹ vorlegen und ihn fragen, ob er den Mann wiedererkennt.«

Das machte Jessica Schamp dann auch, und nach zwei Stunden kam dann die Antwort: *Die von Ihnen abgebildete Person ist im fraglichen ICE nicht gesehen worden.*

»Scheiße hoch drei!«, rief Jessica Schamp.

»Im gehobenen Dienst sollten wir uns gehobener ausdrücken«, tadelte Schneeganß sie. »Aber im Prinzip hast du recht, Überschrift: Schüsse in den Ofen. Aber fahren wir mal zu dieser Linda Kathlow.«

Die wohnte in Wilmersdorf in der Hildegardstraße, und das war nun von der Keithstraße aus in nicht ganz zehn Minuten zu erreichen. Vorderhaus, drei Treppen, hatte ihm Jembke auf den Zettel geschrieben. Einen Fahrstuhl gab es nicht. Für Jessica Schamp als Leistungssportlerin war das ein Klacks, Schneeganß aber schnaufte ganz beträchtlich.

»Möchtest du bei dieser Höhe lieber angeseilt werden?«, frotzelte sie.

»Du kannst gut lachen«, konterte er. »Du kennst ja diese Höhen vom Stabhochsprung her.«

Das saß, denn sie sprang knapp über vier Meter, und das hier im Altbau waren bei Deckenhöhen von drei Metern plus Parterre überschlägig zwölf Meter.

Sie klingelten und hielten ihre Dienstausweise vors Guckloch. Laut »Kriminalpolizei!« zu rufen, war wegen der diskriminierenden Wirkung möglichst zu unterlassen, und so beließ es Schneeganß bei einem leisen »Wir kommen wegen Herrn Jembke.«

»Das konnte ich mir denken«, sagte Linda Kathlow und ließ sie eintreten.

In der Wohnung sah es so aus wie im Fernsehen beim ›Promidinner‹. Schneeganß selbst hätte das niemals eingeschaltet, aber manchmal musste er bei seiner Frau mitgucken. Für eine einfache Angestellte erschien Schneeganß das hier alles als zu teuer, also sprach einiges dafür, dass ihr Jembke dieses feudale Nest eingerichtet hatte. Wahrscheinlich verreisten beide auch auf die Bahamas. Klar, dass sie da schwieg, wo es ihrem Gönner an den Kragen ging. Er warf Jessica Schamp einen Blick zu, dass die mit ihrem kleinen Gespräch anfangen sollte, er selbst lehnte es wegen zu großer Befangenheit ab, auch weil er sich vorstellte, wie das war, mit dieser überaus attraktiven Frau zu schlafen.

»Es geht um das Alibi von Björn Jembke«, begann Jessica Schamp. »Es gibt da den Hinweis, er habe womöglich Florian Hasenfier im ICE erschossen, Herr Jembke behauptet aber, in der letzten Woche Freitagabend bis Montagfrüh mit Ihnen zusammen gewesen zu sein.«

»Ja, das stimmt!«, rief sie mit erheblicher Lautstärke. »Ununterbrochen.«

Schneeganß fixierte sie inquisitorisch. »Und das würden Sie vor Gericht auch auf Ihren Eid nehmen?«

»Ja selbstverständlich!«

Jessica Schamp hakte nach. »Hat sie beide in der fraglichen Zeit jemand zusammen gesehen?«

Linda Kathlow gab sich den Anschein, zu erröten. »Nein, die meiste Zeit waren wir doch im Bett.«

»Und haben sie sich auch kein Essen kommen lassen?«

»Nein, wir hatten schon vorher alles eingekauft, und Björn ist ein leidenschaftlicher Koch.«

»Nun denn …« Schneeganß sah ein, dass sie hier auf Granit bissen.

Sie verabschiedeten sich mit ein paar freundlichen Worten und kommentierten das Gehörte und Gesehene erst, als sie wieder unten im Auto saßen.

»Weißt du, was eine ›hochnotpeinliche Befragung‹ ist?«, fragte Schneeganß.

Jessica Schamp überlegte einen Augenblick. »Ja, ein Element der Blutgerichtsbarkeit im Mittelalter. Pein gleich Schmerz, also der Versuch, bei dringendem Tatverdacht ein Geständnis durch die Folter zu erreichen. – Schön, dass es so etwas bei uns nicht mehr gibt.«

»Wie auch die Territion nicht mehr.«

»Was ist 'n das?«

»Die sogenannte Schreckung. Da zeigt man dem Verdächtigen die Folterinstrumente nur.«

Jessica Schamp lachte. »Das möchtest du bei Jembke und Linda Kathlow wohl gerne?«

»Nein, ich stehe fest auf dem Boden des Grundgesetzes und schwöre auf alles, was mit der DNA-Analyse zusammenhängt.«

»Also besorgen wir uns jetzt DNA-Material von Jembke und vergleichen es mit dem, was die Kollegen in der ICE-Toilette an Spuren gesichert haben.«

»Du sagst es, weise Jessica!«

Curt Callenberg hatte die JVA Moabit wieder verlassen und nicht gezögert, sich bei Mannhardt und seinem Enkel mit einem großen Fest bei einem Italiener in der Auguststraße zu bedanken. Als beide eintraten, umarmte er sie und stieß immer wieder Worte des Dankes hervor.

»Und wir?«, fragten Schneeganß und Jessica Schamp, als sie wenig später erschienen.

Auch Heike, Christian Wurchow und Martin Nehmer waren eingeladen worden.

Callenberg strahlte, auf berlinerisch gesagt, wie ein Honigkuchenpferd. »Nicht, dass ich die Professur an der FU schon hätte, aber mir steht ja einiges an Haftentschädigung zu. Also wählen Sie sich ruhig das Teuerste, was Sie auf der Karte finden können. Und mit einem Glas Prosecco stoßen wir dann darauf an, dass ich heute hier stehe und nicht länger sitzen muss. Ohne Ihren Instinkt, Herr Mannhardt, und die Hilfe Ihres Enkels und ohne das Dazutun aller, die in Schmöckwitz im Segelboot gesessen und später die Fledermäuse am Bunker gesehen haben, und ohne Ihre professionelle Arbeit, Herr Schneeganß und Frau Schamp, wäre ich wohl als der ICE-Mörder in die Geschichte eingegangen. Nun aber hat ja Björn Jembke ein volles Geständnis abgelegt.«

Schneeganß nickte. »Ja, hat er. Gesehen hatte er Hasenfier in der ›Abendschau‹ des rbb und dabei auch erfahren, dass der auf Fledermäuse und Artenschutz fixiert war und leicht sein Bauprojekt zu Fall bringen konnte. Dass Hasenfier zu einem Vortrag nach Hannover fährt, hat Jembke aus dem Internet erfahren, und wann, das konnte er einem Anruf Hasenfiers bei ihm entnehmen. Der muss sehr kurz gewesen sein, etwa so: ›In Schmöckwitz wegen des Artenschutzes sofort Baustopp anordnen, da nisten Fledermäuse!‹ Da Hasenfier ihn also nicht *face-to-face* gesehen hatte, konnte Jembke ihn am Hauptbahnhof ausmachen und ihm folgen. Dabei ist er als Rucksacktourist aufgetreten und nicht als Manager, also mit einer Baseballkappe, um seine Glatze zu verdecken, und Haftschalen statt Brille mit dicker schwarzer Fassung. Nicht wiederzuerkennen also. Eine Pistole besaß er noch aus seiner Studienzeit in den USA und hatte sie irgendwie nach Deutschland geschmuggelt. Einen Killer hätte er anheuern können, aber er hatte Angst, von dem später permanent erpresst zu werden. Eines war ihm klar: Entweder Hasenfier stirbt – oder das SIEG-Projekt. Das wäre das Ende seiner Karriere gewesen. Hin nach Hannover war der Zug zu voll, und so beschloss Jembke, die Tat auf der Rückfahrt zu begehen. Er war ja ein erstklassiger Manager und somit in der Lage, alles optimal zu *handeln:* die unauffällige Beobachtung Hasenfiers, das Einchecken im selben Hotel, das teilweise Mithören seiner Gespräche – bis dahin, dass er seine Geliebte überreden konnte, ihm ein Alibi zu liefern.«

»Und was hat ihn schließlich zu Fall gebracht?«, fragte Mannhardt.

»Die DNA-Spuren auf den Patronenhülsen. Die muss er vor langer Zeit mal in den Revolver gesteckt haben, sein einziger Fehler.«

Der Prosecco kam, und sie stießen alle miteinander an.

Weitere Krimis finden Sie auf den folgenden Seiten und im Internet:

WWW.GMEINER-SPANNUNG.DE